LES AVENTURES DE RADISSON

TOME 1

MARTIN FOURNIER

LES AVENTURES DE RADISSON

1 · *L'enfer ne brûle pas*

❋ SEPTENTRION

Pour effectuer une recherche libre par mot-clé à l'intérieur de cet ouvrage, rendez-vous sur notre site Internet au www.septentrion.qc.ca

Les éditions du Septentrion remercient le Conseil des Arts du Canada et la Société de développement des entreprises culturelles du Québec (SODEC) pour le soutien accordé à leur programme d'édition, ainsi que le gouvernement du Québec pour son Programme de crédit d'impôt pour l'édition de livres. Nous reconnaissons également l'aide financière du gouvernement du Canada par l'entremise du Fonds du livre du Canada (FLC) pour nos activités d'édition.

Illustration de la couverture : Jean-Michel Girard

Révision : France Brûlé

Correction d'épreuves : Marie-Michèle Rheault

Mise en pages et maquette de couverture : Pierre-Louis Cauchon

Si vous désirez être tenu au courant des publications
des ÉDITIONS DU SEPTENTRION
vous pouvez nous écrire par courrier,
par courriel à sept@septentrion.qc.ca,
par télécopieur au 418 527-4978
ou consulter notre catalogue sur Internet :
www.septentrion.qc.ca

© Les éditions du Septentrion
1300, av. Maguire
Québec (Québec)
G1T 1Z3

Dépôt légal :
Bibliothèque et Archives
nationales du Québec, 2011
ISBN papier : 978-2-89448-647-4
ISBN PDF : 978-2-89664-618-0

Diffusion au Canada :
Diffusion Dimedia
539, boul. Lebeau
Saint-Laurent (Québec)
H4N 1S2

Ventes en Europe :
Distribution du Nouveau Monde
30, rue Gay-Lussac
75005 Paris

PRÉFACE

Je cherche depuis toujours les mots pour le dire. Depuis des années et des années, je voyage avec des fantômes, des esprits oubliés, dans des époques mal connues ou des moments survolés du passé. Le premier étonnement du voyageur dans le temps, c'est le silence profond qui règne dans notre mémoire. Comment avons-nous pu, comment pouvons-nous encore taire d'aussi belles histoires ? Nous les francophones nord-américains, autrefois appelés « Canadiens » ou encore « Créoles » – ce qui revenait au même –, nous dont les ancêtres étaient, chez eux dans les grandes forêts sauvages, gens de métissage et de « découvertures », comment avons-nous pu nous renier à ce point au profit de héros aristocrates, militaires ou gens de robe, aux noms hoquetant de particules ? Nous étions les sans-grades, du côté des sauvages, loin des *de La Galissionnière* et des *de La Fayette* de ce monde. Ce monsieur de la Fayette, d'ailleurs, ne passe-t-il pas pour le symbole de la dimension française de l'Amérique ? Et nos voyageurs de tomber dans l'ombre, et les

Indiens aussi, qui seront des figurants commo-
des. Au diable les descendants de Radisson, les
Ladéroute, les Ladébauche et les Lafantaisie ! Et
pourtant, nos coureurs d'espace, il nous faudrait
les dire par tous les moyens, les écrire, les filmer,
les représenter, les dessiner pour mieux encore
les répéter. Jusqu'à ce jour, ils n'ont pas eu leur
juste place. Dans les séries documentaires que
nous achetons à l'étranger et que nous diffusons à
répétition sur nos canaux dits spécialisés, nous en
apprenons davantage sur l'impératrice Eugénie,
la femme de Napoléon III, que sur nos propres
souvenirs de famille.

Radisson, c'est une marque de commerce dans
l'hôtellerie, une station de métro, un toponyme
nouveau dans une baie James ancienne, le nom
d'un brise-glace, une marque de canot en fibre
de verre. Personne ne sait vraiment de quoi il en
retourne. Il a bien dû être important, Pierre-Esprit
Radisson, pour que son nom lui survive et nous
parvienne en ce jour sans qu'on sache comment.
Les gens de ma génération ont appris qu'il était
un coureur des bois, qu'il était allé très loin dans
les bois, oui, jusqu'à y perdre son âme et passer
au service des Anglais – le traître ! Et puis il y
avait cette série télévisée racontant les exploits de
Radisson et Des Groseilliers, avec les comédiens
Jacques Godin et René Caron, dans les temps
soi-disant reculés où l'on croyait possible, encore,

de mettre en scène des histoires « historiques » au petit écran. La série en question n'était en rien conforme à la réalité, mais faudrait-il lui en vouloir ? Le Daniel Boone de la télé américaine et le Davy Crockett de Walt Disney ne sont pas en reste quant aux images farfelues prétendant représenter le passé.

Cependant, Daniel Boone existe dans l'inconscient collectif des Américains, eux qui ont su fabriquer le mythe de leur histoire, en faisant des films, en écrivant des livres, documentaires ou romancés. Ils nous l'ont imposé, comme ils ont imposé l'Ouest au monde entier, Hollywood oblige. L'avons-nous trop facilement accepté ? Lorsque j'étais jeune, nous portions le casque en raton laveur de Davy Crockett ! Voilà bien notre perte, notre manque et, je dirais, notre infirmité identitaire. Reconnaître nos premiers rôles, nous n'avons jamais su le faire. Pourtant, Pierre-Esprit Radisson se pose comme la référence ultime de tous les coureurs d'espace dans la mémoire de l'Amérique. En comparaison, Daniel Boone est un enfant d'école et le petit dernier de la classe. Or, nous serions bien trop timides pour réclamer notre part de l'épopée américaine, avec des Radisson en tête de liste, un Iberville qui est l'archétype des pirates, un Louis-Joseph Gaultier (La Vérendrye) qui précède Lewis et Clark dans la vallée de la Roche jaune.

Martin Fournier persiste et signe, il emprunte à l'âme de son héros. Il a déjà écrit un essai important sur Radisson. Puis il en a entrepris la version romancée. Vaste programme, en vérité. Cependant, un grand travail est amorcé et les premiers résultats sont là, publiés au Septentrion, une maison qui rapaille depuis longtemps les bribes et les morceaux de notre histoire. Puisqu'il faut revoir tous les sentiers de notre identité américaine, il est juste de donner sa place à ce maître des maîtres que fut Radisson. Sa vie fut si dense, si vaste dans l'espace, si intense dans l'action, si diverse et longue qu'il faudra plusieurs tomes pour en venir à bout. C'est une saga bouleversante reposant sur les épaules d'un seul homme. Quiconque entend d'un trait, sans relâcher son attention, le récit intégral de la vie de Radisson ne s'en remet pas facilement. Car cette vie est impossible. Il fut Parisien et Français, Canadien algonquin, Iroquois, Sauteux, Cri, Anglais, il fut le premier à voir les Sioux, il fut guerrier amérindien, voyageur, il a écrit des relations de voyages, il fut homme d'affaires, gentilhomme anglais, explorateur, pirate dans les Caraïbes, il fut à Boston, à Londres, à la rivière Nelson de la baie d'Hudson, aux Mille Lacs au Minnesota, il est mort dans son lit, vieux, impécunieux.

Dans *L'enfer ne brûle pas,* Martin Fournier entreprend le voyage, il nous invite à nous rapprocher le plus possible de l'intense humanité d'un personnage qui fut bien réel, bien vivant, un homme « pas tuable » en vérité. Voilà un Radisson qui a eu peur, qui a eu mal au cœur, qui a eu froid, qui s'est égaré dans ses sentiments, ne sachant plus qui il était, mais devant vivre avec ses choix. L'histoire objective a le regard trop éloigné ; elle passe trop vite sur les tempêtes de neige ou les nuées de mouches noires, sur la difficulté de ramer toute la journée, sur le fait de tuer et de ne pas être tué, sur la torture, la douleur, mais encore, sur la réalité des amitiés, sur la résistance, la force au long cours, sur le monde de l'autre, sur la beauté des volées d'oies dans un ciel de printemps... Martin Fournier a trouvé les mots pour le dire, son Radisson est humain parmi les humains, intelligent, rebondissant, immensément capable au fil de ce récit envoûtant et palpitant.

Plongez dans la première étape de ce voyage épique, alors que Radisson est jeune et qu'il va vivre sa douloureuse mais formatrice période iroquoise. C'est la première transformation, le premier grand tableau des passages entre les cultures. Martin Fournier utilise la force du roman pour nous entraîner encore plus dans le monde surréaliste de Radisson. Sa vie américaine commence sur les chapeaux de roue, elle ne se relâchera jamais. La réalité du héros de Fournier dépasse la fiction, comme le dit l'expression consacrée. Car même les scénaristes les plus aventureux, les plus fous, n'auraient pas osé de telles péripéties, de tels dénouements qui furent pourtant le quotidien de cet homme plus grand que nature.

Alors, lisons, bien humblement.

SERGE BOUCHARD

PROLOGUE

Pierre-Esprit Radisson
immigre en Canada

Pierre-Esprit Radisson est le plus célèbre coureur des bois de l'histoire du Canada. Par bonheur, les récits détaillés qu'il nous a laissés permettent de reconstituer ses extraordinaires aventures.

Le 24 mai 1651, ce jeune Français de quinze ans met pied à terre en Nouvelle-France. Il a effectué la périlleuse traversée de l'Atlantique à partir de Paris pour rejoindre ses deux sœurs Marguerite et Françoise à Trois-Rivières. À cette époque, la bourgade compte tout au plus 300 habitants. Montréal a été fondé neuf ans plus tôt et n'abrite même pas 200 personnes. La région de Québec est le principal centre de peuplement avec plus de 1 000 habitants. En tout, à peine 2 000 âmes d'origine française vivent en Nouvelle-France.

Trois-Rivières se trouve au confluent de la rivière Saint-Maurice et du fleuve Saint-Laurent, là où les Indiens ont depuis longtemps l'habitude de se rassembler durant l'été. La bourgade établie par les

Français compte une trentaine de maisons en bois équarri à la hache, entourées d'une haute palissade de pieux, protégées par quatre solides bastions en coin. Seule la résidence des missionnaires jésuites est construite en pierre. Quand Radisson y rejoint ses deux sœurs, la guerre fait rage entre les Français et la puissante nation des Iroquois. Celle-ci a décimé la nation des Hurons l'année précédente, ses ennemis de longue date. Comme les Hurons étaient les principaux alliés des Français dans la traite des fourrures, qui est l'unique source de revenus de la colonie, la Nouvelle-France traverse une période critique. Son existence est menacée.

À cette époque, les nouvelles voyagent très lentement. Radisson n'était donc pas au courant de cette situation quand il a quitté la France. D'après les trois lettres que sa sœur Marguerite avait fait parvenir à sa famille, en cinq ans, la Nouvelle-France offrait tout ce qu'il désirait. C'est pourquoi il avait finalement décidé d'abandonner le faubourg parisien où il vivait de petits commerces avec sa mère pour aller faire sa vie en Nouvelle-France.

Radisson est très surpris de ce qu'il découvre dans la colonie : des forêts immenses, de larges cours d'eau qui sillonnent un territoire en apparence infini, de la neige en quantité phénoménale et un hiver plus long et plus froid qu'il n'aurait pu l'imaginer. Trois-Rivières est aussi bien plus petit et plus isolé qu'il ne le croyait. Le pire est que la colonie est à moitié paralysée. Radisson habite chez sa sœur Marguerite, avec son mari Jean Véron dit Grandmesnil. Il n'en peut plus d'être immobilisé dans cette bourgade.

CHAPITRE 1

Radisson n'a peur de rien

Les yeux pétillants d'énergie, la bouche pleine de viande d'orignal, étourdi par la soif de vivre qui le dévore, Radisson écoute d'une oreille distraite son beau-frère Jean Véron dit Grandmesnil raconter pour la vingtième fois son exploit favori.

— T'aurais dû voir nos douze grands canots remplis de fourrures ! s'exclame-t-il. Quand j'arrive en vue de Trois-Rivières avec Saint-Claude et les trois chefs hurons dans le premier canot, je tire un coup de fusil en l'air tellement je suis content ! Tout le monde vient nous retrouver sur la grève. On échoue les canots, on débarque, on se donne l'accolade. Les hommes admirent les précieuses fourrures qu'on rapporte et ma belle Marguerite m'embrasse en pleurant de joie...

Radisson se voit parcourir ces immenses contrées que ne cessent de lui décrire les habitants de Trois-Rivières qui ont voyagé dans l'Ouest. Il rêve qu'il part jusqu'au bout du monde, qu'il y trouve bonheur et richesse. Il sent qu'il est prêt pour l'aventure.

— Les missionnaires jésuites qui sont revenus embrassent ceux qui sont restés, poursuit Véron. Puis le père Le Mercier, le Supérieur, remercie les Hurons d'être venus de si loin porter leurs fourrures encore une fois, malgré les dangers du voyage. Il leur promet qu'ils seront bien satisfaits de ce que les Français leur donneront en échange. Ensuite, on passe à table pour le festin. Nos peaux de castor font tourner les têtes encore plus que l'eau-de-vie...

Dehors, une féroce tempête de neige s'abat sur Trois-Rivières. Radisson n'a jamais rien vu de tel. Il s'arrête de temps à autre, entre deux bouchées, pour écouter les giclées de neige qui cognent aux vitres comme du sable projeté par un géant. Les violentes bourrasques font gronder le feu qui consume en un rien de temps les bûches que Marguerite ne cesse de remettre dans l'âtre pour lutter contre le froid. Le vent siffle à travers le village, hurle dans les bois, file sur l'étendue gelée du fleuve Saint-Laurent. La neige s'accumule autour des maisons qui résistent aux assauts de la tempête et restent chaudes, serrées les unes contre les autres, protégées par la palissade qui brise l'élan des rafales glacées. Comme sa sœur et son beau-frère ne montrent aucun signe d'inquiétude, Radisson continue son repas.

— C'est cette traite-là qui nous a rendus riches, ajoute Véron. Oh ! pas riches comme les marchands de Québec, pour sûr que non ! Mais pour des habitants de Trois-Rivières, on manque de rien, hein Marguerite, de rien pantoute ! C'est depuis ce jour-là que le gouverneur de Québec me fait confiance et m'écrit pour me demander conseil.

Marguerite a fini de ranger les ustensiles de cuisine. Avec précaution, elle jette une autre bûche dans l'âtre à travers les flammes vives, puis elle rejoint son mari et Radisson à table. Elle commence à être grosse d'un enfant qui va naître à l'été. Voyant que son frère se régale du ragoût d'orignal qu'elle a préparé, elle lui demande : « En veux-tu une autre platée, mon Pierre ? T'as tellement l'air d'aimer ça ! »

Radisson acquiesce à grands coups de tête, un sourire rayonnant aux lèvres, trop heureux de découvrir cette viande qu'il ne connaissait pas. Ce sont les Algonquins qui habitent à cinquante pas du fort qui en ont donné à Véron et Marguerite en échange de farine et de pois, au retour de leur grande chasse d'hiver. Radisson n'en avait jamais entendu parler mais il a vite appris que les Algonquins étaient d'indispensables alliés des Français contre les Iroquois. Ils les fréquentent presque à tous les jours comme tous les habitants de Trois-Rivières, et leur langue compliquée, leurs vêtements de peau et leurs manières étranges le fascinent.

Jean Véron a terminé son récit. Après un moment de silence, perdu dans ses pensées, il change de ton et se tourne vers sa femme.

— C'était le bon temps, hein Marguerite ?
soupire-t-il…

— T'en fais pas, mon mari, ça va revenir, lui
répond-elle. La traite va reprendre comme avant.
C'est juste une mauvaise passe.

— Que Dieu t'entende, ma femme ! Parce que
si ça continue, la traite dans les Grands Lacs, c'est
fini ! Tant que les Iroquois nous feront la guerre, on
pourra pas y retourner, c'est certain.

Le visage sombre, Jean Véron retourne à ses
cogitations silencieuses, comme si d'évoquer la
guerre contre les Iroquois le laissait sans voix,
sans espoir. Pendant ce temps, Radisson avale ses
dernières bouchées de ragoût sans sourciller. On
l'entend saper bruyamment entre les sifflements
du vent et les crépitements du feu. Lui qui n'a
jamais vu d'Iroquois ne comprend pas la gravité
de la situation. Marguerite pose une main ferme et
rassurante sur l'épaule de son mari qui retrouve un
peu d'allant. Il s'adresse à nouveau à Radisson.

— C'est avec des jeunes comme toi qu'on va
s'en sortir ! lui dit-il. Au printemps, tu vas venir à
Québec avec moi pour prendre les ordres du gouverneur. Après, si tu veux, tu viendras à Montréal
avec les hommes qui seront parés à nous accompagner pour qu'on trouve un moyen de résister
aux Iroquois et, surtout, de remplacer les Hurons
dans la traite des fourrures. Il faut pas se laisser
abattre, le jeune. Même si la colonie est quasiment

en ruines, il faut se relever ! Il faut se battre ! Sinon, tout le monde va retourner en France. Est-ce que c'est ça que tu veux, le jeune, retourner drette d'où tu viens ? Non, hein ? Alors tu vas faire ta part ! J'ai pour mon dire que t'es prêt à nous aider. Es-tu d'accord, Marguerite ?

— Sûr que mon frère est paré à nous aider ! répond-elle avec assurance. Même que c'est sûrement ce qu'il désire le plus au monde, nous aider. Pas vrai, Radisson ?

— Certain ! s'exclame le jeune Français en secouant vigoureusement la tête, la bouche pleine de pain trempé dans la sauce du ragoût.

* * *

Pierre Godefroy, l'homme le plus expérimenté de Trois-Rivières, vient d'être choisi capitaine des milices par les habitants. À partir de maintenant, c'est lui qui dirigera la lutte contre les Iroquois. Depuis quinze ans, il a voyagé partout en compagnie des Indiens. Il connaît leurs langues, leurs ruses et leurs coutumes. Comme eux, il sait chasser, pêcher, réparer un canot, s'orienter dans les bois. Il connaît les mœurs des animaux, les plantes sauvages qui nourrissent ou qui guérissent, les dangers de l'hiver et du printemps. Il est grand, costaud, fort comme un bœuf, et ses mains sont larges comme des avirons. De sa voix puissante, il s'adresse pour la première fois à titre de capitaine à tous les hommes capables de porter une arme qu'il a fait rassembler à l'extérieur du fort, en vue de la rivière Saint-Maurice et du fleuve Saint-Laurent. Les trois officiers de milice, ses assistants, se tiennent à ses côtés.

Radisson est l'un des plus jeunes du groupe, avec son ami François Godefroy, le fils du capitaine, et Mathurin Lesueur, un grand maigre qui est arrivé à Trois-Rivières quelques semaines après Radisson, l'été dernier.

Au lieu d'écouter Pierre Godefroy, Radisson laisse porter son regard vers l'horizon lumineux. Il voit exactement par où passer, sur le fleuve Saint-Laurent, pour atteindre ces contrées lointaines dont il rêve. Le soleil radieux chauffe son visage. Le printemps va bientôt arriver, affirme son ami François. Même si à Paris, en cette saison, il ferait déjà chaud, Radisson se réjouit d'être en Nouvelle-France, à bonne distance de la palissade du village qui ne freine plus son regard, ni son imagination, heureux de contempler ces grands espaces qui l'attirent irrésistiblement.

—Les Iroquois vont sûrement nous attaquer, lance Godefroy, alors nous devons nous préparer. Nous n'avons rien à craindre si nous combattons ensemble. C'est pourquoi vous allez m'obéir, à moi et à vos officiers...

En regardant du côté du clocher pointu de la chapelle jésuite et des cheminées fumantes qui dépassent de la palissade, Radisson se dit que son temps
d'apprentissage est enfin terminé. Finis d'entendre
les avertissements sur son manque d'expérience et
les nombreux dangers du pays. Bientôt, ce sera son
tour. Il partira. Il est prêt.

— Vous connaissez aussi bien que moi vos officiers, poursuit Godefroy. J'ai nommé Jean Véron dit
Grandmesnil...

Radisson porte aussitôt attention au discours de
son capitaine en entendant le nom de son beau-
frère, car il est fier que le mari de sa sœur ait été
choisi premier officier de milice après Godefroy.
C'est Véron qui lui a appris comment tirer au fusil,
un privilège impensable en France pour qui n'est ni
noble ni soldat.

— ... Claude Volant dit Saint-Claude, crie
encore Godefroy, et Gabriel Dandonneau. Ce sont
les trois hommes sur qui je compte le plus. Mais
nous comptons aussi sur chacun d'entre vous! À
partir de maintenant, vous allez faire des patrouilles
quotidiennes autour du fort par groupe de cinq ou
six, à la file, comme font les Indiens. Et vous allez
vous exercer à tirer. Viens ici, Radisson!

Le jeune Français n'en croit pas ses oreilles et
n'ose d'abord pas bouger. Pourquoi Godefroy
l'appelle-t-il? Qu'a-t-il fait de mal, surtout qu'il

écoute maintenant avec attention les paroles de son capitaine ?

— Radisson ! crie encore Godefroy. Viens ici, je te dis !

Son ami François lui fait signe d'avancer immédiatement. Alors Radisson sort du rang et se rend jusqu'à son capitaine, très impressionné par la force qui émane de cet homme à la carrure exceptionnelle.

— Mets-toi ici, lui dit Godefroy. Tu vas leur montrer comment tirer. Écoute. Quand je lance ce bout de bois en l'air et te de tirer, tu fais feu. Compris ?

— Compris, répond Radisson.

La gorge serrée, les deux jambes légèrement fléchies pour être bien stable, ses pieds posés fermement sur ses raquettes à neige, fusil à hauteur de poitrine, Radisson se tient prêt. Il veut faire bonne figure, se montrer digne de la confiance que Godefroy place en lui. Soudain, celui-ci lance le bout de bois et crie : « Tire ! » Radisson porte aussitôt son fusil à l'épaule, vise, presse sur la gâchette et atteint la branche. L'impact de la balle fait virevolter celle-ci dans l'air. « Je l'ai eu ! Je l'ai eu ! » s'écrie Radisson en levant les bras au ciel et en tournant son visage rayonnant de joie vers les hommes qui l'observent.

— Vous avez vu ? demande Godefroy. Je voulais vous prouver qu'on n'a pas besoin d'avoir été soldat pour devenir un bon tireur. Radisson n'a jamais tenu de fusil dans ses mains avant d'arriver ici. Mais il s'est appliqué et il a appris. En seulement six mois, il est devenu meilleur tireur que plusieurs d'entre vous. C'est dire que quand on veut, on peut. Maintenant, si chacun fait les exercices que je vous commande, vous allez sûrement vous améliorer et nous n'aurons rien à craindre de l'Iroquois ! C'est nous qui serons les plus forts.

Encore étonné d'avoir démontré à tous qu'il est l'un des meilleurs tireurs de Trois-Rivières, Radisson se sent grisé par une extraordinaire exaltation. Bien des hommes le félicitent et l'encouragent, car ils sont conscients d'avoir besoin de jeunes recrues comme lui pour reprendre le dessus dans la guerre contre les Iroquois. Il les remercie de son plus beau sourire, sachant depuis longtemps comment attirer la sympathie. À Paris, déjà, il avait compris que servir les clients de son père avec ardeur et bonne humeur était avantageux. Ils déboursaient plus volontiers le prix demandé et leur restaient fidèles.

— Suivez-moi maintenant ! ordonne Pierre Godefroy. En courant !

Porté par son succès, Radisson veut encore prouver qu'il est l'un des meilleurs. Il s'élance, mais, comme il est peu habitué à courir en raquettes, il s'enfarge aussitôt et plonge tête première dans la neige. François ne rate pas l'occasion de prendre sa revanche.

— C'est là qu'on voit qu'un petit nouveau, ça sait pas faire grand-chose, lui dit-il avec dédain. On peut pas toujours être chanceux comme tantôt, hein ?

— Tais-toi, François Godefroy, tu le sais que je tire mieux que toi ! répond Radisson qui a du mal à se relever, empêtré dans ses raquettes. Aide-moi donc...

Mais François s'éloigne sans se retourner, le cœur léger. Radisson le rejoint quelques minutes plus tard au campement des Algonquins. Son père a déjà commencé le discours qu'il adresse à leur chef, en langue algonquine. Radisson n'y comprend pas grand-chose. Il se penche vers son ami qui parle couramment cette langue et lui demande à voix basse : « Qu'est-ce que dit ton père ? »

François est heureux de prouver ses connaissances supérieures et lui chuchote à l'oreille : « Il regrette qu'autant d'Algonquins soient morts quand les Iroquois les ont attaqués, il y a quatre ans. Il dit que pour éviter un autre massacre, les Français sont venus en grand nombre lui promettre qu'ils vont combattre avec eux. Il lui demande si les Algonquins s'engagent aussi à combattre avec les Français... »

Radisson est aussi très impressionné par ce chef indien qui s'exprime avec noblesse, pesant chacune de ses paroles comme s'il avait un grand secret à communiquer. Il demande à François de traduire sa réponse mais Jean Véron, qui se tient tout près, leur fait signe de se taire d'un geste qui n'autorise aucune réplique. Radisson ne parvient ensuite qu'à saisir quelques mots : « été… rivière Saint-Maurice… alliance… nombreux frères… parole donnée… » Dès que Godefroy met fin à la rencontre en donnant l'ordre de rentrer au fort, Radisson redemande à François de traduire la réponse du chef algonquin.

— Je m'en souviens plus, répond François.

— Je te crois pas ! réplique Radisson. Dis-le-moi, dis-le-moi François, s'il te plaît, fais un effort…

— Ça me tente pas.

— Il faut que tu m'apprennes l'algonquin, François ! Je veux apprendre l'algonquin ! Dis-moi n'importe quoi, c'est important ! Parle-moi en algonquin, je t'écoute…

* * *

Le printemps est enfin arrivé. Il éclate de partout. Depuis que la glace a cédé sur le fleuve, dans un grand fracas, une nuit d'avril, Radisson sent monter en lui une fièvre incontrôlable. Chaque jour, il harcèle Jean Véron pour savoir quand ils partiront pour Québec, comme il le lui a promis. Au moins, il voudrait pouvoir sortir du fort pour chasser les outardes qui ont envahi le ciel. Ça le rend fou de voir toutes ces oies et toutes ces outardes passer au-dessus du village et se poser par milliers sur le fleuve, à portée de la main, pour se nourrir puis repartir, aussitôt remplacées par d'autres.

Mais au lieu de saisir cette chance inouïe de se régaler de viande fraîche après le carême, que les Jésuites ont veillé à faire observer à la lettre, Pierre Godefroy a donné l'ordre de ne plus sortir du village pendant quelque temps. Il a pris cette décision après qu'un Montréalais soit venu les prévenir que les Iroquois étaient de retour. À part Godefroy, personne n'y croit à Trois-Rivières, car les Iroquois ne sont jamais venus jusqu'ici si tôt en saison. Mais le capitaine de milice est d'avis qu'il n'y a pas de risque à prendre. Radisson n'aurait pas d'objection s'ils se rendaient tout de suite à Québec pour prendre les ordres du gouverneur. Mais ils ne bougent pas. Rien ne se passe, ni chasse, ni voyage à Québec. Rien. Jean Véron n'arrête pas de l'emberlificoter avec des raisons incroyables pour reporter leur voyage. Radisson ferait n'importe quoi pour rompre l'inaction qui le ronge.

Un matin, à sa grande surprise, il constate que Jean Véron s'est absenté. « Où est-il passé ? » demande-t-il à sa sœur avec appréhension. D'abord, Marguerite n'ose pas lui révéler le secret qu'elle garde à contrecœur depuis quelques jours. Puis elle se résigne à lui apprendre que son mari est parti en canot pendant la nuit avec Pierre Godefroy et Claude Volant pour rencontrer le gouverneur à Québec. Ils ont pris cette décision de partir en secret, eux seuls, par mesure de sécurité, dit-elle. La colère de Radisson explose.

— Torrieu de menteur ! s'exclame-t-il en frappant la table du poing. Maudit verrat de menteur à Véron ! Il m'avait promis de m'amener !

Marguerite tente de calmer son frère.

— Il le fallait, Radisson. Il faut être plus prudent que jamais. Les Iroquois ont déjà tué assez de nos gens comme ça. Pierre et Jean ne voulaient prendre aucun risque, ils ont gardé le secret…

— Je suis plus fort qu'eux, t'apprendras ! ajoute Radisson sans l'écouter. S'ils m'avaient amené, on serait déjà rendus à Québec !

— Bien pagayer, réplique posément Marguerite, ce n'est pas seulement une question de force. Tu n'as presque jamais voyagé en canot, mon frère. Tu ne sais pas comment t'y prendre. C'est moins facile que ç'en a l'air…

— Comment tu veux que j'apprenne si personne me le montre ? Je demande pas mieux que d'apprendre à pagayer, moi ! Comme j'ai appris à tirer. Mais donnez-moi ma chance ! Ben non, c'est toujours pareil : attends ton tour le jeune, attends, t'es pas encore mûr… Maudit menteur de croche à Véron ! Maudite vie plate ! Si je pouvais aller chasser au moins ! Peux-tu me dire toi, pourquoi on n'a pas le droit de chasser ? Personne y croit que les Iroquois sont arrivés ! C'est juste pour nous embêter cette histoire-là !

— C'est plus prudent, répond Marguerite sans conviction.

Elle non plus ne croit guère à la menace imminente des Iroquois. Elle cherche un moyen de contenter son frère qu'elle voit se morfondre de jour en jour.

— Peut-être que tu pourrais sortir chasser juste en face du fort, suggère-t-elle, avec des amis ? Il y a tellement d'oies ! Il y en a bien trois ou quatre qui vont passer à portée de vos fusils. J'ai bien hâte de manger de la viande fraîche, moi…

La proposition a un impact immédiat sur Radisson qui se lève avec enthousiasme.

— C'est vrai ! s'exclame-t-il, déjà prêt à passer à l'action. T'es sérieuse ?

— Pourquoi pas ? répond-elle. Je pense que Jean serait d'accord que tu ailles chasser en vue du fort. À condition que François et d'autres amis t'accompagnent. Bien armés, à courte distance d'ici, vous ne risquez rien.

— Bonne idée, ma sœur ! Je cours voir si François est d'accord. Je reviens tout de suite !

Radisson quitte la maison en coup de vent et se rend d'abord chez Mathurin Lesueur, le grand maigre qui est arrivé un peu après lui. Même s'il le trouve plutôt engourdi et maladroit, Radisson en a fait son compagnon puisqu'ils ont le même âge. Il y a si peu de jeunes gens comme eux à Trois-Rivières.

Radisson lui communique aussitôt la proposition de sa sœur.

— Marguerite est d'accord pour qu'on sorte chasser juste en face du fort, lui dit-il. Elle veut qu'on ramène du gibier pour tout le monde ! Ta mère va être contente, Mathurin. Prépare-toi pendant que je vais chercher François. À tantôt !

Mais Radisson a plus de difficulté à convaincre François Godefroy.

— Mon père veut pas qu'on sorte du fort, affirme-t-il avec assurance, alors il est pas question que j'y aille. C'est pas ta sœur qui mène ici, ni son mari, c'est mon père.

— C'est pour le bien commun, François ! argumente Radisson qui y met toute sa force de persuasion. Tout le monde en a assez de manger des vieux navets pourris, des oignons fades puis du lard salé. Écoute-les ! Les oies nous appellent à cœur de jour ! Elles demandent rien de mieux que de nous régaler... As-tu déjà vu ça, toi, quelqu'un cracher sur la manne que le bon Dieu nous envoie chaque printemps ? C'est quasiment péché de pas sortir chasser !

— C'est une question de sécurité, répond François. Tout ce qu'il veut, mon père, c'est nous protéger contre les Iroquois.

— Peut-être... Mais qui a déjà vu un Iroquois par ici au début du mois de mai ? Personne. Personne ne croit le Montréalais qui est venu nous raconter des sornettes. Les Iroquois, ils font comme on devrait faire, François, ils chassent l'outarde pendant qu'elle passe. Après, il sera trop tard. Il n'y a pas de risque parce qu'on n'ira pas loin. On va rester en face du fort. Les gardes vont nous voir du haut de la palissade. Ça fait quand même cinq ans que Marguerite vit ici ! Et ton père a choisi Véron, son mari, comme premier officier de milice. Alors elle sait de quoi elle parle, ma sœur. Viens donc, François. Mathurin et moi, on y va de toute façon. Mais t'es le seul qui a de l'expérience, t'es meilleur chasseur que nous autres. Viens donc, François, pour le bien commun...

Au même moment, un voilier d'oies passe en formation de pointe juste au-dessus de leur tête, caquetant sans relâche dans le ciel clair et lumineux. Le goût délicat de l'oie rôtie revient dans la mémoire de François et le fait saliver. Sa résistance faiblit.

— C'est vrai que mon frère Jacques est parti ce matin avec les Algonquins pour le haut de la rivière Saint-Maurice...

— Tu vois ! De toute façon, tous les officiers de milice sont partis sauf Dandonneau. Personne va nous en vouloir d'être sortis chasser. Au contraire. Ta propre mère va te remercier de ramener de la bonne viande fraîche à la maison ! Viens François, c'est décidé.

— D'accord. Je suis paré si on reste en vue du fort. C'est vrai qu'il n'y a pas de danger dans ces conditions-là. On tue chacun une oie ou deux, puis on revient.

— Formidable !

Radisson exulte. Il a gagné son pari. Il pourra enfin bouger et se rendre utile. Marguerite aurait préféré qu'ils soient plus nombreux mais à trois, avec l'expérimenté François, elle se sent en confiance et ne change pas d'idée. Radisson chausse avec empressement ses mocassins graissés, prend son fusil, sa corne de poudre et des plombs en grande quantité. Il fait un temps parfait pour la chasse, chaud et ensoleillé. Radisson ne porte que sa chemise en lin et ses pantalons. Marguerite le regarde se préparer sans mot dire, ravie de le voir à nouveau en forme après la grosse déception qu'il vient d'encaisser. Elle lui donne un seul conseil.

— Surtout, ne t'éloigne pas du fort. C'est ça qu'on a convenu ensemble. T'as juste à être patient, mon frère. Vous allez ramener des oies, c'est sûr.

— T'en fais pas, ma sœur préférée. Tu peux préparer tes chaudrons. Je te jure qu'à soir, on va se régaler !

— Tiens, prends une miche de pain avec toi ! ajoute Marguerite en lui tendant un gros morceau de pain frais. Ça va te soutenir pour la journée.

Radisson le glisse dans sa gibecière et sort de la maison, mais une idée soudaine lui fait rebrousser chemin. Il revient prendre le vieux fusil de Véron accroché au-dessus de l'âtre, en plus du sien.

— J'emprunte l'autre fusil de ton mari, explique Radisson. Il me doit bien ça. Deux coups de feu, ça fera juste plus d'oies pour tout le monde. À tantôt !

Marguerite se réjouit d'avoir trouvé une solution : chasser fera du bien à son petit frère qui avait tellement besoin d'action. « Pourvu qu'il ne s'éloigne pas trop », pense-t-elle…

* * *

Le garde qui surveille la grande porte du fort refuse d'abord de laisser passer les trois jeunes hommes qui font valoir l'importance de rapporter de la nourriture fraîche, malgré la consigne de ne pas sortir. Pour mieux le convaincre, ils lui promettent de lui donner la quatrième oie qu'ils tueront, s'ils sont chanceux. Comme le garde ne croit guère à la venue des Iroquois si tôt en saison et qu'il irait volontiers chasser lui-même, il les laisse finalement passer. « À condition que vous restiez proches et que vous ne disiez à personne que c'est moi qui vous a laissé sortir. »

Les trois compagnons quittent l'enceinte du village en criant, emportés par l'exubérance printanière. Radisson se sent libre comme les oies qui parcourent le ciel. Dans quelques heures, il rapportera un délicieux repas à Marguerite et il ira porter du gibier à sa sœur Françoise qui travaille pour les Jésuites. Tout le monde sera content et fier de lui.

Ils atteignent rapidement l'extrémité du pré qui entoure l'enceinte du village, en direction du fleuve. Une zone de broussailles les sépare de la berge qui se trouve plus éloignée qu'elle en avait l'air. Il faut plusieurs minutes pour se rendre jusqu'aux derniers fourrés, à quelques pas du rivage. C'est le meilleur endroit pour surprendre les oies et les outardes, même si, pour l'instant, aucun oiseau n'est visible à courte distance. Il n'y a qu'à attendre… attendre… encore attendre… Cette façon de rester inactif met Radisson sur les nerfs.

Au bout d'une heure, aucun oiseau n'est encore passé à portée de leur fusil. Radisson aperçoit une vaste tache blanche composée de milliers d'oies posées sur l'eau, beaucoup plus loin. « Toutes les oies sont là-bas, argumente-t-il. Il faut les débusquer où elles se trouvent. Ça sert à rien d'attendre ici. » François et Mathurin ne sont pas d'accord. Ils veulent respecter leur entente initiale. Devant l'insistance de leur ami, cependant, ils finissent par céder. Tous trois se remettent alors en marche en longeant le rivage. En peu de temps, la palissade de Trois-Rivières n'est plus qu'une ligne au-dessus des broussailles. Les jeunes feuilles, d'un vert éclatant, masquent les environs. Les trois compagnons ne voient plus qu'à courte distance autour d'eux. Bientôt, il est évident que plus personne ne pourra les voir de Trois-Rivières.

— Hé ! on ne voit plus le village ! proteste Mathurin. On avait dit qu'on n'irait pas loin. Il faut revenir.

— Peureux ! répond Radisson qui ne se retourne même pas. On est presque arrivés. Dans quinze minutes, on aura tué deux ou trois oies chacun et on s'en retourne. Venez-vous-en !

Mathurin s'arrête un instant pour regarder attentivement autour de lui. Il aimerait voir la palissade rassurante, mais elle a disparu. La peur lui serre le ventre. Les fourrés sont menaçants, il croit y voir partout des Iroquois dissimulés. Mais Radisson et François s'engagent déjà dans les herbes basses, en direction du rivage. Mathurin les rejoint en courant pour ne pas rester seul, à contrecœur. Ils progressent tous trois lentement dans une zone de plus en plus imbibée d'eau, accroupis pour ne pas effrayer les oies. Mathurin ne peut s'empêcher de manifester à nouveau sa détresse : « C'est dangereux », parvient-il à lancer à ses compagnons d'une voix tremblante.

— La ferme ! répond brutalement Radisson qui ouvre la marche, en se redressant complètement en direction de Mathurin. Tu vas faire partir les oies !

Au même moment, une première oie s'envole au loin, puis une autre, puis dix, cent, et mille à la fois !

Tout un nuage blanc se gonfle, tangue et penche vers l'ouest en un mouvement d'une rare élégance. Radisson court dans leur direction, met en joue et tire… Mais la distance est trop grande, les proies tant convoitées sont inaccessibles. François ne s'est même pas donné la peine de faire feu. Radisson se retourne, en colère, et couvre Mathurin de bêtises : « C'est ta faute ! Si t'avais rien dit, on se serait rendus plus proche et on aurait réussi notre coup ! »

— C'est toi qui as crié ! réplique Mathurin. C'est de ta faute ! Tu sais même pas chasser ! T'as pas de leçon à me donner, tu sauras !

Les deux amis s'asticotent et se bousculent un moment. François reste à l'écart. Il est le seul à avoir l'expérience de la chasse et sait que la patience est l'atout primordial, une qualité qui manque encore à Radisson. Quand la paix revient entre les deux compagnons, il leur demande de rebrousser chemin jusqu'en vue du fort pour discuter de la marche à suivre. Lorsqu'ils sont revenus à proximité de Trois-Rivières, Radisson réussit une fois de plus à les convaincre de retourner là où les oies sont nombreuses. Ils repartent donc vers l'ouest, mais en suivant l'idée de François, qui est de passer par les champs défrichés, ceux des rares paysans qui habitent à l'extérieur de Trois-Rivières, un trajet qu'il estime plus prudent.

Sitôt qu'ils arrivent à proximité de la première maison de ferme, un homme crie dans leur direction : « Halte là ! » de l'intérieur de son habitation. Le temps de débarrer sa porte et de sortir, l'habitant entre deux âges, au dos voûté, qui tient un fusil dans ses mains, leur lance d'un ton furibond : « Vous êtes fous, les jeunes ! Les Iroquois rôdent dans le coin et ils vont vous massacrer ! Déguerpissez ou je vous mets du plomb dans les fesses ! »

La menace fait hésiter les trois jeunes qui ne savent plus exactement à quoi s'en tenir. Mais François reconnaît le fermier et se souvient qu'il a mauvaise réputation : il s'agit du père Bouchard qui vend de l'alcool aux Indiens malgré l'interdiction des Jésuites. L'homme n'a d'ailleurs pas l'air dans son état normal. Mathurin, qui est déjà mort de peur, le croit sur parole, mais François se demande s'il a bu et veut vérifier ses dires.

— Où les avez-vous vus ? lui demande-t-il.

— Au bord du fleuve, répond Bouchard en pointant le cours d'eau. Là-bas, au bout de mon champ !

Radisson regarde au loin, encore plus incrédule que François.

— Êtes-vous sûr de voir aussi loin que ça, le père ? demande-t-il avec arrogance.

— Sûr, le jeune ! Un Iroquois, ça trompe pas. J'en ai vu cent, tout grimaçants, avec des plumes sur la tête ! Retournez chez vous avant qu'ils vous dévorent !

— On s'en va, glisse Mathurin d'une voix tremblante.

— Là-bas ? redemande Radisson d'un ton cynique, où je vois des loups-garous…

— Va-t-en au diable, le jeune ! Tant pis pour toi s'ils te font la peau. Je t'aurai prévenu ! Bonsoir la compagnie !

Et le fermier leur tourne le dos aussi vite qu'il était sorti de sa maison. On l'entend remettre la barre en travers de sa porte. Deux secondes plus tard, son visage inquiet réapparaît dans le carreau de la petite fenêtre qui donne sur le fleuve, tenant toujours son fusil à la main.

— À mon avis, il faut aller voir s'il y a des traces, suggère François. Mieux vaut en avoir le cœur net. Si c'est vrai, on ira tout de suite prévenir Dandonneau. Préparez vos fusils, les gars. Tenez-vous sur vos gardes.

— Ah non… soupire Mathurin.

Une fois arrivés à la lisière de la forêt qui sépare le champ défriché du fleuve, les jeunes scrutent les fourrés de tous les côtés pendant un long moment. Ils inspectent le sol à la recherche de traces de pas. Ils écoutent le vent siffler dans les branches, les craquements végétaux et les caquètements lointains du gibier à plumes. Ils ne repèrent rien d'anormal.

— On continue jusqu'au fleuve, annonce Radisson en pénétrant dans le bois.

Prêts à toute éventualité, ils avancent avec précaution d'un arbre à l'autre. Effrayé, Mathurin reste derrière. Il suit ses compagnons de mauvaise grâce, en tremblant. Radisson et François s'échangent des signes. Ils attirent tour à tour leur attention sur un arbre, un bosquet ou une ombre et se couvrent l'un l'autre. Cinquante pas plus loin, quand ils atteignent enfin la berge, Radisson baisse la garde : « Vous voyez bien qu'il n'y a pas d'Iroquois. Le vieux fou s'est trompé. » François, qui en est moins sûr, continue de scruter le sol et d'observer les alentours avec appréhension, à la recherche du moindre indice qui confirmerait son intuition.

— C'est pas parce qu'on n'a pas vu d'Iroquois qu'ils ne sont pas dans les parages, finit-il par répliquer. Ils sont forts pour se cacher.

— Tu dis n'importe quoi ! riposte Radisson. C'est quand même pas des fantômes, tes Iroquois !

— Ça paraît que tu ne les connais pas, répond François en continuant d'examiner les alentours, comme s'il se sentait épié. Y'a pas plus rusé qu'un Iroquois, tu sauras. Il faut que t'apprennes ça, sinon tu feras pas long feu en Nouvelle-France, toi.

— Peut-être. Mais pour l'instant, ce que je vois, c'est des milliers d'oies qui sont à notre portée. Suivez-moi ! Cette fois, il ne faut pas rater notre coup.

— Pas question ! s'oppose fermement François. Je retourne à Trois-Rivières. On a déjà été beaucoup plus loin qu'on avait prévu. C'est dangereux. Il faut prévenir Dandonneau que le père Bouchard a vu des Iroquois.

— Es-tu tombé sur la tête ! se fâche Radisson. Il nous reste cent pas à faire pour tuer toutes les oies qu'on veut. Le père Bouchard est à moitié fou. On n'a pas vu une seule trace d'Iroquois. Et tu veux retourner te cacher dans les jupes de ta mère ? T'es juste un maudit peureux, François Godefroy ! J'ai promis à Marguerite que j'allais ramener de l'oie pour souper et, par le sang de Dieu, je vais tenir parole ! Salut les poules mouillées ! Allez faire rire de vous autres tout seuls. Moi, je continue…

Sur ce, Radisson leur tourne les talons et se dirige à pas de course en direction des oies, dos courbé pour éviter de les effrayer de nouveau. Mathurin trépigne d'impatience à l'idée de retourner au fort, mais François hésite un long moment, dents serrées, froissé dans son orgueil. Finalement, convaincu qu'il est de son devoir de revenir au fort prévenir Dandonneau, il prend le chemin de Trois-Rivières.

— Viens-t'en, souffle-t-il à Mathurin. On passe par la berge. Si on est chanceux, on va croiser des oies.

* * *

Il faut plusieurs minutes à Radisson pour s'approcher des proies qu'il croyait bien plus proches de lui. Des milliers d'outardes, de canards et d'oies se reposent nonchalamment au milieu d'une immense prairie de joncs partiellement inondée. Pour ne pas effrayer les oies, il avance vers elles à pas lents, gardant toujours son corps penché. L'eau froide passe à travers ses mocassins et atteint bientôt ses genoux. Il continue à avancer en s'assurant que la poudre demeure bien au sec dans sa gibecière. Son deuxième fusil, qu'il porte en bandoulière, restreint ses mouvements, mais il est content de l'avoir emporté. Il pourra tirer deux fois, coup sur coup, et faire une meilleure chasse.

Les oies sont nerveuses, Radisson sent qu'un rien pourrait les faire décoller. Dès qu'il estime être à distance suffisante pour atteindre sa cible avec certitude, il s'arrête, met en joue, vise et tire une première fois. Des centaines d'oiseaux effrayés battent fébrilement des ailes et fouettent l'eau de leurs pattes pour s'envoler. Elles crient toutes en même temps. Radisson saisit son second fusil, pointe et tire un deuxième coup. Quelques oiseaux tombent du ciel envahi par une multitude d'ombres blanches et brunes. Un vacarme assourdissant d'ailes froissées, de caquètements angoissés, d'eau brassée emplit l'air. L'immense volée s'élève, virevolte et s'éparpille dans l'espace. Pendant qu'une partie des oies se pose beaucoup plus loin, un voilier entier continue de s'élever dans le ciel et s'éloigne pour de bon.

Bouche bée devant ce spectacle éblouissant, Radisson retrouve peu à peu ses sens. Il lui faut maintenant récupérer la dizaine de cadavres qui flottent non loin de lui. Il s'avance dans l'eau jusqu'aux cuisses en s'efforçant de protéger sa gibecière et ses fusils. La tâche est ardue. Il doit traîner les oies une à une jusqu'à la berge. Il réussit à en accumuler sept sur un petit monticule de sable, bien au sec. Puis, sans crier gare, le froid et une grande fatigue l'envahissent. Radisson doit s'asseoir et se reposer un long moment, en laissant sécher ses deux fusils au soleil. Les crosses ont trempé malgré lui dans l'eau, mais ni leur mécanisme de mise à feu, ni les canons ne sont mouillés. Comme un ogre, il dévore le pain que Marguerite lui a donné. Manger lui fait du bien mais ne chasse pas l'inquiétude qui trouble de plus en plus son esprit. Il est allé beaucoup trop loin. Il est seul et il a fait assez de bruit pour ameuter tous les Iroquois qui pourraient rôder dans les alentours. Il espère que François se trompe à leur sujet, que son père, le Montréalais et Bouchard aussi, sinon il se trouve dans une fâcheuse situation...

Radisson parvient à garder son calme et à faire le point. D'après la position du soleil, il doit être deux heures de l'après-midi et il se trouve à environ trois heures de marche de Trois-Rivières. Il se rassure en constatant qu'il peut donc revenir à la maison avant la fin du jour, même avant l'angélus du souper s'il ne s'attarde pas trop en chemin. Il prend d'abord la précaution de recharger ses fusils, en vérifiant que la poudre est bien sèche. Puis il la foule avec précaution au fond du canon. Il y glisse ensuite les balles de plomb et le bout de chiffon qui retient le tout en place. Dans le fusil de Jean Véron, il a placé six plombs de grosseur moyenne pour blesser et disperser d'éventuels assaillants. Dans le sien, il met son plus gros plomb, pour tuer au besoin.

Le pantalon et les mocassins de Radisson sont encore trempés, mais le soleil est radieux et le réchauffe peu à peu. L'impression de froid s'estompe. Il se sent d'attaque pour amorcer le trajet du retour. Mais les sept oies sont terriblement lourdes et encombrantes et il ne sait pas trop comment les transporter. La gibecière ne peut suffire. Après réflexion, il trouve un ingénieux stratagème. Il enroule l'anse de sa gibecière autour du long cou de chacune des proies, puis passe le sac enroulé en travers de son épaule, trois oies derrière lui, trois oies devant. Il enfile ensuite le fusil de Jean Véron par-dessus son autre épaule et, avec sa main gauche, saisit la septième oie par le cou. De sa main droite, il empoigne son fusil. Même si la charge est accablante, il réussit à tout emporter. Aussitôt, Radisson s'engage sur le rivage à pas pesants, évitant de pénétrer dans les bois où les nombreux obstacles le retarderaient. Le trajet sera long et fatigant, mais il est déterminé à rapporter tout son butin à la maison.

Au bout d'une heure, Radisson est épuisé. « Ces oies pèsent une tonne ! » se lamente-t-il intérieurement. Il s'arrête alors pour boire l'eau fraîche et claire du fleuve et se reposer un moment. À peine a-t-il pris le temps de se rafraîchir qu'il devine la présence de quelqu'un dans son dos. Il se retourne en un éclair... mais ne voit personne. La sensation de danger persiste pourtant. Elle lui noue l'estomac. Radisson récupère aussitôt ses fusils et ses oies et repart au pas de course. Il s'enfonce dans le bois, y fait quelques enjambées, puis s'accroupit brusquement. Il ne bouge plus, essoufflé, angoissé, attentif à tout ce qui se passe. Mais il n'entend que le vent dans les feuilles, les chants d'oiseaux et son cœur qui bat à tout rompre, pas l'ombre d'un bruit suspect... Il tente de se calmer. Sans y parvenir. « C'est la fatigue », se dit-il. Des images d'Iroquois grimaçants envahissent son esprit comme des mouches agglutinées sur un cadavre. Il croit devenir fou, la mort hurle dans ses tympans. N'y tenant plus, il laisse tout sur place et s'éloigne en rampant avec son seul fusil. Il fait un grand détour et revient sur ses pas pour se cacher en face des oies empêtrées dans sa gibecière, à côté du fusil de Jean Véron qu'il a laissé au pied d'un gros arbre. « Si les Iroquois sont dans les parages, se dit-il, ils viendront quérir ce butin. » Alors, il ne lui restera plus qu'à fuir pour sauver sa vie…

Mais rien ne se passe.

Pendant de longues minutes, Radisson reste là sans bouger. Personne ne se manifeste. Il secoue la tête de toutes ses forces pour chasser les mauvaises pensées qui l'habitent. Il se relève enfin et va récupérer ses oies. Maintenant, il sait qu'il doit faire vite s'il veut atteindre Trois-Rivières avant la tombée du jour. Plus rien ne doit l'arrêter. Il avale le morceau de pain qui lui reste et regagne la berge avec sa charge épuisante en suivant la rive à pas rapide.

Le temps file sans qu'il s'en aperçoive. Il s'efforce de ne penser à rien. Seulement marcher le plus vite possible. Il songe tout de même à Marguerite qui a eu la bonne idée de lui donner du pain pour qu'il tienne toute la journée. « Ma chère sœur, pense-t-il, que Dieu te bénisse… » Il s'en veut de ne pas avoir respecté le marché conclu avec elle. « À condition que tu restes en vue du fort et que François t'accompagne… », l'entend-il lui répéter en réalisant à quel point il a été téméraire. Mais son calvaire achève, car il reconnaît l'endroit où il s'est séparé de ses compagnons. Ses pensées sont soudainement plus sereines. Il se promet de donner une oie à François, une à Mathurin et une au gardien qui les a laissés sortir pour se faire pardonner. Il a bien assez de gibier pour tous. Il en donnera aussi deux à sa sœur Françoise, pour les Jésuites, et il en restera deux pour lui et Marguerite. Que Jean Véron aille au diable s'ils ont tout mangé avant qu'il revienne ! Tant pis pour lui. Tout le monde sera content et tout finira par s'arranger. Il retiendra la leçon...

Radisson aperçoit alors deux formes étranges allongées dans l'herbe haute, un peu sur sa gauche. Ce ne sont pas des troncs d'arbre, ni des carcasses d'animaux... Il craint de deviner ce dont il s'agit mais, incrédule, il s'en approche... Pour constater avec dégoût que ce sont bien les corps de François et de Mathurin horriblement mutilés et transpercés de flèches ! Horrifié et terrorisé, il jette aussitôt sa charge par terre et recule de quelques pas. La vision de leur chair sanguinolente lacérée de la tête aux pieds, de leur visage défiguré baignant dans le sang le rend malade. Il vomit violemment. Mais il n'arrive pas à détacher ses yeux de leur tête scalpée, de leur chevelure découpée à partir du front puis arrachée, de leur corps tailladé de coups de couteau, dépecé comme des animaux. « Pourquoi ne se sont-ils pas défendus ? se demande-t-il avec horreur. Pourquoi n'ai-je rien entendu ? C'est impossible... » Radisson refuse de se rendre à l'évidence, mais c'est bien leur visage grimaçant de douleur, couvert de sang encore chaud, leur chair encore molle, il ne peut le nier...

Un violent tremblement secoue son corps. Radisson sent la mort l'encercler, cruelle et impitoyable. Il a le réflexe de tirer en l'air pour alerter les habitants de Trois-Rivières, pour qu'ils volent à son secours… Futile espoir à une telle distance. Et maintenant il ne lui reste qu'un seul coup de feu à tirer… Il pointe son autre fusil au hasard devant lui, prêt à défendre chèrement sa peau. Et là ! Tout à coup ! Il voit dix Iroquois barbouillés de couleurs vives à moitié cachés dans les fourrés. Il les met en joue et s'apprête à tirer quand, derrière lui, d'horribles hurlements lui glacent le sang. Il se retourne et aperçoit en un éclair vingt Iroquois se ruer sur lui. Il tire à l'aveuglette sur ces corps puissants qui l'immobilisent. Leurs cris, leurs armes s'abattent sur lui. Radisson voudrait lutter mais c'est impossible. Les Iroquois le clouent au sol et un violent coup sur la tête lui fait perdre conscience.

CHAPITRE 2
Entre la vie et la mort

Une douleur intense réveille Radisson. Sa tête veut fendre. Il ne peut bouger, car ses bras et ses jambes sont fermement ligotés. « Si j'ai mal, songe-t-il, c'est que je suis encore vivant. Dieu soit loué ! » On l'a étendu dos au sol, entièrement nu, jambes et bras écartés, chevilles et poignets attachés à des piquets plantés en terre. L'horreur des corps mutilés de ses compagnons lui revient à l'esprit. Soudainement oppressé par une angoisse intense, il a du mal à respirer. Un nuage de maringouins voltige autour de lui et s'abreuve de son sang par petites gorgées piquantes. Il souffle sur eux pour les chasser, mais sa douleur à la tête redouble alors d'intensité. Il se résout à ne pas bouger en attendant son sort avec résignation.

Un Iroquois s'est aperçu du réveil du prisonnier et s'en approche. Radisson le regarde avec inquiétude se pencher sur lui. De larges traits blancs et noirs peints sur son visage le rendent menaçant. Son crâne nu, sale et luisant, séparé en deux par une étroite bande de cheveux courts, lui donne un air féroce et impénétrable. L'homme demeure impassible un long moment, puis il adresse un sourire à Radisson qui se demande si l'Iroquois se réjouit de pouvoir bientôt l'assassiner ou, au contraire, s'il doit considérer ce sourire comme un signe d'espoir. L'Iroquois disparaît presque aussitôt. Radisson, de nouveau seul avec son angoisse, cherche à comprendre pourquoi il n'a pas été exécuté sur-le-champ, comme ses compagnons. Il lui revient en mémoire la description que Jean Véron lui a faite un jour des tortures atroces que les Iroquois font subir à leurs prisonniers : tisons ardents appliqués sur la peau, nerfs arrachés, sable brûlant versé sur le crâne… Il se surprend à envier ses amis massacrés et il supplie Dieu de lui épargner d'aussi terribles châtiments.

Non loin de lui, hors de la portée de son regard, Radisson entend de nombreux Iroquois chanter, converser et festoyer à la lumière du soleil couchant. Les lueurs d'un grand feu crépitant dansent autour de lui. Une fumée épaisse s'en échappe. Radisson a probablement perdu connaissance pendant un court moment, une heure ou deux peut-être. Il doit être encore près de Trois-Rivières mais, de toute évidence, les Iroquois ne craignent aucunes représailles des Français, ni des Algonquins. Guidé par ce feu et ces chants, n'importe qui pourrait les repérer et les attaquer facilement, mais ils ne semblent guère s'en soucier. Ils sont les maîtres. Radisson se dit qu'il n'est pas au bout de ses peines. Toutes ses forces l'abandonnent. L'erreur impardonnable qu'il a commise a scellé son sort. La souffrance et la mort l'attendent irrémédiablement.

Au plus profond de son désespoir, il voit trois grands hommes robustes venir vers lui. Après avoir coupé ses liens, ils le soulèvent de terre, l'empoignent fermement, lui passent une corde autour du cou et le poussent jusqu'au bord du feu. Une cinquantaine d'Iroquois l'accueillent en hurlant de joie, le bousculent et lui donnent des coups. À sa grande surprise, l'Iroquois qu'il a vu en premier, à son réveil, repousse la plupart des hommes qui veulent le frapper. Ceux qui l'ont détaché le forcent à s'asseoir sur un tronc d'arbre couché sur le sol, en face du feu. On lui présente un morceau de viande pourrie que Radisson ne peut avaler : la nausée qui s'empare de lui déclenche l'hilarité de ses ravisseurs. Puis, l'Iroquois qui semble prendre son parti lui tend son propre morceau de viande grillée et lui donne à boire. Malgré sa vive douleur à la tête, Radisson réussit à manger quelques bouchées et ses inquiétudes s'évanouissent quelque peu.

La trêve est de courte durée. Sans perdre de temps, on le pousse dans un canot et on le ligote à nouveau. Les scalps sanguinolents de ses amis François et Mathurin pendent juste en face de lui. Radisson ne peut s'empêcher de vomir et d'y voir le présage de sa propre mort. Ses ravisseurs font exprès pour le terroriser. Faible et abattu, il se tient prostré au fond du canot. Il ferme les yeux en acceptant par avance les tourments que ses bourreaux se préparent à lui infliger. C'est à peine s'il se rend compte que toute la bande d'Iroquois file sur le fleuve en direction de l'ouest à une vitesse impressionnante.

En ouvrant les yeux, après un long moment de terreur incontrôlable, sous la lumière blafarde de la pleine lune, Radisson aperçoit l'Iroquois qui lui a témoigné un peu de bonté. Il est assis devant lui, à côté des scalps répugnants de ses amis. Il est impressionné par sa puissante musculature et la force de ses coups de pagaie. Pour ne pas nuire à ses mouvements, l'Iroquois a attaché à sa taille la corde passée autour du cou de Radisson. Malgré sa force, le jeune Français ne se sent pas de taille à lutter contre tous ces colosses. « Où m'emmènent-ils maintenant ? » se demande-t-il en constatant qu'ils s'éloignent constamment de Trois-Rivières et de ses chances de salut.

À l'aurore, les Iroquois s'arrêtent enfin pour établir un campement à l'embouchure d'une grande rivière qui coule en direction du sud, sur une rive sablonneuse qui convient parfaitement à leur dessein. La bande y échoue les canots et rassemble du bois pour faire un feu. Elle demeure à cet endroit trois jours durant, jusqu'à ce qu'un autre groupe d'Iroquois en provenance de l'ouest les y rejoigne.

Pendant toute la nuit suivante, deux cents Iroquois célèbrent le succès de leur offensive : l'autre groupe a aussi fait des prisonniers, deux Français. Puisqu'on les tient séparés, Radisson ne peut les apercevoir que de loin. Les Iroquois dansent autour du feu en brandissant une dizaine de scalps au bout de longs bâtons en signe de triomphe. Ils exhibent leurs trophées mortels avec une sinistre exubérance.

Pendant ces trois jours de festivités, Radisson reprend un peu confiance. Ganaha, l'Iroquois bienveillant qui est en quelque sorte son gardien personnel, veille à ce qu'il ne soit pas molesté. Même si ses chances de survie lui semblent bien minces, l'espoir renaît dans le cœur Radisson. Au matin du quatrième jour, Ganaha peint la moitié de son visage en rouge et l'autre en noir. Ensuite, ceux qui l'ont capturé remontent dans leur canot et se dirigent vers le sud sur une large rivière. À son grand soulagement, les scalps de François et de Mathurin ont disparu.

* * *

Le groupe qui remonte la rivière ne compte plus que quatre canots et dix-neuf guerriers. Le voyage se déroule dans le calme. Les Iroquois pagayent très fort à longueur de journée pour avancer rapidement contre le courant. La rivière est parfois si accidentée et le courant si puissant qu'ils doivent traîner les canots à l'aide de cordes à partir de la rive, sinon les rapides seraient infranchissables. Chaque fois, Radisson collabore en tirant son embarcation. Il a vite compris qu'il fallait faire preuve de bonne volonté pour ne pas subir les foudres des Iroquois. Il aimerait apprendre à pagayer aussi efficacement que les autres. Après plusieurs demandes insistantes, son gardien accepte finalement de lui enseigner comment le faire sans se fatiguer. « Garde tes bras droits, lui montre-t-il par des gestes. Plonge l'aviron devant toi et pousse avec ton torse et tes épaules pour propulser l'aviron derrière toi… » Une fois de plus, Radisson se montre bon élève et apprend rapidement. À l'évidence, Ganaha est satisfait des progrès de son prisonnier, qui est heureux d'oublier ainsi son triste sort.

En réalité, Radisson est en train de sauver sa vie sans le savoir. La décision de l'exécuter ou de le gracier appartient à Ganaha, qui a choisi de le capturer plutôt que de le tuer après qu'il eut quitté François et Mathurin pour poursuivre seul son expédition de chasse. Ganaha l'a suivi de loin avec son frère Ongienda pour juger de sa valeur. Il a été impressionné par son audace. Il a apprécié son talent de chasseur et la détermination dont il a fait preuve pour rapporter toutes ses proies. Sa ruse a même failli les déjouer lorsque Radisson a abandonné ses oies et son fusil. Il n'en fallait pas davantage à Ganaha pour se convaincre du potentiel de ce jeune Français.

Après quelques jours de route, Ganaha est maintenant persuadé que son prisonnier deviendra un bon chasseur et un excellent guerrier, comme le veut la coutume iroquoise. Il songe à le faire adopter par sa famille pour remplacer un de ses frères décédés. Il répondrait ainsi au souhait de sa mère qui espérait adopter un ou deux prisonniers français ou algonquins pour compenser les nombreux décès que la guerre et les maladies ont provoqués dans leur famille, dans leur clan et dans leur village. Le visage de Radisson à demi peint de rouge et de noir indique que Ganaha n'a pas encore décidé de son sort, noir pour la mort, rouge pour la vie. Ganaha attend de mieux connaître son prisonnier avant de choisir définitivement.

Radisson ignore tout de cette situation. Une nuit, il fait un rêve étonnant. Il se trouve à Trois-Rivières en compagnie d'un père jésuite. Il mange de l'oie rôtie et raconte au père ses aventures pendant que sa sœur Françoise leur sert de la bière. À son réveil, il interprète ce rêve comme une prémonition et croit désormais qu'il a de bonnes chances de sortir vivant de sa mésaventure. Dès ce jour, il décide d'oublier ses amis François et Mathurin, dont il ne peut racheter la mort. Il veut tout faire pour rester en vie et s'efforcer de plaire à ses ravisseurs, surtout à son gardien Ganaha. Peu importe que les Iroquois soient les assassins de ses amis. Peu importe que lui-même soit responsable de leur mort et de sa propre capture. Maintenant, en son âme et conscience, rien d'autre ne doit compter que sa vie, que sa survie qu'il croit possible.

Désormais, Radisson prie sans arrêt Ganaha de lui apprendre des mots iroquois qu'il a tôt fait d'intégrer à son vocabulaire : *canot, soleil, rivière, manger, boire, sourire, amis* et *joie*... Quand le groupe s'arrête pour le campement du soir, Radisson chante des chansons françaises que ses ravisseurs adorent entendre et il entonne avec eux des mélopées iroquoises. Il s'affaire à ramasser du bois pour le feu, il leur apporte de l'eau, il distribue la nourriture. Il ne ménage aucun effort pour les amadouer. Bientôt, il comprend qu'un autre Iroquois de son canot, Ongienda, est le frère de Ganaha. Sachant qu'ils sont maintenant deux à lui faire confiance, il tente aussi de nouer des liens d'amitié particuliers avec Ongienda. Sa stratégie donne des résultats encourageants. Le jour comme la nuit, ils ne le ligotent plus. La crainte qu'il se sauve ou qu'il cherche à se venger pendant leur sommeil a disparu. En quelques jours, même s'il n'arrive pas à comprendre pourquoi personne ne le maltraite, Radisson est sincèrement reconnaissant à leur égard. Il en vient même à se demander si les Français de Trois-Rivières n'ont pas exagéré la cruauté des Iroquois. Lorsque les meurtres sordides de François et de Mathurin lui reviennent en mémoire, il s'empresse de recouvrir ce souvenir d'un voile noir et d'orienter toutes ses pensées, tout son espoir vers l'avenir.

Dix jours après s'être engagés sur cette rivière, les Iroquois s'arrêtent dans un lieu reconnu pour la pêche abondante qu'on peut y faire. À peine arrivés, ils saisissent leur harpon à trois branches et se placent dans l'eau à des endroits stratégiques. Radisson fait signe à Ganaha qu'il veut pêcher lui aussi pour contribuer au repas. Sachant qu'un harpon peut se transformer en une arme redoutable, son gardien hésite. Il consulte Ongienda du regard et celui-ci donne son accord.

C'est la première fois que Radisson tient une arme dans ses mains depuis sa capture. Il est heureux et soulagé de constater que ses ravisseurs lui font confiance. Il veut s'en montrer digne. Alors, il prend position sur un lit de sable dans un détour tranquille de la rivière, où il attend sans bouger comme ses compagnons. L'eau couvre ses jambes jusqu'à la taille. Il tient fermement son harpon de la main droite, juste au-dessus de l'eau. Cinq minutes se sont à peine écoulées qu'un énorme poisson s'immobilise devant lui. Radisson n'en croit pas ses yeux. Oscillant doucement ses nageoires pour se maintenir entre deux eaux, indifférent à sa présence, le poisson se repose nonchalamment.

Stupéfait de sa bonne fortune, Radisson demeure un instant paralysé, admirant les couleurs de l'arc-en-ciel qui luisent sur le dos de cette truite, sous les rayons obliques du soleil striant l'eau claire de la rivière. « C'est Dieu qui m'envoie cette occasion providentielle de gagner l'estime des Iroquois », pense-t-il. Reprenant soudain ses esprits, il darde avec toute la force dont il est capable sa proie qui réagit avec tant de puissance qu'elle semble exploser ! Radisson empoigne son harpon et se précipite sur le rivage en la conservant de justesse. Le colosse se débat furieusement. Radisson l'a projeté sur le sable et pèse sur lui de toutes ses forces pour faire pénétrer le harpon plus profondément dans sa chair. La truite géante se débat encore avec une telle puissance qu'il manque l'échapper une deuxième fois. Mais il garde le harpon fermement enfoncé et la lutte devient rapidement inégale, car le sable envahit les branchies de ce roi des eaux déchu, qui s'étouffe et s'épuise. Bientôt, Radisson remporte la victoire.

Extraordinairement fier de lui, il exhibe son trophée à bout de bras pour que tous ses compagnons contemplent l'énorme poisson qu'il vient de capturer. Radisson sent des larmes lui monter aux yeux en voyant Ganaha accourir en riant et en gesticulant, proférant des paroles enthousiastes qu'il ne comprend pas. Son gardien lui prend un instant son harpon des mains et le porte à son tour à bout de bras, haut dans les airs, avant de le redonner à son protégé.

Ce soir-là, tous les Iroquois de la bande sont heureux de partager cette truite géante qu'ils font griller sur le feu avec les autres prises. Celle de Radisson est de loin la plus grosse. Il la distribue à ses compagnons avec une joie indicible, comme s'il offrait un cadeau précieux aux membres de sa famille, réservant les plus beaux morceaux à Ganaha et à Ongienda qui le félicitent. À la lueur du feu, bien après le coucher du soleil, Ganaha peint tout le visage de Radisson en rouge en lui parlant sans arrêt, de fort bonne humeur. Radisson ne comprend guère ce qu'il lui dit, mais il sent l'effet bénéfique de ses paroles couler en lui comme s'il avait toujours parlé l'iroquois. Il sait que son sort a basculé du bon côté. Dieu est avec lui.

* * *

Depuis l'épisode de la pêche, Radisson se sent en sécurité parmi ses ravisseurs. D'ailleurs, ils sont visiblement contents de lui et le traitent de plus en plus comme un des leurs. Radisson, qui voit enfin ses rêves de voyage et de découverte se réaliser, en oublie partiellement ses malheurs. L'Amérique est pour lui une suite ininterrompue d'étonnements. Il se demande parfois si vivre comme un Iroquois ne vaut pas aussi bien que de vivre comme un Français.

Ils pagaient sur un grand lac accueillant. La nature resplendissante éblouit Radisson. Il admire les feuillages qui habillent le paysage d'une multitude de teintes éclatantes. En une semaine, de Trois-Rivières à la région qu'ils traversent maintenant, toujours plus au sud, la végétation s'est transformée. Les jeunes pousses hésitantes ont fait place à des ramures abondantes. D'immenses arbres croissent en bordure du lac. Au loin, à l'est comme à l'ouest, il aperçoit des montagnes élevées aux cimes escarpées plus hautes que toutes celles qu'il a vues en France et en Nouvelle-France. De paisibles îlots boisés entre lesquels se faufilent les canots, comme dans un jeu de cache-cache, agrémentent leur trajet. Partout, le poisson abonde dans des eaux limpides et les forêts regorgent de gibier.

Lorsqu'ils atteignent l'autre extrémité du lac, ils s'arrêtent pour effectuer un long portage. Les plus costauds portent les canots d'écorce sur leurs épaules pendant que les autres transportent les réserves de nourriture, les armes et les munitions. Les Iroquois connaissent par cœur le sentier bien dégagé qu'ils empruntent.

Radisson apprécie de plus en plus la sollicitude de Ganaha qui lui apprend chaque jour de nouveaux mots. À l'aide de gestes et d'un vocabulaire simple, qui s'enrichit petit à petit, ils parviennent à communiquer. Même s'il s'en réjouit, le jeune Français ne comprend toujours pas comment un condamné à mort peut devenir presque un frère en si peu de temps. Quelque chose lui échappe dans l'attitude des Iroquois, à un point tel qu'il commence à se méfier. Il craint qu'un nouveau renversement ne le pénalise. Comme il a perdu tous ses points de repère et que les événements le dépassent, il a du mal à juger de la situation.

Après le portage, ils remettent les canots à l'eau sur une rivière qui coule en direction du sud. Ils laissent derrière eux les hautes montagnes. Quelques affluents gonflent progressivement le cours d'eau qui les porte avec impétuosité. Par endroits, les flots deviennent si rageurs qu'aux yeux de Radisson, il serait préférable de débarquer pour poursuivre à pied, en longeant la rive, comme ils avaient fait précédemment. Mais non. Malgré le danger, les Iroquois s'engagent sans hésiter dans ces puissants rapides et les descendent à vive allure. Lorsque le canot est trop secoué, Ganaha lui fait signe de se tasser au fond de l'embarcation sans bouger. Radisson se contente alors d'admirer la force et la dextérité de ses guides, même si un peu d'eau pénètre dans le canot et que les rochers manquent parfois de les faire chavirer. Ganaha et ses frères manient leur esquif de mains de maître et tout finit pour le mieux.

Après trois jours de cette cadence rapide, la bande s'arrête sur une île qui s'étend presque sur toute la largeur de la rivière. Un autre groupe d'Iroquois y a déjà établi son camp. Ils sont apparemment de la même nation, mais ils habitent des villages différents. On se salue de façon amicale et on échange quelques nouvelles. À la surprise de tous, une querelle éclate entre Ganaha et un jeune Iroquois de l'autre bande lorsque celui-ci constate avec colère que Radisson n'a même pas été molesté. Ce jeune enragé s'oppose à ce qu'un prisonnier français soit aussi bien traité. Il voudrait le faire souffrir et imprimer la domination iroquoise dans sa chair. Ganaha, qui veut adopter Radisson pour qu'il soit utile à sa famille, tient à lui épargner des blessures qui pourraient le handicaper. Comme son prisonnier a fait preuve de beaucoup de bonne volonté et qu'il possède de belles qualités, il estime inutile de le torturer. Le jeune Iroquois de l'autre bande refuse catégoriquement ces arguments et veut que le prisonnier français subisse le châtiment réservé aux ennemis. Pour éviter que l'altercation ne dégénère en affrontement, Ongienda intervient et lance un défi au jeune guerrier arrogant qui s'immisce dans leurs affaires de famille : « Si tu tiens à faire souffrir notre frère, lui lance-t-il, fais-le toi-même ! Bats-toi contre lui. Si tu gagnes, il sera ton prisonnier. Tu en feras ce que tu veux. Sinon, il est à nous et personne ne touchera à un cheveu de sa tête. Voyons maintenant qui est le plus fort. »

Radisson, qui a suivi la scène de loin, comprend qu'il est au cœur de la discussion, puisqu'on l'a pointé du doigt à plusieurs reprises. Ce qu'il ne sait pas encore, c'est que le défi qu'Ongienda a lancé au jeune Iroquois va l'obliger à se battre. Il s'en aperçoit bientôt quand tous les Iroquois font cercle autour de lui et de son opposant déjà prêt au combat. Le jeune homme est moins costaud que lui, mais un peu plus grand. Ils se font face. Ongienda se place un moment entre les deux, apparemment persuadé que Radisson l'emportera, puis il se retire en leur faisant signe de commencer le combat.

Le jeune Iroquois se jette aussitôt sur Radisson avec rage et le frappe à coups redoublés avec ses poings et ses pieds. Radisson comprend instanta-nément que sa vie est en danger tellement l'attaque est violente. Une expression de cruauté déforme le visage de son assaillant. Alors, Radisson riposte avec la même fureur. Le combat est dur. Les coups pleuvent. Le sang coule. L'Iroquois mord Radisson qui hurle de douleur. Il réagit en projetant violem-ment son adversaire au sol, envahi par la haine et bénissant le ciel d'avoir transporté autant de lourds tonneaux pour son père. Radisson fonce sur son rival et le frappe de toutes ses forces, il le pousse, l'empoigne, le renverse. Fou de rage, l'autre résiste avec l'énergie du désespoir. Dans un effort ultime, Radisson le projette au sol une seconde fois et, sans lui donner le temps de riposter, il lui assène plu-sieurs violents coups de pied au visage, au ventre, à la tête. L'Iroquois vaincu se recroqueville, brisé, immobile. Le combat est fini.

Ganaha et Ongienda se précipitent sur Radisson en hurlant de joie, fiers de lui. Ils le serrent dans leurs bras et le félicitent de sa force et de son courage. À travers la douleur qui obscurcit ses sens, leur protégé réalise qu'il a gagné. Il est le plus fort, il est sauvé. Dieu soit loué. Les Iroquois de sa bande louangent leur nouvelle recrue et se réjouissent de son exploit. Ils l'entraînent à l'écart et le traitent avec vénération. Pendant ce temps, les Iroquois de l'autre camp, amers qu'un Français ait vaincu un des leurs de façon aussi décisive, portent secours au jeune blessé. C'est un sombre présage pour eux qui s'apprêtent à guerroyer sur les rives du Saint-Laurent. Ils sont également très en colère contre leurs semblables qui, en plus d'être complices de leur humiliation, rendent hommage à ce prisonnier qui n'est pas traité comme tel. L'affront demande réparation.

Le reste de la journée, la tension est palpable entre les deux groupes d'Iroquois. D'un côté, Radisson est l'objet d'attentions spéciales. Ongienda graisse et peigne ses cheveux, un autre lui apporte de la nourriture et Ganaha enduit de nouveau tout son visage de teinture rouge. De l'autre, on tient un conciliabule. En soirée, Ganaha les rejoint et, après de longs pourparlers, on convient que, pour préserver la bonne entente entre eux et pour compenser la perte du jeune guerrier blessé qui ne peut plus combattre, deux membres du clan de Ganaha accompagneront les Iroquois de l'autre village dans leur expédition contre les Français.

La nuit venue, pendant que Radisson se remet des coups et des blessures qu'il a subis, Ganaha et Ongienda discutent longuement autour du feu avec une femme et un homme que le jeune Français n'a jamais vus. Ils préparent son arrivée au village afin d'éviter qu'un incident semblable ne se produise de nouveau.

* * *

À son réveil, les choses semblent avoir changé pour Radisson. L'ambiance est étrange. Il ne voit plus Ganaha nulle part. Ongienda lui fait signe sèchement de se lever et d'avancer, puis, profitant d'un moment d'inattention de sa part, il lui ligote les mains derrière le dos. Radisson, qui ne se doutait de rien, n'a pas le temps de réagir. Comme au premier jour de sa capture, on lui passe de surcroît une corde autour du cou. On le pousse ensuite dans un canot. Radisson ne comprend pas ce revirement inattendu. Du coup, il se dit qu'il avait raison de se méfier et s'en veut de s'être laissé amadouer. Que va-t-il lui arriver maintenant ? Il craint le pire.

Au bout de quelques minutes, une chute saisissante, haute et puissante leur barre le chemin. Ils gravissent un sentier abrupt pour la contourner et poursuivre leur route sur cette rivière. Radisson a mal partout à cause de son combat et il peine à suivre ses ravisseurs jusqu'en haut du cap, sans l'aide de ses mains. Il se sent humilié et terriblement vulnérable malgré son éclatante victoire d'hier.

Une fois au sommet, en remontant dans le canot qu'on lui désigne, il aperçoit la femme qui discutait la veille avec Ganaha. Elle approche son canot du sien et, d'une voix douce et réconfortante, elle lui parle longuement. Dans son trouble, Radisson ne saisit pas tout ce qu'elle dit, seulement les mots *frère, mère* et *paix*. Son sourire et son regard sont pourtant compatissants et apaisants. Elle caresse le visage et les cheveux de Radisson avec tendresse. Oh ! qu'elle le soulage ! Il donnerait tout ce qu'il possède pour qu'elle demeure avec lui, tout près, à ses côtés. Mais elle s'écarte déjà et fait signe à Ongienda de partir. Aussitôt propulsée par quatre bras vigoureux qui redoublent d'efforts contre le faible courant, l'embarcation avance à vive allure et cette femme bienveillante disparaît complètement.

* * *

Ils arrivent au village iroquois. Du rivage où il met pied à terre, Radisson observe la haute palissade de pieux qui cache sans doute des habitations. Une large porte s'ouvre et des dizaines de personnes sortent avec empressement pour former deux longues rangées de chaque côté de la porte. Ce sont en majorité des femmes et des enfants, mais Radisson distingue également quelques jeunes hommes et des vieillards. Que ce soit un bâton, un fouet ou un gourdin, ils tiennent tous une arme dans leurs mains. On les entend fulminer, crier et trépigner de joie. Radisson a l'impression de se retrouver aux portes de l'enfer. Il veut reculer, mais Ongienda l'en empêche et le pousse sans ménagement pour le forcer à avancer.

Ganaha apparaît soudain au milieu de cette foule. En le voyant, Radisson reprend espoir. Son gardien ne l'a peut-être pas abandonné. Puis une femme d'âge mûr le dépasse et s'avance d'un pas décidé dans sa direction. Elle porte une vieille robe de cuir et ses longs cheveux noirs attachés en tresses pendent de chaque côté de son visage ridé, encore éclatant de force et d'énergie. Petite et vive, elle repousse en gesticulant les gens disposés en rangées autour d'elle. Elle écarte sans peine quelques jeunes garçons qui se mettent en travers de son chemin. Ongienda a cessé de pousser Radisson et attend que cette femme les rejoigne. Il sourit largement. Ganaha reste au milieu de la foule et tente de disperser les gens. Dès que la femme arrive à la hauteur de Radisson, Ongienda et ses compagnons se dépêchent d'aller prêter main-forte à Ganaha. Elle dit d'un ton ferme à Radisson : « Je suis la mère de

Ganaha et d'Ongienda et tu es mon fils. Tu me dois obéissance. Suis-moi maintenant. »

Elle le prend par le bras et l'entraîne vers le village. Ils rejoignent en quelques pas Ganaha et les autres guerriers qui font immédiatement cercle autour d'eux. Malgré les protestations de quelques Iroquois en colère, les douze hommes se fraient sans mal un passage à travers la foule et pénètrent dans le village. La nouvelle mère de Radisson ne semble même pas entendre les manifestants. Elle va son chemin, tout droit, entraînant son nouveau fils par le bras.

Une fois la palissade franchie, le groupe se dirige tout droit vers une très longue habitation d'écorce. Il y pénètre, puis, pour éviter que des indésirables ne le suivent à l'intérieur, deux guerriers se postent devant la porte. D'abord intimidé, Radisson n'ose pas s'avancer dans la pénombre. On lui fait signe de se rendre jusqu'au milieu de cette très longue résidence, où Ganaha s'empresse de détacher ses liens. Par gestes et à l'aide de mots simples, prononcés lentement, il tente de lui expliquer qu'il est maintenant en sécurité avec ses frères, sa mère Katari et des membres de son clan, le clan de l'Ours.

Même si Radisson saisit la plupart des paroles rassurantes de Ganaha, même si son gardien semble redevenu aussi aimable qu'aux plus beaux jours de leur trajet en canot, il a bien du mal à croire à sa nouvelle délivrance. Sa confiance est ébranlée. Les événements récents l'ont trop bouleversé. Radisson croit comprendre qu'il a évité le mauvais traitement que les Iroquois du village lui réservaient. Mais pour combien de temps ? Et pourquoi tous ces gens voulaient-ils le frapper ? Il espère être en sécurité dans cette maison, mais après les nombreux chocs qu'il a vécus ces dernières semaines, un doute demeure dans son esprit. Toutefois, la bonne humeur de ses compagnons le porte à se détendre. Jugeant que la seule attitude intelligente à adopter est de paraître heureux, il donne l'accolade à Ganaha et embrasse sa nouvelle mère.

CHAPITRE 3

Une nouvelle famille ?

Le village est quasi désert à cause de tous ces hommes partis à la guerre. La maison du clan de l'Ours, dont fait partie Radisson, est presque vide alors qu'elle peut contenir au moins cent personnes. Katari n'a jamais vu autant de guerriers partis au combat en même temps. Il ne reste que des femmes, des enfants et des vieillards. Elle s'en plaint d'ailleurs car, en leur absence, les femmes héritent de toutes les tâches. Radisson, lui, regrette qu'il y ait seulement quelques tout jeunes garçons pour lui tenir compagnie. Il est contraint de fréquenter les deux filles de Katari qui sont à peu près du même âge que lui. La plus jolie, Conharrassan, éprouve une vive affection à son égard et cherche constamment à le caresser et à l'embrasser, d'ailleurs encouragée par sa mère. Radisson ne sait trop comment réagir. Jamais sa mère, sa vraie mère de France, qui allait tous les jours à la messe et qui avait si peur du péché, n'aurait accepté que frère et sœur aient une telle relation. Radisson trouve difficile de s'adapter si rapidement à tant de différences. Pour se rassurer, il passe le plus de temps possible avec Katari.

Il l'accompagne aux champs et fait ce qu'elle lui demande. Il sarcle et bêche la terre pendant qu'elle lui parle du jésuite français qui a passé plusieurs semaines dans son village, il y a quelques années. Il disait que les hommes français travaillaient aux champs, qu'ils en étaient fiers et que les Iroquois devraient faire comme eux. Katari était plutôt d'accord. Mais Radisson constate que seuls des Indiens d'autres nations, des prisonniers, aident les femmes à entretenir les plantations de maïs, de fèves et de courges. Il apprend par les railleries que les garçons du village lui adressent que ce travail n'est pas digne d'un homme libre, ni d'un guerrier. Mais Radisson constate aussi qu'il n'est pas un prisonnier comme les autres. Il peut à sa guise faire l'amour avec Conharassan dont il ne repousse plus les avances, appréciant même l'affection dont elle l'entoure quotidiennement. Il est également libre de ses mouvements, il peut partir chasser à courte distance du village avec d'autres garçons quand il le désire. Alors que ces Indiens prisonniers sont en fait des esclaves qui obéissent au doigt et à l'œil aux femmes qui les commandent.

Malgré cette liberté, il ne va pas chasser souvent. Ses jeunes compagnons rient volontiers de lui parce qu'il est Français, un ennemi, un vaincu, et qu'il s'adonne à des occupations de femme. Il trouve sa vie plutôt monotone en fin de compte. Il n'a pas d'amis. Certes, Conharassan est gentille, mais il doit se garder de lui révéler ses pensées et ses sentiments les plus intimes. Son meilleur compagnon est un chien, un grand chien brun sympathique à l'air intelligent qui s'est mis à le suivre partout peu de temps après son arrivée. Radisson a commencé à le nourrir, à le flatter, et les deux se sont habitués l'un à l'autre. Il l'appelle Bo et ce chien est devenu son confident. Quand ils sont seuls, il lui parle en français : « Tu sais que je m'ennuie, toi, mon beau chien, tu me comprends... Je m'ennuie de Marguerite, de François, de Françoise... » Chaque fois, son cœur se serre. Il n'aime pas penser au drame qui a changé sa vie et qui a mis fin à celle de ses amis. Il se demande s'il pourra un jour retourner à Trois-Rivières et revoir sa famille. « Peux-tu m'aider à retrouver le chemin, toi ? Penses-tu que je suis capable ? Dis-moi Bo. Dis-le-moi... » Quand il lui parle ainsi, Radisson se sent coupable de vivre en bonne entente avec ceux qui ont tué ses amis français.

* * *

Ganaha est revenu ! Radisson est fou de joie. Il n'avait pas réalisé qu'il s'était autant attaché à son ravisseur. Katari lui avait caché que Ganaha était parti chercher leur père, mais voici qu'il est de retour avec Garagonké, le père adoptif de Radisson. Il apparaît aussi soudainement dans sa vie que son vrai père de France a disparu un jour sans laisser de trace. Il a fallu trois semaines à Ganaha pour le retrouver et le ramener chez lui, car Garagonké était parti en tournée dans les villages goyogouins et tsonnontouans pour préparer de nouvelles offensives. Ganaha lui a tellement vanté son nouveau fils que Garagonké a accepté d'interrompre temporairement sa mission.

Radisson est très impressionné par ce chef de guerre qui a remporté plusieurs victoires et tué bien des ennemis. Malgré son âge respectable, il émane de sa personne une énergie saisissante et une dignité comparable à celle que Radisson admirait tant chez le chef algonquin de Trois-Rivières. En silence, Garagonké observe son nouveau fils de pied en cap pendant de longues secondes avant de lui adresser la parole. Radisson se sent transpercé de part en part par le regard de ce guerrier invincible.

« Ganaha ne m'a pas menti, lui dit-il. Tu es bien mon fils, l'incarnation d'Orinha que tu remplaces. Sois le bienvenu dans notre famille. Le clan de l'Ours t'accueille avec joie dans sa maison. Parlemoi, maintenant. Ton père veut t'entendre. »

Troublé par les pensées inavouables qui traversent son esprit, Radisson ne trouve pas les mots. Que dire au chef de guerre d'une nation qui a tué tant de Français ? Par quelle métamorphose peut-il devenir un père si accueillant? Radisson choisit de lui parler de chasse et de pêche, sachant qu'un homme iroquois se doit d'être un bon chasseur et un bon pêcheur. Il espère que Garagonké sera content de lui.

— Bien, répond son père. Tu dois chasser plus souvent. La place d'un homme n'est pas dans la cabane avec les femmes. Ganaha m'a vanté ta force et je vois qu'il n'a pas menti. Tu t'es battu contre un Iroquois qui voulait ta mort et tu l'as vaincu. C'est bien. Si tu te bats avec la même ardeur contre nos ennemis, tu feras honneur à notre famille et à notre nation. C'est ce que j'attends de toi. Mais tu es encore jeune et tu as beaucoup à apprendre. Tes deux frères et tes oncles te guideront dès qu'ils reviendront des campagnes qu'ils ont entreprises. Quant à moi, je dois terminer mes ambassades auprès des autres nations iroquoises. Nous aurons tout le temps de nous connaître au cours de l'hiver.

La puissance de sa voix, son assurance et sa prestance impressionnent Radisson qui se sent encore plus intimidé. Il n'est pas du tout certain d'être le guerrier que souhaite son père. Il n'est même pas sûr de pouvoir devenir un vrai Iroquois. Pourtant, il sait que sa vie dépend de son aptitude à se transformer. Il doit y arriver. C'est la seule voie de salut qui s'offre à lui.

Ce soir-là, Garagonké raconte à Radisson l'histoire de son père, de son grand-père et de son arrière-grand-père, qui ont tous été de vaillants guerriers des clans du Loup et de la Tortue. Il rend hommage à la femme qu'il a épousée, Katari, et aux autres femmes du clan de l'Ours, dont les nombreux enfants contribuent au bien-être du village, chacun à leur façon. Une fois son récit terminé, devant tous ceux qui sont assis en rond au centre de la longue maison, autour du feu qui n'est plus que braise, Garagonké fait un grand geste circulaire en disant à son fils : « Tout cela est à toi. Tu connais maintenant l'histoire de ta famille. Dis-moi, es-tu heureux de vivre avec nous ? » Radisson ne peut qu'acquiescer de la tête. Puis, après avoir hésité un instant, il répond avec conviction : « Oui ! » Car il se sent mieux depuis qu'il a fait la connaissance de son père.

Cette nuit-là, au-dessus du lit de Ganaha, Radisson dort à poings fermés sur sa couche de branches de sapin, enroulé dans une peau de chevreuil souple et confortable. En face de lui, de l'autre côté du feu familial, Katari dort sur le lit le plus près du sol, son mari au-dessus d'elle. À côté d'eux, les deux sœurs de Radisson reposent dans des lits superposés. La place d'Ongienda est vide, car il est reparti au combat.

* * *

Le père et le frère de Radisson repartent dès le lendemain. Ganaha se rend chez la nation voisine des Onneiouts pour se joindre à une expédition guerrière et Garagonké reprend sa croisade auprès des chefs des nations iroquoises de l'ouest, en vue de lancer une grande offensive l'été suivant. Radisson se retrouve encore une fois bien seul.

Quelques jours plus tard, pendant que Radisson travaille aux champs en compagnie de ses deux sœurs, une rumeur se répand parmi les femmes. En un rien de temps, une grande excitation s'empare d'elles. Conharassan et Assasné se mettent à courir en direction du village sans même l'attendre, et plusieurs femmes les suivent en vitesse. Étonné par ce branle-bas, Radisson leur emboîte le pas lentement, en observant avec attention les alentours pour comprendre la raison de tant d'émoi. En arrivant près de la porte du village, il devine au loin un groupe d'Iroquois armés qui arborent leurs couleurs de guerre. Au même moment, des femmes, des garçons et quelques vieillards sortent avec empressement pour se poster à l'extérieur de la palissade, en rangées, de chaque côté de la porte. Une fois de plus, ils sont tous armés d'un bâton, d'une tige de fer ou d'un pilon à maïs, d'un fouet ou d'une branche pleine d'épines. D'autres ne tardent pas à les rejoindre et se placent à leur tour en ligne en se bousculant.

La scène ressemble à celle que Radisson a vue quand il est arrivé au village comme prisonnier, quelques semaines auparavant. Curieux de voir comment les choses vont se dérouler, il se met lui aussi en rangée près de la porte, prêt à s'esquiver si la fureur des gens qui l'entourent se retourne contre lui. L'expérience lui a appris qu'on n'est jamais trop prudent avec les Iroquois. Dès qu'elle le voit, sa sœur Conharassan lui saute dans les bras, tout excitée. Elle tient dans l'une de ses mains une longue branche souple, et dans l'autre une branche couverte d'épines. Elle lui tend la première avec enthousiasme et garde pour elle la plus menaçante.

Presque tous les habitants du village forment maintenant deux longues rangées de chaque côté de la porte. Assasné, l'autre sœur de Radisson, est arrivée à la course avec deux amies. Elles vont vite se placer à l'extrémité de la file. Seule Katari manque à l'appel, Radisson ne la voit nulle part.

Des clameurs enthousiastes accueillent les guerriers qui arrivent au village après une expédition victorieuse. Ils traînent derrière eux trois prisonniers retenus par une corde passée autour de leur cou. Ce sont tous des Indiens de nations ennemies. À mesure qu'on les voit s'approcher, des cris furieux retentissent. Après un bref moment d'hésitation, un premier prisonnier s'élance entre les deux rangées de villageois qui le frappent aussitôt à coups redoublés. Radisson admire le courage et l'agilité de l'homme qui, les deux bras repliés sur sa tête pour se protéger, réussit à se faufiler entre plusieurs agresseurs. Il avance rapidement et encaisse tout sans s'arrêter. Conharassan, les deux bras en l'air, jubile et le frappe au passage de toutes ses forces. Elle lui lacère le dos avec sa branche couverte d'épines en hurlant d'excitation. Radisson regarde passer le pauvre prisonnier sans faire un geste. Il voit son visage tuméfié et ses yeux enfiévrés d'épouvante. Le sang coule de son cuir chevelu, de son dos, de ses jambes. Dans un effort ultime, l'homme se jette de l'autre côté de la palissade, épuisé. Plus personne ne le frappe. Radisson voudrait lui porter secours, mais c'est sans doute dangereux. Il se ferait probablement assaillir. Il se retient.

Des clameurs redoublées signalent le départ du deuxième prisonnier. Tout comme le précédent, les femmes et les garçons le frappent avec détermination et méchanceté. L'homme tombe et se relève. Trois personnes sortent du rang pour l'assommer à coups de bâton. Le prisonnier vacille, zigzague et se cogne à d'autres assaillants. Sa tête et son corps lacérés saignent abondamment. À la vue de ce spectacle insensé, Radisson a du mal à respirer. Il ressent chaque coup comme si on les lui assenait. L'homme tombe une seconde fois, juste devant Conharassan qui se retient de le frapper, par pitié peut-être. Ce mort-vivant rampe à quatre pattes jusque dans le village sous les coups d'une femme qui le fouette avec persévérance. De peine et de misère, il réussit à franchir la ligne de démarcation qui lui épargne d'autres coups.

Conharassan pousse un cri strident et court en direction du troisième prisonnier qui, paralysé par la terreur, refuse d'avancer. Ses ravisseurs le poussent vers l'avant sans ménagement. Plusieurs rompent les rangs pour le marteler. Des femmes et des garçons l'assomment avec férocité. Il n'a aucune chance de s'en tirer. Portant sa branche d'épines bien haute pour le frapper impitoyablement, Conharassan se joint à tous ceux qui veulent l'achever sur place. Radisson, incapable d'assister à cette exécution sauvage, se sauve pendant que personne ne le regarde. Il se faufile au pas de course entre les maisons longues jusqu'à ce qu'il atteigne celle du clan de l'Ours, où il pénètre à toute vitesse.

Après avoir repris son souffle, il aperçoit Katari assise près du feu familial, l'air songeur. À l'approche de Radisson, elle se lève, lui tend les bras et le serre contre sa poitrine en murmurant à son oreille : « Mon cher fils… Je suis contente qu'il ne te soit rien arrivé. J'étais inquiète. » Radisson sent monter en lui un grand élan d'amour pour sa mère adoptive, elle qui est restée à l'écart du supplice, elle qui l'a protégé de cette horrible épreuve quand il est arrivé au village. Si ce n'était d'elle et de Gahana, réalise-t-il, il serait peut-être mort aujourd'hui. On lui aurait fracassé la tête, arraché la peau et crevé le ventre. Il ne sait comment il aurait réagi sous ce déluge de coups.

Pendant que Katari lui raconte une histoire qu'il ne comprend qu'à demi, mais dans laquelle il croit deviner les raisons qui l'ont empêchée d'assister à cette bastonnade d'accueil, Radisson entend dehors le tumulte de la foule qui s'est transportée à l'intérieur du village. Les habitants se préparent à la séance de tortures qu'ils feront subir aux deux prisonniers qui ont survécu.

« J'ai vu mes parents mourir sous mes yeux, raconte Katari, quand j'avais six ans. Ils ont été torturés par les Iroquois qui nous avaient capturés dans une embuscade, nous qui étions Hurons, ennemis des Iroquois. Ils m'ont épargnée parce que j'étais une enfant. Une famille du clan de l'Ours m'a adoptée. Plus tard, je suis devenue une femme iroquoise, une belle femme, vaillante, travaillante et douée pour l'amour. Garagonké m'a aimée et m'a épousée. Moi aussi, je l'ai aimé. »

Radisson est frappé par l'émotion douloureuse qu'il perçoit dans la voix de sa mère.

« Je n'ai jamais pu m'habituer à la torture. Je ne veux pas ajouter à la haine et à la vengeance qui habitent trop d'entre nous. Tuer ne rétablit pas l'équilibre entre les vivants et les morts, contraire-ment à ce qu'on dit. Le cycle de la vengeance est sans fin. La mort est partout maintenant, par la guerre et la maladie. Les esprits ont abandonné les Iroquois. Toi, je t'ai adopté pour remplacer mon fils qui a été tué à la guerre. J'ai demandé à Ganaha qu'il me ramène un prisonnier car ainsi le veut la tradition, la vraie tradition qui rachète la mort par la vie. L'adoption accroît notre famille et renforce la vie. C'est elle qui nous sauvera. »

Katari s'interrompt un long moment. Elle regarde Radisson droit dans les yeux en prenant son visage entre ses mains. Elle lui sourit et lui demande : « Sais-tu pourquoi les esprits ne protègent plus les Iroquois ? Crois-tu qu'ils sont en colère contre nous ? Crois-tu qu'ils veulent se venger à leur tour ? »

Radisson ne comprend pas exactement la question, mais il est sûr qu'il ignore la réponse. Il devine que le sujet dépasse infiniment ses connaissances de la vie et de la langue iroquoise. Il choisit de se taire. Katari détourne alors son regard et baisse les bras.

« Le Grand Esprit des Français est puissant, poursuit-elle en fixant le vide. Je l'ai vu quand la robe noire que ton père a capturée il y a six ans a passé plusieurs mois ici, dans notre maison. Il a appris l'iroquois et il nous parlait souvent de paix. Il nous parlait de paix et d'amour. Même s'il était notre prisonnier, il était très puissant. L'esprit qu'il vénérait lui a donné la force de vivre et de nous convaincre qu'il valait mieux le vendre aux Hollandais que de le tuer. Peut-être avait-il entièrement raison… »

Katari regarde à nouveau Radisson avec des yeux si compatissants, si tristes, si mystérieux, qu'il s'y perd.

« Garagonké croit encore à la guerre, continue Katari. Il croit que mener une guerre sans merci contre tous les ennemis des Iroquois sauvera notre peuple. Fasse qu'il ait raison. Fasse que les esprits qui l'ont toujours soutenu lui soient encore favorables et nous apportent la victoire. Mais le doute s'est immiscé en moi. J'ai peur pour lui et j'ai peur pour mon peuple, car les Français et les Hollandais ne meurent pas autant que nous. Leur Grand Esprit est plus puissant que les esprits de nos ancêtres… »

Katari s'est tu. Radisson garde silence, plus ému que s'il avait tout compris. Sa mère l'appelle à la rescousse, croit-il, mais il ne sait comment répondre à son appel. Ne pourra-t-il d'ailleurs jamais y répondre ? Il en doute. Elle lui a sauvé la vie et il sent qu'il ne peut rien pour elle. Triste situation qu'il espère renverser un jour pour rembourser la dette qu'il a contractée à son endroit.

Perdue elle aussi dans ses pensées, Katari remue distraitement le feu du bout d'une longue branche. Radisson lui demande pourquoi elle n'a pas tenté de sauver ces prisonniers comme elle l'a fait pour lui. Elle redresse brusquement la tête en lui jetant un regard perçant.

— Parce que ceux qui les ont ramenés sont du clan de la Tortue et que j'appartiens au clan de

l'Ours. Je ne peux rien pour eux. Écoute-les…
(Radisson prête attention aux cris lointains). Ils
ont déjà commencé à les torturer. Demain, ils les
tueront. Mais ce sera long, car ils savent comment
étirer leurs souffrances. D'ici là, tu resteras avec moi.
Il n'est pas bon qu'un Français s'approche d'eux
en ce moment. Qui sait ce qui pourrait t'arriver ?
Ces guerriers ne te connaissent pas et pourraient
s'en prendre à toi. Reste ici. Avec moi, tu n'as rien à
craindre.

* * *

Une fois le calme revenu au village, Radisson suit
le conseil de son père et prépare une excursion
de chasse de quelques jours. Serontatié l'accompagnera. C'est le seul garçon qu'il prend plaisir à
fréquenter. Malgré son jeune âge, il est aimable,
dégourdi et vif d'esprit. Surtout, il n'a jamais témoigné de mépris à l'égard de Radisson. Il le traite
en égal. Cependant, au nom de son amitié pour
Serontatié, Radisson devra accepter la présence de
deux de ses amis du clan du Loup qui insistent pour
venir avec eux. Même s'il ne ressent aucune affinité
avec ces deux autres garçons, il n'a pas le luxe de
s'en plaindre. Son chien Bo viendra aussi avec eux.

Si Serontatié et Radisson optent tous les deux
pour l'arme à feu, leurs compagnons choisissent
l'arc et les flèches avec lesquels ils sont plus habiles.

Chacun emporte un couteau, une hache et une baguette à feu. Ils prennent aussi la précaution d'apporter une petite réserve de farine de maïs.

Au début de leur périple, les quatre jeunes gens errent dans le bois sans croiser une seule piste de gros gibier. En chemin, ils s'amusent à tuer des lièvres et des écureuils. Par fierté naturelle et parce qu'il estime devoir prouver sa valeur aux deux amis de Serontatié qui prennent plaisir à se moquer de lui, Radisson cherche à les épater par son talent de tireur. Depuis qu'il a vu des prisonniers torturés puis mis à mort, il trouve encore plus important de démontrer sa force et son adresse. Quant aux deux écervelés qui l'accompagnent, pour montrer leur supériorité, ils se rabattent sur le tir à l'arc qu'ils maîtrisent bien mieux que lui. Radisson endure leurs railleries en silence, mais il leur clouerait volontiers le bec s'il en avait le pouvoir. Prudent, il réussit à recentrer leur attention sur la chasse, la passion qui les réunit.

À l'heure où les quatre compagnons cherchent un bon endroit pour établir leur campement, ils rencontrent un homme d'âge mûr qui chasse seul dans les bois. Il se présente comme un Algonquin de naissance qui a été adopté par les Iroquois d'un village voisin il y a quatre ans. Il prétend aimer sa nouvelle vie et regrette seulement de ne pas être devenu Iroquois plus tôt, leur dit-il. De plus, il ne se gêne pas pour vanter ses talents de chasseur et de guerrier. Impressionnés, les quatre garçons tiennent un bref conciliabule pour savoir s'ils devraient poursuivre leur expédition avec cet homme expérimenté. Ce soir, profitant des deux lièvres qu'il a tués, en plus des leurs, ils feront chaudière commune avec lui. Puis, les jours suivants, ils pourraient profiter de son expérience pour augmenter leurs chances de débusquer du plus gros gibier. Ce plan leur convient et les jeunes tombent vite d'accord pour continuer leur route avec l'Algonquin.

Pendant que les lièvres rôtissent sur le feu, l'homme ne cesse de parler. Il raconte en long et en large ses nombreux exploits de chasse. Il se plaint que le gibier se fait rare aux alentours des villages iroquois, en comparaison de son ancien pays, au nord du fleuve Saint-Laurent. Il affirme connaître un bon territoire de chasse à l'est d'où ils se trouvent et leur propose de s'y rendre le lendemain. Là, assure-t-il, près de la colonie hollandaise où presque personne ne chasse, ils tueront de grosses proies, c'est certain. Les jeunes acquiescent.

Un peu plus tard, ayant cru reconnaître en lui un étranger, l'Algonquin questionne Radisson sur ses origines.

— Tu n'es pas un Iroquois, toi ? Est-ce que je me trompe ?

— Je suis Français, répond Radisson. J'ai été adopté il y a deux mois par une famille du clan de l'Ours. Je vis au village de Coutu, pas loin d'ici. Je me plais bien avec eux.

Comme si la situation était sans ambiguïté, les compagnons de Radisson sont un peu mal à l'aise, mais préfèrent n'en rien laisser paraître.

— J'en ai connu des Français, moi, continue l'ancien Algonquin. Si tu veux mon avis, tu feras une bien meilleure vie avec les Iroquois. Ce sont les meilleurs guerriers au monde, de bons chasseurs aussi, quoique moins habiles que les Algonquins.

Subjugués par l'incessant bavardage de leur nouvelle connaissance, les trois jeunes Iroquois le laissent prendre toute la place. Radisson le trouve plutôt étrange.

— C'est ton chien ? demande-t-il.

Radisson fait signe que oui.

— Viens ici, mon beau chien, viens manger… (L'Algonquin lui donne un morceau de viande que Bo avale goulûment). Tu sais que c'est très utile un chien à la chasse ? poursuit-il. Demain, je vais vous le prouver. À moins que tu t'en sois mal occupé, il nous aidera à pister le gibier. Tu verras comme je sais m'y prendre. Tu aimes chasser au moins ?

— Oui, répond Radisson.

— Aimes-tu voyager ? lui demande encore l'énigmatique Algonquin. Tu sais que les meilleurs territoires de chasse sont loin d'ici. Nous pourrions partir tous ensemble vers l'ouest, dans les montagnes.

Personne ne répond.

— Je t'emmènerai, ajoute l'Algonquin. Tu verras. Viens manger mon beau chien…

Et l'Algonquin redonne un gros morceau de viande à Bo. Radisson commence à être agacé par l'intérêt que porte cet homme à son chien. Comme s'il cherchait à l'amadouer. C'est son chien, après tout, son fidèle compagnon à lui, pas celui de cet étranger. En tout cas, il n'est pas question de lui révéler son nom.

— Quand j'étais dans mon pays, poursuit l'homme, en hiver, nous partions toujours à la chasse avec nos chiens, de grands chiens, bien plus grands que celui-là. Et nous revenions toujours avec du gibier plein nos toboggans.

À la nuit tombante, après avoir étourdi les quatre jeunes avec ses belles paroles, l'Algonquin s'éloigne un moment du feu. Quelque temps plus tard, il fait signe à Radisson de le rejoindre, il veut lui montrer les traces de gibier qu'il croit avoir repérées sur le sol. Mais ils ont beau se pencher tous les deux, Radisson ne voit rien, ni Bo qui renifle avec excitation tout autour d'eux. Dès qu'ils ont le dos tourné et que les trois autres Iroquois ne peuvent les entendre, l'Algonquin demande à Radisson, à voix basse, s'il sait parler algonquin.

— Oui, je parle un peu l'algonquin, répond-il.

Très content, l'homme poursuit dans sa langue maternelle.

— Veux-tu retourner à Trois-Rivières ? lui demande-t-il. Je connais le chemin. À nous deux, nous y arriverons facilement. Qu'en penses-tu ?

Interloqué par cette proposition complètement inattendue, dans une langue qui lui rappelle violemment Trois-Rivières, Radisson reste coi.

— Tu comprends ce que je te dis ? reprend l'autre en répétant sa question et l'appuyant par des gestes. Toi (pointant Radisson du doigt)… retourner à Trois-Rivières avec moi (se touchant la poitrine)… Trois-Rivières (montrant trois doigts)… Toi et moi ensemble (collant deux de ses doigts ensemble)… D'accord ?

Radisson hoche la tête pour montrer qu'il a bien compris la question… Mais les yeux de l'Algonquin s'allument instantanément comme si son interlocuteur acceptait sa proposition.

— Voici mon plan, poursuit aussitôt l'Algonquin. Nous allons tuer tes trois compagnons pendant leur sommeil, puis nous filerons jusqu'à mon canot qui est caché près d'ici. D'accord ?

Radisson fait violemment signe que non, de la tête, mais l'Algonquin réplique aussitôt.

— Les Iroquois détestent les Français ! C'est sûr qu'ils te tueront un jour ou l'autre ! Je t'offre ta seule chance de t'en sortir ! Fais ce que je te dis et tout ira bien. Viens maintenant. Tes compagnons vont se méfier…

Radisson est décontenancé. Il voudrait se convaincre qu'il n'a pas bien compris. Il connaît pourtant suffisamment la langue algonquine pour savoir que cet homme veut tuer ses compagnons et s'enfuir avec lui jusqu'à Trois-Rivières... TROIS-RIVIÈRES ! Cette pensée explose dans sa tête. Ses sœurs, ses amis, sa langue, l'enceinte fortifiée qu'il n'aurait jamais dû quitter... Cette possibilité inespérée l'enivre. Par contre, il ne voudrait pas tuer ses compagnons, surtout pas Serontatié, son ami. La situation est déchirante. Son estomac se noue. Il a tellement mal au ventre qu'il doit se pencher pour atténuer la douleur. Il n'en doit pourtant rien laisser paraître pour éviter que ses compagnons ne devinent la menace qui pèse sur eux. Sinon, ils le tueront.

Radisson est dépassé par les événements. Il voudrait discuter avec l'Algonquin et trouver une autre solution. Au moins attendre jusqu'au lendemain. Préparer un autre plan. Comme ils ne peuvent évoquer le sujet en présence des trois Iroquois, Radisson ne sait que faire. S'il s'isole encore une fois avec cet homme, ses compagnons se méfieront sûrement. Il se sent pris au piège et fait une tête d'enterrement. Craignant que son projet ne soit découvert, l'Algonquin s'en inquiète et se met à parler sans arrêt aux trois jeunes Iroquois pour créer une diversion. Il les questionne sur leurs armes préférées, leur expérience de chasse, leur famille, leur village. La discussion est agréable jusqu'à ce que l'Algonquin se tourne vers Radisson pour lui demander en algonquin quand il a appris à chasser. Téganissorens, l'un des trois jeunes Iroquois, se lève aussitôt avec colère.

— Que lui as-tu demandé ? s'exclame-t-il.

— Je lui ai demandé depuis quand il a appris à chasser, répond calmement l'Algonquin, en iroquois.

— Je veux savoir pourquoi tu lui parles dans ta langue ?

— Il connaît l'algonquin et j'ai envie de lui parler dans ma langue, c'est tout, dit l'Algonquin avec nonchalance.

— T'es un Iroquois maintenant ! Alors tu parles iroquois comme nous ! Compris ?

Maintenant qu'il est certain que les trois jeunes ne le comprennent pas, il s'adresse une dernière fois à Radisson dans sa langue d'un ton anodin.

— Ne fais pas cette tête-là. Ils vont s'apercevoir que nous préparons quelque chose. Fais un effort. Souris.

— Arrête ! réplique aussitôt Téganissorens. Vous êtes tous les deux des Iroquois et vous parlez iroquois ! Sinon, vous serez traités comme des ennemis ! Je ne le répéterai pas une troisième fois !

— Ça va, répond l'Algonquin, ça va. Je lui disais qu'il faut arrêter de parler algonquin entre nous. C'est réglé. Calme-toi…

L'incident est clos. Les cinq hommes laissent progressivement mourir le feu et le sommeil gagne les trois compagnons de Radisson, qui ne se doutent de rien. Avant de s'étendre pour la nuit, l'Algonquin trouve le moyen d'encourager discrètement son complice qu'il sent désemparé.

— Repose-toi bien, dit-il en langue iroquoise à Radisson. Demain, nous irons loin à l'est, du côté des Hollandais. La route sera longue. Mais ça vaut la peine. Je te guiderai jusqu'au plus beau territoire de chasse au monde. Tu seras content et tes amis auront tout le temps de se reposer. Ne t'en fais pas.

Mais Radisson est pris de panique. D'un côté, il rêve de revoir Marguerite et ses amis de Trois-Rivières, de manger à nouveau du bon pain français comme il en a mangé à Trois-Rivières et à Paris depuis toujours. Il hume déjà les chaudrons qui mijotent dans l'âtre de pierre, il entend jacasser la compagnie autour de la table, en français... De l'autre, le prix à payer est énorme : il faudra tuer Serontatié qui ne lui a jamais fait de mal et ses deux compagnons. Cette situation le traumatise. Il ne sait pas comment s'en sortir.

Tout le monde dort sauf lui. Il ne peut pas dénoncer l'Algonquin qui est bien trop habile en paroles. En moins de deux, il saura convaincre Téganissorens que c'est lui, Radisson, qui a projeté de tuer ses frères iroquois pour s'évader. Agir de la sorte serait courir à une mort certaine. Il maudit l'Algonquin d'être si pressé. Radisson préférerait tant qu'ils attendent une occasion plus propice, demain, après-demain peut-être... Il voudrait réveiller l'Algonquin pour en discuter, pour changer leur plan, mais il se retient car ses trois compagnons iroquois ne dorment pas encore profondément. Il doit prendre son mal en patience. Il se rassure en caressant Bo qui s'est assoupi à ses côtés. Seules la lune et les étoiles éclairent faiblement la forêt. Radisson finit lui aussi par sombrer dans un profond sommeil.

Une main touche l'épaule de Radisson et le réveille en sursaut. L'Algonquin lui fait signe de se lever en lui tendant une hache. Il désigne le corps étendu de Serontatié pour lui montrer qui il doit tuer. Radisson n'a même pas le temps de protester que l'Algonquin tire déjà à bout portant sur la tête d'Otreouti. Sa cervelle explose en éclaboussant leurs jambes. Bo se met à hurler. Les deux autres Iroquois sautent sur leurs pieds pour se défendre et l'Algonquin frappe aussitôt Téganissorens à la tête avec la crosse de son fusil ; le jeune s'effondre. Mais Radisson est paralysé. Il ne peut pas tuer son ami. Serontatié s'élance sur lui, couteau à la main, et rate de peu Radisson qui a le réflexe de se pencher à la dernière seconde pour éviter le coup mortel. Il se retourne ensuite et plante vivement sa hache dans le crâne de Serontatié. L'Iroquois pousse un long gémissement, vacille et s'écroule. L'Algonquin ramasse son sac en criant à Radisson de se dépêcher. Bo jappe et grogne férocement.

Radisson voudrait obéir, mais il n'arrive pas à dégager sa hache prise dans le crâne de son ami. Il ne veut pas la laisser plantée là, c'est trop horrible, trop cruel. Il lui faut absolument la récupérer. Il a beau tirer, tirer encore, elle reste coincée. Radisson pose son pied sur le visage ensanglanté de Serontatié et tire encore de toutes ses forces ! Enfin, elle cède et Radisson manque de tomber à la renverse. Complètement chaviré par les événements, il glisse sa hache couverte de sang dans sa ceinture et rejoint son complice. Il ramasse en vitesse son sac et son fusil. Il appelle son chien. Mais l'Algonquin refuse de l'amener avec eux : « Sale bête ! » crie-t-il en jetant des pierres dans sa direction. Radisson l'appelle à nouveau : « Viens Bo ! Viens avec moi ! » Mais l'Algonquin le frappe au visage : « Es-tu fou ? lui crie-t-il. Ton chien reste ici ! Si on l'amène avec nous, les Iroquois vont l'entendre japper à dix lieues à la ronde et nous retrouver facilement. Tiens-tu vraiment à mourir ? Suis-moi maintenant et fais ce que je te dis ! » Radisson est découragé. Maintenant que son salut repose entre les mains de cet homme qu'il ne connaît pas, il ne peut que lui obéir.

À l'aurore, ils atteignent l'endroit où l'Algonquin avait caché son canot. Ils le mettent aussitôt à l'eau et commencent à pagayer avec une ardeur sans pareille. Dans la pâle lumière du jour naissant, Bo les suit de loin en aboyant de la rive, comme pour dire : « Emmène-moi, Radisson. » Bouleversé, le jeune Français se retourne un instant et voit disparaître son cher compagnon pour toujours.

* * *

Radisson est convaincu que les Iroquois sont à leur trousse et qu'ils pourront les abattre d'un instant à l'autre. Alors il pagaie avec l'énergie du désespoir. Il faut fuir le plus loin et le plus vite possible. L'Algonquin ne veut même pas s'arrêter pour la nuit. Aux premières lueurs du jour, le lendemain, après vingt-quatre heures d'efforts ininterrompus, ils mettent enfin pied à terre. Après avoir caché le canot avec soin, ils se retirent dans les bois pour se reposer pendant toute la journée. Cet arrêt permet à Radisson de réfléchir à ce qui vient de lui arriver : un autre drame malheureux.

L'Algonquin, qui se nomme Negamabat, instaure des règles qu'ils devront suivre pendant tout le trajet : ils ne voyageront que la nuit et se reposeront le jour en se cachant dans les bois pour éviter que les Iroquois ne les découvrent. Ils n'ont pas le droit de se parler le jour, mais ils peuvent le faire la nuit, à voix basse, si c'est absolument nécessaire.

Radisson se sent trahi. Il comprend maintenant que Negamabat s'est servi de lui pour accomplir son projet d'évasion. Il a voulu profiter de sa jeunesse, de sa force et de son endurance car, seul, Negamabat ne serait jamais parvenu à pagayer sur une aussi longue distance, rapidement, dans des circonstances aussi dangereuses. Il a aussi deviné que Radisson partageait le même désir de retourner à Trois-Rivières pour y retrouver sa famille et il en a profité. Radisson est obsédé par le meurtre de Serontatié. Il le regrette amèrement. D'avoir provoqué la mort de ses trois compagnons ne fait que mettre sa vie en péril. Maintenant, Katari, Ganaha et Garagonké le détestent et tous les Iroquois vont les rechercher partout, la rage au cœur. S'ils les trouvent, ils les extermineront sans pitié. Quel gâchis !

Pour l'avoir plongé dans cette pénible situation, Radisson déteste Negamabat. Sa haine envers lui augmente encore lorsqu'il constate qu'il n'a même pas pris les arcs et les flèches de leurs victimes pour leur permettre de chasser sans bruit. Et il est hors de question d'utiliser des armes à feu, on les repérerait trop facilement. Pêcher au bord de la rivière présente les mêmes risques d'être découverts. Avec si peu de ressources, le ventre de Radisson commence à crier famine ; manger des petits fruits et des racines ne suffit pas. La route pour se rendre jusqu'à Trois-Rivières s'annonce terriblement éprouvante.

Pendant trois nuits, ils remontent la rivière que Radisson a parcourue en sens inverse lorsqu'il était prisonnier. L'Algonquin connaît parfaitement le chemin, il n'a pas menti là-dessus. Leurs journées de demi-sommeil et d'inquiétude ne les reposent cependant qu'à moitié. La tâche est colossale. Progressivement, la colère et la haine de Radisson font place à une froide analyse de sa situation. Maintenant qu'il a commis l'erreur fatale de tuer ceux qui l'avaient accueilli comme un fils, il ne peut plus revenir en arrière. Il ne lui reste qu'à réussir son évasion : ils doivent absolument atteindre la Nouvelle-France et s'y réfugier. Alors, il y met toute son énergie et son intelligence. Même s'il déteste Negamabat, il reconnaît son sang-froid et son habileté, son courage et son endurance. Lorsqu'ils naviguent la nuit sur les flots obscurs, lorsqu'ils traînent leur canot de la berge pour remonter les rapides, ou qu'ils effectuent des portages, il demeure un guide sûr. Radisson a pleinement confiance en lui.

N'empêche que les longues journées d'attente sont insupportables.

Trois jours de suite, Radisson enfreint l'une des règles établies par l'Algonquin, il s'arme d'un long bâton et part à la chasse à courte distance de leur cachette. Bien lui en prend car, deux jours de suite, il parvient à tuer un porc-épic. La viande crue qu'ils avalent goulûment leur redonne de l'énergie. Le troisième jour, il rentre bredouille et le quatrième jour de cette dissidence, alors que Radisson s'apprête à repartir à la chasse malgré les regards furieux de Negamabat, ils aperçoivent en même temps trois canots d'Iroquois qui semblent s'approcher d'eux. Du petit promontoire où ils se sont retirés, loin de la rive, ils voient qu'ils arborent leurs couleurs de guerre. Ils progressent lentement et scrutent avec soin les alentours. Un de leurs canots s'approche de la rive, un autre contourne une petite île, ils cherchent… ils *les* cherchent, assurément. Une vague de terreur envahit Radisson, même si leur canot est bien caché. Il suffirait de si peu de choses pour qu'ils soient découverts et massacrés. Dès lors, il renonce à chasser pendant le jour et reste sagement caché. Sans bouger.

La nuit suivante, sous un faible quartier de lune, les deux fugitifs traversent avec précaution un grand lac noir pour fuir le plus loin possible. Ils aperçoivent au passage le feu de camp des Iroquois et entendent leur chant saccadé, colérique et chargé de menaces.

Les jours d'après, Radisson sent ses forces l'abandonner. La fatigue extrême lui ramène en tête le coup fatal qu'il a asséné à Serontatié. Il revoit sans cesse le moment où il tentait de dégager la hache coincée dans son crâne. Dans son cauchemar, il n'y arrive jamais. Elle reste plantée là pour toujours comme si l'irréparable ne pouvait être effacé. Cet assassinat hante Radisson comme aucun autre événement de sa vie. Une pluie dense, froide, ininterrompue accentue sa détresse. Ils ont terriblement froid. Pour éviter d'être repérés par les

Iroquois, ils n'osent pas faire de feu. Leur poudre aussi ne tarde pas à être détrempée et inutilisable. Ils sont désormais sans arme et plus vulnérables que jamais.

Radisson et Negamabat passent une nuit infernale à dévaler des rapides sans rien voir. À tout instant, ils mettent leur vie en péril. Mais peut-être y a-t-il un dieu pour les fuyards, car ils s'en sortent indemnes. Le lendemain, afin de récupérer un peu, Radisson reste étendu sur le dos durant toute la journée après avoir grignoté quelques racines amères. Il se garde bien de se placer trop près de Negamabat, qu'il maudit et bénit selon l'heure du jour ou de la nuit. Les yeux fixés vers le ciel, il revoit passer toute sa vie comme en rêve. Il pense à son père, à son vrai père de France qui a disparu sans explication et qu'on n'a jamais retrouvé. Il a peut-être été enlevé finalement, ou assassiné, ou victime d'un accident. Radisson est maintenant plus conscient de cette possibilité, alors qu'il a toujours cru que son père les avait abandonnés, lui, sa mère et sa sœur cadette. Au fond, la vie est si inattendue, si fragile. Mais que son père ait disparu volontairement ou non ne change pas la douleur qu'il s'est incrustée en lui. Ses réflexions d'aujourd'hui ne guérissent pas la blessure. À cette minute même, Radisson se jure que s'il atteint Trois-Rivières vivant, il ne laissera plus jamais personne décider du cours de sa vie. Aucun Negamabat ne lui dictera sa conduite, ou lui imposera ses projets. Il veut prendre sa vie à bras-le-corps et s'en rendre maître, comme on fait corps avec son cheval pour le diriger.

Radisson et l'Algonquin parviennent enfin au fleuve Saint-Laurent. À ce stade, les lueurs et les ombres de la nuit font divaguer Radisson tant son corps et son esprit sont à bout. Il retrouve néanmoins espoir. Plus que quelques heures à pagayer et il sera sauvé. Malheureusement, l'aurore les surprend alors qu'ils sont encore loin de Trois-Rivières. Ils doivent se résigner une fois de plus à se cacher pendant toute une journée. Ils pataugent à travers les hautes herbes du lac Saint-Pierre pour dissimuler leur canot, se rendent jusqu'à la rive vaseuse, là où tout a commencé, puis le désespoir submerge Radisson.

Au bout d'un long moment, Negamabat rompt la consigne et dit à Radisson de l'attendre là pendant qu'il se rend à Trois-Rivières.

— Je prends le canot et tu m'attends ici. Dès que j'ai rejoint mes frères algonquins, nous prévenons les Français et ils viennent te chercher. Si personne n'est arrivé dans un jour d'ici, c'est que je suis mort. Tu n'auras qu'à te rendre jusqu'à Trois-Rivières à pied, par la rive. Adieu.

— Non ! Ne pars pas ! réplique Radisson. Il faut rester ensemble. Attends la nuit. Attends-moi…

Mais l'Algonquin disparaît dans les hautes herbes, sans se retourner, ni répondre à Radisson.

— Attends ! s'exclame encore Radisson. Reste !

— Bonne chance ! lance de loin Negamabat.

Radisson tremble de tout son corps. Il trouve intolérable la perspective de mourir ici, de faim ou de froid. Pour la première fois, il pense à la réaction qu'aura Pierre Godefroy, le père de François, lorsqu'il apprendra la nouvelle de son retour. « Radisson ! s'écriera-t-il peut-être. Le chenapan qui a causé la mort de mon fils ? Qu'il meurt de faim ! c'est tout ce qu'il mérite. » Abandonné, encore une fois.

Sans réfléchir davantage, Radisson court rejoindre Negamabat, à temps pour sauter avec lui dans le canot. « Tant pis, songe-t-il, je vivrai ou mourrai avec celui qui m'a entraîné dans cette aventure. »

Leur canot glisse hors des hautes herbes et file en direction de Trois-Rivières. Le soleil les réchauffe et leur donne de l'énergie. Enfin, le fleuve se resserre. Ils approchent du but. Devant eux, au milieu des eaux, un objet apparaît. Negamabat se lève, porte la main à son front pour mieux le distinguer. Il croit reconnaître un grand héron, se rassoit et lance : « Allons-y ! » en reprenant son aviron. Radisson lui fait confiance et se remet à pagayer du mieux qu'il peut. Mais en s'approchant de l'objet qui grossit à vue d'œil, ils ne tardent pas à s'apercevoir de leur erreur : ce n'est pas un héron, mais un canot rempli d'Iroquois qui fonce sur eux. Huit guerriers forcent la cadence et propulsent leur embarcation à une vitesse effrayante ! La seule chance qu'ils ont de s'en sortir vivants est de gagner immédiatement la rive et de fuir dans les bois. Il faut faire vite, mais ils sont tous deux si fatigués …

Les premiers joncs, dont la pointe émerge hors de l'eau, freinent leur embarcation. La terre ferme est trop loin pour qu'ils sautent et s'y rendent facilement. Ils doivent encore pagayer. Mais les Iroquois les rattrapent à une vitesse fulgurante. Trois coups de feu retentissent. Negamabat est touché au corps et tombe face la première au fond du canot. Il saigne abondamment. Radisson tente sa chance et saute à l'eau pour éviter les prochaines balles. Mais il ne peut marcher. Les hautes herbes l'empêchent de nager. Le canot ennemi arrive à sa hauteur et quatre bras vigoureux le saisissent brutalement. Des Iroquois le hissent à bord et le frappent à coups redoublés. Ils lui passent une corde autour du cou et lui ligotent les mains. L'un d'entre eux lui arrache un ongle avec les dents. Malgré la douleur lancinante, Radisson n'a plus la force de hurler. Il perd contact avec la réalité. Tout s'écroule autour de lui.

CHAPITRE 4

Subir la torture

Les Iroquois maltraitent Radisson tout le long du voyage de retour vers leur village. Affamé, découragé, il endure tout sans se plaindre, ni se révolter. Il ne pense qu'à économiser son énergie et à sauver sa vie, si une telle chose est encore possible.

Lorsqu'ils traversent le grand lac qui sépare les eaux coulant vers le nord de celles qui coulent vers le sud, un groupe d'Iroquois venus du village où habitait Radisson les interceptent. Après quelques tractations, les cinq guerriers du clan du Loup qui le recherchaient avidement depuis trois semaines hurlent de joie en obtenant Radisson en échange d'un wampum, qui est un collier de coquillages. Même si ces Iroquois prennent soin de lui et ne le maltraitent pas, Radisson ne se fait pas d'illusion : son sort est scellé. Il sait que la vigueur du prisonnier témoigne de la valeur des guerriers qui l'ont capturé. Ses ravisseurs voudront donc faire bonne figure quand ils le ramèneront comme un trophée au village, avant de le tuer.

Radisson dévore néanmoins tout ce qu'on lui permet de manger. Il veut retrouver son énergie et lutter jusqu'au bout, même s'il n'a qu'une chance sur cent mille de s'en sortir vivant. Une seule pensée occupe son esprit : VIVRE à tout prix ! Peu importe ses erreurs passées, ses victoires, ses parents, ses douleurs, ses rêves, il fera tout ce qui est en son pouvoir pour échapper à la mort. Et si la fin est bel et bien venue, alors il veut quitter ce monde la tête haute, en brave, plutôt qu'en traître ou en fuyard.

Lorsqu'ils sont en vue du village, le gardien de Radisson tire brutalement sur la corde qui lui serre le cou. Malgré le choc, il réussit à rester debout grâce à sa détermination et à son agilité. Les cinq Iroquois qui l'ont racheté ont rejoint une trentaine de guerriers victorieux qui ne se gênent pas pour molester la dizaine d'hommes et de femmes qu'ils ont capturée. C'est un triomphe au village. On accourt de partout en poussant des cris d'allégresse. Même si la peur de mourir lui déchire les entrailles, Radisson serre les dents et se tient droit comme un chêne afin de conserver sa dignité et faire preuve de courage. Ses yeux noirs brillent d'une incalculable soif de vivre. Il sait qu'il ne lui reste qu'une chance d'échapper à la mort : prouver aux yeux de tous sa valeur et sa bravoure exceptionnelles. C'est sa dernière carte et il veut la jouer avec brio.

Plusieurs hommes du village sont revenus de leur expédition de guerre. Ils se rassemblent en rangées avec les femmes et les enfants pour participer à la sinistre cérémonie de bienvenue, de chaque côté de la porte du village. Tous sont armés. L'accueil s'annonce encore plus terrible que celui auquel Radisson a assisté quelques semaines auparavant. Les gardiens tiennent toujours leurs prisonniers en laisse comme des bêtes, se préparant à les lâcher dans la tourmente. Radisson fixe des yeux la porte qu'il doit atteindre coûte que coûte, malgré les cent coups qu'il encaissera. Il veut s'élancer le premier, tête baissée, souffle court, sachant que les derniers seront les plus maltraités. Il tire de toutes ses forces sur la corde pour que son gardien lâche prise et le laisse courir à toutes jambes. Il tire encore… Lorsque, sortant de nulle part, sa mère adoptive surgit de la masse et se précipite vers lui.

Quelques instants plus tard, elle le saisit par les cheveux et le traîne de force au milieu des cris rageurs des villageois qui commencent à les frapper. Katari reçoit un violent coup sur l'épaule et, d'une voix stridente, se met à proférer des injures que Radisson ne comprend guère. Elle vocifère et peste de toutes ses forces contre ses assaillants. Trois guerriers se préparent à la frapper de nouveau quand la voix puissante de Garagonké retentit au-dessus du tumulte, leur ordonnant de reculer et de se retirer. Ils obéissent de mauvaise grâce. Katari en profite pour avancer rapidement pendant qu'un jeune homme attaque Radisson par-derrière. Garagonké le menace de son poing, l'écarte et suit sa femme de près pour la protéger. La foule se détourne d'eux et commence à frapper d'autres prisonniers qui tentent de profiter de cette diversion pour mieux se faufiler jusqu'au village.

Katari, Radisson et Garagonké courent se réfugier dans la maison longue du clan de l'Ours. À l'abri dans sa famille adoptive, Radisson n'en revient pas de se retrouver parmi eux une fois de plus. Jamais il n'aurait espéré un tel appui de la part de ses parents. Encore abasourdi par les événements, sidéré d'avoir échappé si facilement à la bastonnade, il écoute avec amertume les propos de Garagonké qui s'adresse à lui avec colère. Il le traite plusieurs fois de traître et d'insensé en lui rappelant à quel point ses parents ont été bons pour lui. Les bras levés au ciel, prenant sa tête entre ses mains, pointant du doigt son fils adoptif, Garagonké insulte Radisson en langue iroquoise. À travers ce flot de paroles incompréhensibles, Radisson saisit que son père veut savoir pourquoi il a agi ainsi, pourquoi il a tué trois de ses frères et s'est enfui. Radisson saisit aussitôt sa chance et répond de son mieux, sans éprouver le moindre remord à trahir l'Algonquin de malheur qui l'a conduit au bord du gouffre.

—Je n'ai tué personne ! s'exclame-t-il. Mes frères du clan du Loup et moi avons rencontré un Algonquin pendant que nous chassions. Il était du clan de la Tortue, mais d'un autre village.

Nous lui faisions confiance et nous avons mangé ensemble. Mais au milieu de la nuit, il m'a réveillé et il a tué mes trois amis sous mes yeux. Ensuite, il m'a menacé de me tuer si je ne le suivais pas. Je n'ai rien fait, père ! Je vous le jure ! C'est lui le seul coupable ! Nous sommes partis avec le canot qu'il avait caché dans les bois. Nous avons voyagé la nuit au risque de nos vies. Le jour, nous sommes restés cachés sans bouger ni manger. Père, croyez-moi ! J'ai pleuré amèrement la mort de mes frères, mais je n'ai pas versé une larme quand les Iroquois ont tué cet infâme Algonquin ! Je n'ai tué personne, père ! Je vous le jure !

Radisson ne s'est pas exprimé comme il l'aurait souhaité, les mots iroquois lui manquent. Mais son père, qui s'est calmé, semble avoir compris l'essentiel. Il est plongé dans ses réflexions. Pendant ce temps, Radisson en profite pour demander pardon à sa mère. Mais les cinq guerriers qui ont ramené Radisson au village font tout à coup irruption dans la maison. Ils portent les couleurs de guerre qui les rendent si menaçants et pointent leur fusil, leur hache et leur couteau dans sa direction. Celui qui semble être leur chef s'adresse fermement à Garagonké pour lui signifier qu'il n'a pas le droit de garder leur prisonnier. Garagonké le sait. Résigné, il baisse les yeux et se détourne. Les guerriers saisissent alors Radisson et le conduisent sans ménagement jusqu'au milieu du village, avec les prisonniers qui ont survécu à la bastonnade. À l'instar de cinq hommes et de deux femmes, on le ligote à un poteau planté en terre. Tous seront torturés. Radisson comprend que son heure a sonné. Plus personne ne pourra l'aider. Les Iroquois du clan du Loup vont se venger.

Plusieurs heures plus tard, après bien des chants, des danses et des supplices infligés aux autres prisonniers, Radisson constate qu'il est presque épargné. L'Algonquin qui se trouve à ses côtés a le corps tout brûlé par les tisons ardents qu'on a collés sur sa chair. Plus loin, un Français hurle à la mort sous le jeu des tortionnaires qui déposent sur son corps un collier de haches rougies au feu. Pendant ce temps, seulement deux hommes âgés sont venus arracher à Radisson les quatre ongles qui restaient de sa main droite. Il a réussi à ne pas crier. Sa main lui semble maintenant énorme, plus grosse que son corps, palpitante et douloureuse. Mais il ne cède pas. Il ne faut pas céder. Garder la tête haute. Braver ces courageux Iroquois et leur prouver qu'il est leur égal. Radisson remercie Dieu de ne pas subir de pires tourments pendant que des enfants tirent sur lui quelques fléchettes qui pénètrent à peine sa peau. Il a mal, mais sa vie n'est pas menacée. Il ne comprend pas pourquoi les Iroquois le ménagent.

À la fin de cette longue journée, trois jeunes hommes se saisissent chacun d'un tison ardent et frôlent son visage de leur branche incandescente.

L'un d'eux frotte sa poitrine dont les poils s'enflamment aussitôt, laissant dans l'air une odeur âcre de peau brûlée. Radisson n'arrive plus à respirer. Toutes ses pensées disparaissent, chassées par la douleur envahissante qu'il doit supporter. On lui accorde un répit. La douleur s'amenuise et il peut enfin respirer. Plus tard, on le détache du poteau et l'emmène dans une maison longue où il n'est jamais entré. Il y fait noir. La nuit est tombée. Radisson n'y voit rien. On le laisse seul, debout au milieu d'un grand espace vide, pieds et poings liés.

Il se demande pourquoi on l'a emmené là ? Pourquoi jouit-il d'un autre répit ? Pourquoi personne ne le surveille ? Les questions déboulent dans son esprit. Est-ce que l'heure de son exécution approche ? Est-ce qu'un bourreau va l'achever dans un instant, d'un coup de hache derrière la tête ? Pourtant, rien ne se passe... Radisson nage toujours dans la douleur et se sent menacé. Dans le silence intenable, il veut croire que cette pause est bon signe, il s'accroche au fait qu'on ne l'a pas torturé aussi sévèrement que les autres. Sa volonté de vivre l'aide à surmonter cette épreuve épouvantable. Tout à coup, le froid et la peur le font trembler comme une feuille. Il perd un moment le contrôle de ses émotions, craignant de s'écrouler de fatigue sur sa main sanglante, de tomber sur sa poitrine brûlante, de se mettre à hurler de peur et de douleur. Puis la tempête passe. Un rayon de lune qui éclaire faiblement l'entrée de la maison lui permet de discerner à courte distance les poteaux de soutien de la charpente. Il veut s'y rendre, pour s'y appuyer, s'y reposer. À petits pas d'escargot, en prenant bien garde de ne pas perdre l'équilibre, il y parvient. Quel soulagement !

À cause de la douleur et des tourments qui l'assaillent, Radisson ne ferme pas l'œil de la nuit. Il retrouve tout de même un peu d'énergie grâce à ce poteau salutaire auquel il s'accote. De fulgurantes images explosent dans sa tête et passent comme l'éclair. Visages colorés de ses bourreaux, visages aimés de ses parents, souvenirs de France, visions de la torture. Il regrette d'être venu en Nouvelle-France. Il aurait dû rester à Paris. Il voudrait tant revenir chez sa sœur Marguerite et respecter la parole qu'il lui avait donnée. Il serre sa mère Katari dans ses bras, la douce, la bonne, qui abhorre la torture. Il prie dans la chapelle jésuite de Trois-Rivières, il implore Jésus, Marie, Joseph et toute la Sainte-Famille… Flot d'émotions. Corps éclaté. Pensées liquides. Tout son être se désagrège.

Au petit matin, des Iroquois viennent le chercher. On l'attache de nouveau au poteau de torture. Tout semble vouloir recommencer. Une terrible lassitude envahit le jeune Radisson. Tout espoir disparaît. Le jour de sa mort est arrivé.

Alors Katari vient le trouver et lui apporte un peu d'espoir. Elle lui donne à boire et à manger. Avant de s'éloigner, elle lui glisse à l'oreille : « Sois brave, mon fils, car tu ne mourras pas. » Ces paroles lui procurent une immense joie et chassent un moment sa douleur. Puis, un vieil homme vient s'installer à ses côtés. Avec des gestes lents et précis, il prépare une pipe de tabac, l'allume et cale ensuite le pouce de Radisson dans son fourneau brûlant qu'il active en aspirant avec force. Tout le corps de Radisson s'embrase. Une immense douleur l'envahit de la tête aux pieds, dévaste sa pensée, bouleverse son cœur, calcine ses souvenirs. Radisson n'est plus qu'un incendie démesuré, une flamme perdue dans l'univers. Il entend néanmoins que le vieil homme insiste pour qu'il chante. Radisson rassemble ses forces et s'exécute, car il a vaguement conscience du cri d'agonie que pousse le supplicié voisin en recevant un bol de sable brûlant sur la tête. De la fumée nauséabonde s'élève de son crâne pendant qu'il meurt. Quand la voix de Radisson s'éteint parce qu'il n'en peut plus, un autre tortionnaire l'oblige à boire une tisane vivifiante qui fouette son esprit. Il peut alors recommencer à chanter pour éviter la mort.

Le vieil homme reparti, Radisson reste seul avec cette douleur permanente qui s'est installée en lui. Une douleur dévastatrice qui le vide de toute substance.

À la fin de cette autre pénible journée, au coucher du soleil, Radisson voit apparaître devant lui un jeune guerrier en colère qui brandit sous ses yeux une épée rougie au feu. Après quelques mouvements de va-et-vient menaçants, il lui en transperce le pied droit sans pitié. La vive douleur que ressent Radisson semble à peine plus grande que celle qu'il endurait déjà. La seule chose à laquelle il est encore capable de penser est de ne pas hurler. Il y parvient, mais perd à moitié connaissance. Tout ce qui lui reste de sa vie, de son intelligence et de sa volonté est un cauchemar dans lequel il se convainc de souffrir sans crier. Survivre encore une minute, encore un instant, survivre...

La mère et les sœurs adoptives de Radisson viennent le réconforter. Il a à peine conscience de leur présence, mais que des êtres humains lui veuillent encore du bien le bouleverse. Quand son père vient les retrouver, un éclair de joie jette un baume temporaire sur son cœur endolori. Ils lui recommandent de garder courage pendant qu'ils tentent de racheter sa vie. Il y aurait donc de l'espoir... « Je vous en supplie, délivrez-moi de mes souffrances ! » voudrait crier Radisson. Mais plus un souffle ne sort en réalité de sa bouche. Il sombre dans le néant quand sa famille le quitte de nouveau, hanté seulement par les paroles des missionnaires jésuites : « Les pécheurs expieront leurs fautes dans les tourments de l'enfer pendant toute l'éternité... » Puisqu'il a tué, Dieu l'envoie en enfer où il souffrira pour toujours... Trou noir...

Selon la coutume iroquoise, Garagonké et Katari font tout en leur pouvoir pour racheter la faute de Radisson. Katari est convaincue qu'il n'a pas tué ses trois jeunes compagnons. Elle le connaît bien et croit sa version des faits, à savoir que l'Algonquin a commis les trois meurtres. Garagonké endosse lui aussi cette version. Comme il est natif du clan du Loup, il a encore beaucoup d'influence auprès de sa parenté. On a aussi envoyé chercher Ganaha de toute urgence, puisqu'il est le premier à avoir cru en la valeur de Radisson et à l'avoir choisi comme frère. Il pourrait sans doute faire pencher la balance en sa faveur. Katari et Garagonké ont perdu au combat leur fils aîné Orinha l'an dernier, et un autre fils, Ongienda, tout récemment. Ils tiennent donc à adopter Radisson pour les remplacer. Le sentiment général à leur égard est qu'ils méritent de conserver ce fils adoptif s'ils le désirent.

Mais les négociations sont difficiles. Quelques membres du clan du Loup exigent vengeance et réparation. « Pourquoi épargner la vie d'un Français, puisqu'ils sont nos ennemis ? » demandent certains. Sans compter que la mort de ce seul Français comblera à peine la perte des trois jeunes Iroquois qui l'accompagnaient. Le salut de Radisson pourrait mettre les esprits des ancêtres en colère et provoquer plus de mal encore, prétendent certains. Mais Katari est déterminée. Sa douleur d'avoir perdu deux fils est grande. Elle ne veut pas laisser

mourir un innocent de plus, un jeune homme pro-
metteur en qui elle a pleinement confiance. Alors,
elle se bat, elle argumente, elle insiste, et Garagonké
l'appuie.

* * *

Le lendemain, à l'aube, on vient couper les cordes
qui retiennent Radisson prisonnier. Il s'écroule aussitôt par terre. On le ramasse et le porte jusque dans
une maison où sont rassemblées une cinquantaine
de personnes. Deux Iroquois le prennent en charge,
l'assoient sur le sol et lui font boire une tisane amère
qui l'aide à reprendre conscience. Radisson se
demande ce qui lui arrive. Devant lui, des vieillards
fument la pipe en silence. Au bout d'un temps
d'attente qui lui semble éternel, il reconnaît son
père au milieu du groupe, qui fume avec les autres.
Garagonké porte deux longs colliers de perles au
cou, deux wampums, et il regarde de temps à autre
son fils adoptif du coin de l'œil. Radisson finit par
réaliser qu'il est encore en vie, dans son village
iroquois, et non en enfer.

Sept ou huit autres prisonniers, femmes,
hommes et enfants, sont regroupés derrière lui.
Commence alors une série de longs discours en
langue iroquoise. Tour à tour, les vieillards s'expriment avec grandiloquence. Radisson n'y comprend
rien. La douleur est encore trop vive et sa fatigue,

trop grande. Puis le silence se fait dans la maison et, tout à coup, sans crier gare, une femme âgée et deux enfants reçoivent chacun un puissant coup de casse-tête sur le crâne. Ils meurent instantanément. Tous les autres prisonniers sont libérés dans une soudaine clameur qui fait sursauter Radisson… Il est le seul à n'être ni exécuté, ni délivré.

Garagonké, Katari et Ganaha s'avancent devant l'assemblée. Une joie intense envahit Radisson lorsqu'il reconnaît son frère Ganaha qui danse et chante un instant avec son père et sa mère. Il ne l'avait pas revu depuis son évasion et le savoir ici le remplit d'espoir. Il observe maintenant sa famille avec attention, aucun de leurs gestes ne lui échappe. Bientôt, sa mère cesse de danser. Elle prend l'un des magnifiques wampums du cou de Garagonké et le dépose sur le sol. Elle prend l'autre collier, le place sur les épaules de Radisson, puis toute sa famille se retire. Les vieillards chuchotent entre eux et jettent de temps à autre une poignée de tabac au feu. L'attente est insoutenable pour Radisson qui ne comprend rien à ce rituel. Soudain, l'un des vieillards fait un geste de la main et des centaines de personnes soulèvent les murs d'écorce de la maison. Garagonké, Katari et Ganaha réapparaissent aussitôt, accompagnés des deux sœurs de Radisson. Garagonké le rejoint, retire le wampum de ses épaules et le jette aux pieds d'un des vieillards. Il prononce quelques paroles solennelles et coupe les cordes qui liaient toujours les mains de Radisson. Puis il l'aide à se relever en lui disant de se réjouir, car il est sauvé. Il est libre, les Iroquois lui ont pardonné !

Radisson ose à peine y croire. Étourdi par la joie incomparable qui s'empare de tout son être, il retrouve en un instant une énergie extraordinaire qui lui fait oublier toutes ses souffrances. Sa mère et son père iroquois lui ont redonné la vie. Il se sent comme au premier jour du monde. Un immense sentiment de reconnaissance envers ses parents fait exploser son cœur. Il chante d'une voix puissante avec son père, puis il se précipite sur Katari pour l'embrasser, il serre son frère dans ses bras. Plusieurs dizaines d'Iroquois chantent et dansent avec eux. Effacé, le meurtre qu'il a commis ! Oublié, son geste impardonnable ! Les esprits iroquois ont accompli un miracle !

Radisson sent une nouvelle vie couler dans ses veines. Il veut saisir la chance qu'on lui offre de racheter ses erreurs. Dans chaque fragment de son être, il se sent heureux et fier d'être Iroquois, comme son père, sa mère et tous ceux qui lui ont pardonné. « Ô, sublimes coutumes iroquoises ! » se dit Radisson qui chante à plein poumon son bonheur retrouvé, en se promettant d'être désormais digne de ses magnanimes parents. C'est le plus beau jour de sa vie !

CHAPITRE 5

Devenir iroquois

Deux mois après sa torture, Radisson est enfin complètement rétabli. Tout de suite après son pardon, sa mère et ses sœurs ont préparé des emplâtres de plantes et de racines mâchées qui ont rapidement cicatrisé ses blessures. Seuls les ongles de sa main droite et son pied transpercé par l'épée brûlante ont mis tout ce temps à repousser et à guérir.

L'automne est maintenant bien avancé. Presque tous les hommes sont revenus de la guerre et consacrent leur temps à la chasse et à la pêche avant l'hiver. Plusieurs d'entre eux vont aussi en expédition de traite chez les Hollandais qui ont leur colonie à quatre ou cinq jours de marche du village. Ils rapportent de leur voyage du tissu, des couvertures de laine, des haches et des couteaux de fer, mais surtout de la poudre et des armes à feu. En échange, ils donnent aux Hollandais des fourrures de castor.

Dans la grande maison du clan de l'Ours, l'atmosphère est bien différente d'avant. Quatre-vingts personnes y vivent en permanence. L'activité y est intense. Les préparatifs pour l'hiver battent leur plein. De longues tresses d'épis de maïs pendent aux murs extérieurs de toutes les maisons du village. Les femmes pilent à journée longue les grains de maïs séchés pour en faire de la farine qu'elles entreposent dans de grands contenants d'écorce. Elles rapportent aussi les courges et les fèves des champs. Les hommes entretiennent plusieurs feux. Ils les étouffent en partie avec des feuilles mortes pour boucaner et sécher la viande et le poisson qu'ils suspendent au-dessus de ces feux. C'est ainsi qu'ils les conserveront tout l'hiver. Ils rangent ensuite toutes ces provisions dans les maisons longues, sur des brancards ou en les accrochant au plafond. Pour les protéger du feu et du vol, ils enterrent une partie du maïs séché dans le sol, rangé dans des caches à parois d'écorce. Ils réparent enfin les maisons de façon à ce qu'elles soient bien étanches et chaudes pour l'hiver et font des provisions de bois de chauffage.

À cause de ses blessures, Radisson ne participe guère à tous ces préparatifs. Même s'il le voulait, il ne connaît pas encore tous les savoir-faire iroquois et doit bien observer pour les apprendre. Ne pas être plus utile le rend impatient et anxieux. Il a hâte de prouver sa valeur à ses parents. Il se fait donc discret, ne demande jamais rien à personne et se confond en remerciements chaque fois que sa mère ou ses sœurs le soignent ou lorsque Ganaha passe du temps avec lui pour lui enseigner la chasse, la pêche et les rudiments de la guerre. Le seul but de Radisson est d'apprendre à devenir un bon Iroquois, mais comme un enfant qui ne progresse qu'à petits pas, il trouve le temps bien long. Lourde tâche que de changer de culture.

Un jour, estimant que son fils est complètement guéri, Katari l'encourage à prendre part aux activités du clan. Pour la première fois, elle lui donne la permission d'accompagner Ganaha à la chasse. Radisson ressent à ce moment un formidable soulagement : enfin, sa vraie vie iroquoise commence. À lui de jouer, de faire ses preuves, de se montrer digne du pardon qui lui a été accordé.

Une fois la permission accordée, par une belle journée froide de novembre 1652, Ganaha l'emmène donc chasser avec Gérontatié, un cousin du clan de l'Ours. Tous trois se mettent à l'affût après avoir marché sans interruption pendant une demi-journée en direction du sud. Le gibier n'est pas très abondant à proximité du village, mais Ganaha veut ménager le pied de son frère. Malgré leur patience, leur vigilance et les quelques traces encourageantes de gros gibier qu'ils ont repérées, les trois comparses ne tuent qu'un lièvre au cours de leurs deux premières journées d'expédition. Mais l'espoir les anime, car la persévérance est la principale qualité du chasseur. Le soir du deuxième jour, devant ce décevant résultat, Ganaha s'isole un long moment à bonne distance du feu de camp afin de consulter son esprit tutélaire, celui qu'il a choisi en devenant adulte et qui veille sur lui. Il revient vers ses compagnons en souriant largement : « Demain, nous trouverons, leur dit-il, j'en suis sûr. Je sais maintenant où aller. Mais nous devons rester sur nos gardes, car les signes que m'a envoyés l'esprit indiquent qu'il y a danger. »

Le lendemain, tous trois se lèvent de bon matin et se dirigent à pas de loups vers le sud en observant tout autour d'eux pour déceler la moindre trace de gibier. Curieusement, Ganaha ne scrute pas le sol comme les jours précédents. Il s'attend à ce qu'un animal surgisse devant ou derrière lui sans crier gare. Et justement, en franchissant le sommet d'un petit monticule, ils tombent nez à nez avec un ours énorme. « Le voilà ! Tirez sur lui ! » crie Ganaha en faisant immédiatement feu sur l'animal. Gerontatié décoche une flèche, puis une autre et encore une autre avec une rapidité étonnante. Mais l'ours fonce sur eux en grognant férocement comme si de rien n'était. Radisson le met en joue, attend qu'il s'approche de lui et tire à bout portant exactement entre ses deux yeux, au moment où l'animal allait bondir sur eux. Ganaha avait déjà levé sa hache à bout de bras pour l'affronter au corps à corps mais l'animal s'écroule à leurs pieds, foudroyé par la balle que Radisson a logée dans son cerveau.

Les trois hommes restent un moment paralysés de stupeur, heureux d'avoir échappé à la fureur de ce roi des bois. Puis, ils se mettent à trépigner de joie et à danser autour de leur prise extraordinaire. C'est le plus gros ours que Ganaha et Gerontatié ont vu de toute leur vie. Ce soir-là, ils se régalent de viande à s'en faire éclater la panse et chantent allègrement jusqu'au cœur de la nuit. Une fois couché, Radisson n'arrive pas à trouver le sommeil tellement il est excité. « C'est de bon augure, se répète-t-il sans cesse, c'est de bon augure. Je suis Orinha, frère de Ganaha, fils de Garagonké et de Katari. Je suis un bon chasseur. Je suis Orinha. Que les esprits iroquois soient toujours avec moi ! »

Le lendemain, au lever du soleil, les trois hommes découpent l'énorme animal en trois quartiers qu'ils rapportent au village en les traînant derrière eux à l'aide de cordes. Une fois arrivés, comme le veut la coutume, ils offrent la viande à Katari et à la mère de Gerontatié. Mais la mère du clan de l'Ours, l'aïeule de toutes les mères de leur maison longue, en décide autrement. C'est elle qui détient le pouvoir ultime sur les ressources alimentaires de son clan. Comme les réserves accumulées lui semblent suffisantes et que cet ours est une prise exceptionnelle, elle veut que la viande soit partagée entre tous les membres du clan en un seul festin. Cette décision vient d'un songe qu'elle a fait la nuit suivant le retour des trois chasseurs, qui lui a révélé que cet ours énorme est un signe des esprits. Cette viande donnera de la vigueur à tous les membres du clan qui est de nouveau frappé par des maladies étranges et dévastatrices, comme à chaque saison de traite avec les Hollandais. La première chasse de Radisson se termine donc par une grande fête et un précieux don d'espoir offert à toute sa communauté. En public, il s'en réjouit modestement, mais en son for intérieur, il exulte.

* * *

L'hiver est arrivé. La neige s'accumule sur les toits d'écorce, entre les maisons du village et dans la forêt. Sous peu, quelques groupes d'Iroquois expérimentés partiront chasser l'orignal pendant plusieurs semaines, loin au nord et à l'est du village. Pour l'instant, les hommes passent presque tout leur temps à fumer autour du feu en se remémorant leurs expéditions de guerre de l'été dernier ou celles des années précédentes. Radisson constate l'importance considérable que les hommes de sa communauté accordent aux prouesses militaires. Le talent et l'habileté des chasseurs ne pèsent pas lourd dans ces discussions sans fin. Les plus valorisés sont ceux qui ont remporté des victoires, c'est-à-dire ceux qui ont tué des ennemis ou ramené des prisonniers au village. Les autres font grand cas des difficultés qu'ils ont surmontées lors de leurs déplacements ou détaillent les dures batailles qu'ils ont menées contre des ennemis nombreux et coriaces pour se justifier de ne pas compter de prestigieuses victoires à leur actif. Assis toujours un peu en retrait, puisqu'il n'ait rien à raconter de semblable, Radisson écoute ces récits avec grande attention. Il est encore trop jeune pour être un vrai guerrier. D'ailleurs, presque personne ne s'intéresse à lui, sauf Ganaha qui le prend un jour en exemple en relatant l'expédition qu'il a menée à Trois-Rivières. Il raconte alors que les deux jeunes Français qui accompagnaient Radisson ont été tués par les guerriers du clan de l'Ours, pendant que lui et son frère le suivaient pendant toute une journée, avant de le capturer et de le ramener au village pour l'adopter.

— J'ai vu son courage quand il a poursuivi seul son chemin, lance Ganaha d'une voix forte. J'ai vu son habileté quand il a tué dix oies de deux coups de fusil. J'ai vu sa ruse quand il a tenté de déjouer notre vigilance en se cachant dans les bois. Malgré la longue route et malgré les dangers qu'il pressentait, j'ai apprécié sa détermination quand il a ramené tout son gibier jusqu'aux portes de Trois-Rivières. Ongienda et moi le surveillions pendant tout ce temps et il s'en doutait.

Les quinze hommes rassemblés autour du feu suivent le récit de Ganaha avec attention. Radisson découvre avec une certaine stupéfaction que son pressentiment d'être épié ce jour-là était exact. Il s'étonne d'écouter raconter cette journée fatidique, où son destin a basculé, sans éprouver de regret, ni de remords. Il a tant changé depuis…

— Pendant le trajet jusqu'ici, j'ai constaté sa volonté de s'unir à nous. J'ai vu son habileté à la pêche et sa joie de partager ses prises avec nous. J'ai mesuré sa force quand il a vaincu l'arrogant Tangouen du village de Sacandaga qui voulait nous faire la leçon. Et vous connaissez tous la bravoure dont il a fait preuve pendant sa torture. Pas un cri. Pas une plainte. Il a prouvé qu'il était des nôtres. Je vous le dis, mon frère Orinha sera un grand guerrier. Laissons-lui du temps et nous serons tous témoins de sa valeur. Notre famille a trouvé en lui la consolation pour nos frères bien-aimés Orinha et Ongienda qui sont morts au combat. Longue vie à Orinha !

— Ho ! répondent en cœur les hommes présents pour signifier leur approbation et encourager Orinha qu'ils connaissent et acceptent de mieux en mieux.

Un peu surpris d'acquiescer intérieurement au vœu de Ganaha de se faire guerrier, Radisson incline simplement la tête pour le remercier. Maintenant, tel est son souhait. Si devenir guerrier est essentiel pour être reconnu des Iroquois, pour se faire aimer et apprécier, il le fera. Quant à ses deux compagnons français dont il a entendu rappeler la mort, cet événement lui paraît si lointain qu'il semble être survenu dans une vie antérieure, comme si quelqu'un d'autre accompagnait François et Mathurin ce jour-là, plutôt que lui. Depuis, il a presque péri sous les coups des Iroquois et sa vie a pris une nouvelle orientation. Il est devenu Orinha et il s'en réjouit. Une deuxième chance lui a été donnée.

* * *

Katari rend souvent visite à un homme du clan de l'Ours qui semble très respecté des siens, il vit en retrait et ne participe que rarement aux rassemblements où chacun prend plaisir à raconter ses exploits. Installé à l'entrée de la maison longue, cet homme passe de nombreuses heures à méditer dans l'espace réservé à sa famille. Radisson est curieux de savoir qui est cet homme et questionne sa mère à son sujet.

— Il est notre chef de paix, lui répond Katari. Teharongara est l'homme le plus habile du clan de l'Ours pour parlementer. Il est le meilleur pour trouver des compromis et négocier des alliances. Il habite à l'entrée de notre maison pour que chaque visiteur soit accueilli dans la paix. Mais personne ne l'écoute maintenant. Personne ne fait appel à lui. Depuis que nous avons anéanti les Hurons et que les Hollandais nous procurent tous ces tonnerres qui tuent, nos hommes ne songent qu'à la guerre. Mais Teharongara sait qu'un jour viendra où nous aurons besoin de lui de nouveau. Même les plus féroces guerriers le reconnaissent aussi.

Radisson sait bien que sa mère est une partisane de la paix. Il lui doit la vie pour cela. Mais Teharongara est un homme et, d'après ses observations, les hommes iroquois font la guerre, à commencer par son père qui est un chef de guerre respecté. Plus Radisson en apprend sur Garagonké, plus il l'admire, plus il voudrait lui plaire et l'imiter. Lui qui a affronté d'innombrables ennemis et remporté maints combats singuliers dont il porte les cicatrices sur tout son corps.

— Tu vois cette cicatrice ? lui a-t-il demandé un jour, alors qu'il lui racontait ses prouesses. Elle est ronde parce qu'une balle de fusil a transpercé mon bras, il y a plusieurs années de cela, quand je combattais les Français. Et tu vois celle-ci, celle-là et celle-là ? Ces lignes sont les traces laissées par les flèches qui ont pénétré ma poitrine et ma cuisse. J'étais jeune à l'époque et ces blessures ont guéri facilement. Mais là, sur mon épaule, cette longue cicatrice est la trace laissée par une lance qu'un guerrier susquehannock a plantée dans mon corps. J'ai réussi à le tuer malgré ma douleur et ma faiblesse. J'aurais pu en mourir aussi. Pourtant, comme tu vois, j'ai survécu à toutes ces blessures et à d'autres encore qui n'ont pas laissé de traces.

Chaque fois, j'ai repris les armes avec plus de courage et de détermination. Chaque fois, les esprits ont continué à me soutenir au combat et j'ai vaincu mes ennemis. Regarde ces dix-neuf marques sur ma cuisse, je les ai taillées moi-même avec mon couteau, une pour chaque homme que j'ai tué de mes propres mains. Ton père est un guerrier courageux, Orinha. Tu peux être fier de Garagonké comme j'espère un jour être fier de toi pour les victoires que tu remporteras. Comme j'ai été fier d'Orinha, mon fils aîné que tu remplaces dans mon cœur.

Radisson voit que Teharongara est triste et isolé. Au contraire, son père Garagonké est heureux et influent. Il préfère suivre les traces de cet homme sage, puissant et courageux.

* * *

Au cœur de l'hiver, les festins se multiplient dans la maison longue du clan de l'Ours, de même que dans les autres maisons du village. La plupart ont pour but de rendre hommage aux guerriers qui se préparent à lancer de nouvelles offensives dès l'arrivée du printemps. Lors de ces festins, des cris, des exclamations, des danses et d'hallucinants bruits de tambours font trembler l'écorce des cabanes. En imitant les combats qu'ils livreront, les hommes exécutent des bonds prodigieux par-dessus les feux qui brûlent au centre des habitations. Dans ces occasions, Garagonké brandit bien haut sa hache de guerre afin d'encourager tous les jeunes hommes à semer la terreur par toute la terre.

— Attaquons les Algonquins qui ont trahi les Iroquois ! lance-t-il de sa voix puissante. Décimons-les comme nous avons anéanti les Hurons ! Ces deux peuples méritent le même sort pour s'être retournés contre Deganawidah, notre prophète. Ils doivent périr pour avoir refusé de ne faire qu'un seul peuple avec nous sous le grand arbre de la paix !

Lors de l'un de ces festins, après avoir répété son discours avec une éloquence sans pareille, Garagonké se retourne vers Ganaha et lui dit solennellement :

— Mon fils, l'heure est venue pour toi de partir en guerre sans ton père. Tu iras vers le sud et j'irai vers le nord. Prends courage, car il en va de ton honneur et du mien, de l'honneur de notre famille et de tout notre clan. La nation entière compte sur nous. Tu sèmeras la terreur parmi les nations du sud pendant que je sèmerai la terreur parmi les nations du nord. J'irai chez les Algonquins et les Français que je détruirai. Tu iras chez les Ériés et les Susquehannocks dont tu ébranleras le pays. Voilà le moyen de faire trembler toute la terre et de sauver notre peuple ! Car le temps presse, mon fils ! Prends ta hache de guerre et brise la chaudière ! Venge la mort de tes frères et de tes sœurs ! Et venge la mienne si je ne reviens pas vivant de chez les Français !

Radisson écoute avec fascination les discours enflammés de son père adoptif. Ému et troublé à la fois par ses appels à détruire son ancien peuple et les alliés de celui-ci, son cœur penche néanmoins du côté des Iroquois. C'est maintenant sa famille, son peuple, sa voie. Mais il ne sait guère qui est Deganawidah et pourquoi le temps presse à ce point. Ces interrogations tournent et retournent dans sa tête pendant plusieurs jours, jusqu'à ce qu'il ose questionner Garagonké à ce sujet. Aussitôt, comme frappé par l'ignorance de son fils, son père se redresse sur son séant, dépose la pipe qu'il fumait posément près du feu et prend un long moment pour se concentrer avant de lui répondre :

— Mon fils, toi qui as choisi d'être un Iroquois, tu poses des questions essentielles. Écoute-moi bien. Deganawidah est notre prophète. C'est lui qui nous a guidés sur le chemin de l'union. Avant Deganawidah, les cinq nations iroquoises se faisaient la guerre et menaçaient de se détruire mutuellement. Alors Deganawidah a eu cette vision salutaire de l'arbre de la paix sous lequel toutes les nations doivent se rassembler. Il a prêché la réconciliation et a réussi à mettre fin à nos guerres fratricides. Il est parvenu à unir nos cinq nations et à faire croître notre force. Il nous a aussi transmis les règles qui gouvernent notre confédération, la grande ligue iroquoise regroupant les Agniers, les Onneiouts, les Onnontagués, les Goyogouins et les Tsonnontouans. Depuis qu'il nous a légué ces règles sacrées, nous réglons nos conflits par la parole et la négociation, selon ses enseignements qui nous rendent chaque jour plus puissants. C'est là que les Iroquois puisent la force qui les rend supérieurs aux autres nations.

Voilà pourquoi notre confédération doit maintenant s'étendre à toutes les nations de la terre, comme l'a prédit Deganawidah. Les Iroquois ont ouvert les bras à bien des peuples, mais plusieurs nous ont repoussés, poursuit Garagonké. Plusieurs nations ont refusé de s'unir et de suivre la voie tracée par notre prophète. Elles ont choisi de devenir nos ennemis plutôt que de s'allier à nous sous le grand arbre de la paix. Alors, notre devoir est de combattre ces nations et de les vaincre.

Orinha, mon fils, le temps presse, car les envahisseurs venus d'au-delà de la mer salée déciment notre peuple par d'étranges maladies. Le mauvais sort qui les accompagne sème partout la désolation parmi notre peuple et parmi d'autres nations qui habitent loin d'ici. C'est pourquoi nous devons accomplir notre mission au plus vite avant que les mauvais esprits nous détruisent tous. Seuls les Iroquois peuvent vaincre cette terrible menace grâce aux règles qui nous font vivre en paix et en harmonie depuis des générations. C'est à nous de lutter jusqu'au bout pour imposer ces nobles règles pendant qu'il en est encore temps. Toi aussi, mon fils, tu peux nous aider à accomplir cette mission. Je compte sur toi, conclut Garagonké.

Cette conversation inspire puissamment Radisson qui, chaque nuit maintenant, rêve d'accompagner son frère Ganaha à la guerre. Il se voit combattre et vaincre les nations ennemies. Au réveil, cependant, le doute mine encore sa confiance et sa conviction. Il aperçoit Katari et se demande qui a raison. Elle ou son père ? La paix ou la guerre ? Il craint d'ailleurs que sa mère ne s'oppose à son projet et le force à rester au village. Peut-être que même son père jugera qu'il est trop jeune, peut-être lui demandera-t-il d'attendre d'être plus aguerri, lui qui n'a même pas encore la permission d'aller commercer chez les Hollandais avec les autres membres de son clan. De plus, il réalise qu'il ne pourrait jamais combattre les Français. Il en serait incapable. Mais, nuit après nuit, son rêve se répète avec tant de force et de constance qu'il dissipe peu à peu tous ses doutes. Les Iroquois accordent une grande importance aux rêves et lui aussi tient désormais mordicus à accomplir son destin, son rêve, son obsession. Il veut partir combattre les Ériés en compagnie de Ganaha. Il prépare un plan pour convaincre son père et sa mère de le laisser partir.

* * *

Par une journée radieuse de février, l'air heureux, Garagonké revient de chez les Hollandais avec plusieurs haches, un très beau fusil et des munitions en grande quantité. Radisson profite de sa bonne humeur pour mettre son plan à exécution.

— Père, tu sais que je suis un Iroquois. Tu sais que j'aime mon père, ma mère et toute ma famille. Alors je te prie de me laisser venger ceux de ma nation. Je te prie de me laisser partir en guerre avec Ganaha ! Je veux risquer ma vie à ses côtés pour l'amour du peuple qui m'a adopté. Je combattrai les nations du sud avec Ganaha. Les ennemis que je tuerai feront la fierté de mon père. Les prisonniers que je ramènerai feront la joie de ma mère. Je te prouverai que je suis l'égal du fils Orinha que tu as perdu. Je serai aussi courageux, aussi brave, aussi vaillant que lui. Tu verras que je suis digne du nom que tu m'as donné. Je suis prêt à mourir pour ma famille et ma nation ! Je t'en supplie, père, laisse-moi partir en guerre avec Ganaha !

En entendant ces mots, Garagonké pousse un grand cri de joie et se lève d'un bond.

— Orinha, mon fils retrouvé ! Prends courage, car celui que tu remplaces dans mon cœur est mort à la guerre et non dans la maison comme une femme. Orinha était brave et hardi. Il est mort au combat contre des ennemis dix fois plus nombreux que lui.

Alors, oui, puisque tu le désires tant, je t'accorde de partir à la guerre à ton tour. Pars avec Ganaha ! Tu vengeras mes deux fils morts au combat et tu feras mon bonheur ! Réjouis-toi, mon fils, car l'heure est venue pour toi de prouver ta valeur et ta reconnaissance.

* * *

Moins d'une lune plus tard, le clan de l'Ours organise un festin pour célébrer le départ de la première expédition guerrière de l'année. Katari a bien tenté de retenir son fils adopté sous prétexte qu'il est trop jeune pour participer à un aussi périlleux voyage, mais sans succès. Garagonké a le pouvoir de décider de ces choses et Radisson l'a convaincu qu'il était prêt.

Plusieurs membres du clan de la Tortue sont invités à ce festin, car le chef de l'expédition, Kondaron, fait partie de leur clan. L'été précédent, il a participé à une expédition victorieuse contre les Ériés, de sorte qu'il s'impose comme le meilleur pour diriger Ganaha, Radisson et les six autres guerriers du clan de l'Ours qui composent la petite troupe. Cette fois, Radisson participe aux danses et entonne avec fougue la chanson de guerre qu'il a choisie, tout heureux de montrer sa force et son ardeur devant les Iroquois réunis pour l'occasion. Il fait pour la première fois connaissance avec Kondaron qui sera son capitaine : un jeune guerrier plus puissant et plus grand que lui, âgé de vingt-trois ans, comme Ganaha. Il lui fait très bonne impression. Malgré son jeune âge, le visage, les gestes et les paroles de Kondaron sont déjà marqués par l'assurance et la dignité des hommes mûrs et expérimentés. Celui-ci promet à Garagonké qu'il fera tout en son pouvoir pour protéger ses deux fils, pour tuer plusieurs ennemis et ramener beaucoup de prisonniers.

Après l'abondant repas offert aux convives, préparé dans de grands chaudrons de cuivre acquis des Hollandais, après les chants, les danses et les démonstrations de force des neuf jeunes guerriers, le père de Radisson prend une dernière fois la parole pour clore la soirée.

— Mon cœur est triste de devoir attendre encore toute une lune, déclare-t-il avec émotion, avant de partir moi-même en guerre contre les nations du nord où l'hiver s'éternise. Mais je me réjouis d'assister au départ de la première expédition de l'année et, plus encore, de célébrer la détermination de mes deux fils à qui je souhaite courage et succès. Kondaron deviendra un grand chef de guerre, car des esprits puissants le protègent et le guident depuis sa naissance. J'implore les esprits de nos ancêtres pour qu'ils vous aident à établir une fois pour toutes la suprématie des Iroquois sur toutes les autres nations. Acclamons Kondaron, Ganaha, Orinha, Otasseté, Tahonsiwa, Shononses, Tahira,

Deconissora et Thadodaho qui sèmeront la terreur chez les Ériés !

Katari ne crie pas sa joie comme les autres. Elle reste un peu en retrait en compagnie de son ami Teharongara, le chef de paix. Elle est déçue qu'Orinha soit si vite et si volontiers devenu un guerrier. Elle espérait qu'il l'aiderait à faire valoir son point de vue sur la paix, qu'elle croit de plus en plus essentielle au bien-être de son clan et de sa famille. Mais Orinha s'est laissé emporter par la fièvre guerrière qui s'est emparée de toute la nation agnier. Elle n'a pas le cœur à célébrer.

Conharassan, la sœur préférée d'Orinha, verse aussi quelques larmes tout en exprimant modérément son enthousiasme. Elle s'est faite bien plus distante depuis le retour de son frère au village, après le meurtre des trois jeunes qui l'accompagnaient, après son évasion, sa torture et son pardon. Cette histoire fait jaser et certaines rumeurs qui circulent divisent son cœur, à savoir que Radisson aurait réellement participé au meurtre des Iroquois. Malgré tout, elle aime ce jeune homme pas comme les autres et regrette de le voir partir.

CHAPITRE 6

Orinha, l'apprenti guerrier

Par une chaude journée de printemps, la petite troupe quitte le village. Radisson et ses huit compagnons emportent chacun un fusil, une abondante provision de poudre et de balles, une hache et un couteau de fer, deux chemises, un capot et deux couvertures de laine. Tout ce matériel a été obtenu en échange de fourrures de castor chez les Hollandais voisins. Ils ont aussi fait provision de huit paires de mocassins de cuir pour la route qui s'annonce fort longue, plus deux pièces de cuir taillées d'avance pour confectionner une nouvelle paire de culottes, le temps venu. Ils emportent une bonne réserve de farine de maïs pour les périodes où la chasse et la pêche seront moins bonnes. En guise de porte-bonheur, ils portent chacun un précieux wampum, ces colliers de perles qui sont un véritable trésor pour les Iroquois. Au besoin, ils s'en serviront comme monnaie d'échange pour se tirer d'un mauvais pas.

Radisson ressemble en tous points à ses compagnons : cheveux rasés pour le combat, sauf une étroite bande au milieu du crâne, peau basanée, parures de perles aux bras et au cou. Avec ses larges épaules et son torse solide plantés sur ses deux jambes fortes, il a la carrure d'un ours, en plus allongé, car il est parmi les plus grands de son groupe. Le rouge, le noir et le brun, qu'il arbore en guise de couleurs de guerre, masquent les traits fermes de son visage souriant. Ses yeux noirs et perçants brillent d'une joie intense, car il a gagné la confiance de sa famille, de son clan, et il s'apprête à réaliser son rêve : découvrir d'immenses territoires et vivre une aventure exaltante. Enfin, il pourra prouver à ses parents qu'ils ont eu raison de lui pardonner sa faute et de l'adopter comme leur propre fils. Il se sent Orinha de la pointe des cheveux jusqu'au bout des ongles et il se jure d'accomplir les exploits que tous attendent de lui.

Son groupe quitte le village sous les acclamations de dizaines de membres du clan de l'Ours. Radisson ne se retourne même pas. Les cérémonies d'au revoir ont eu lieu et l'avenir est maintenant devant lui. Il n'a qu'à suivre Ganaha et leur chef Kondaron pour que son destin de guerrier s'accomplisse. Quand il reviendra de cette expédition, il est convaincu que la dette contractée envers ses parents adoptifs et ses frères iroquois sera remboursée.

* * *

Chez les Onneiouts, la nation immédiatement voisine des Agniers, un guerrier encore plus jeune que Radisson, nommé Atotara, se joint au groupe. Il a guerroyé l'automne précédent avec Ganaha qui lui avait alors promis de l'emmener lors de sa prochaine expédition. Le clan de l'Ours, dont tous font partie, sauf Kondaron, organise un autre grand festin pour fêter le départ de la petite troupe. Radisson est content de ne plus être le plus jeune et, lors du festin, il chante et danse avec tant de vigueur qu'il fait l'admiration des parents d'Atotara et de tous ses compagnons. Emporté par son enthousiasme, il clame haut et fort qu'il tuera plusieurs ennemis et fera de nombreux prisonniers. Tous l'en félicitent, à commencer par Kondaron et Ganaha, ainsi que les Onneiouts qui se réjouissent qu'un Français adopté se joigne à leur cause avec autant de zèle.

Les dix guerriers traversent ensuite le pays des Onnontagués, des Goyogouins, puis celui des Tsonnontouans, en progressant toujours vers l'ouest. Ils sont accueillis partout avec autant de chaleur et d'enthousiasme. La saison des combats commencera sous peu pour tous. À chaque village, Radisson se sent plus à l'aise dans son nouveau rôle de guerrier. À l'instar de ses compagnons, il promet à répétition de faire trembler la nation des Ériés et de revenir en vainqueur.

Une fois le dernier village tsonnontouan dépassé, quand les esclaves qui les accompagnaient jusque-là déposent leurs bagages sur le sol et rebroussent chemin avec les quelques Tsonnontouans venus les encourager, la fièvre des festivités retombe soudainement. Les dix guerriers se retrouvent entre eux pour entamer leur long voyage et affronter les risques et les obstacles qui s'annoncent nombreux. Kondaron marque un temps d'arrêt avant le grand départ et prononce un discours pour stimuler chacun de ses hommes, qui sont rassemblés en cercle autour de lui.

— Nous allons maintenant emprunter le chemin que j'ai suivi l'an dernier, leur dit-il. Ce chemin est long et il sera parfois difficile. Mais je le connais bien et je sais comment aplanir les obstacles que nous rencontrerons. Je suis sûr que ce chemin nous conduira à la victoire, car jamais un chef n'a pu compter sur d'aussi courageux guerriers que vous. Pour vaincre, mes frères, il faut chaque jour nous rappeler que nous dépendons les uns des autres comme la terre a besoin de la pluie et du soleil pour faire pousser le maïs. Quels que soient les obstacles que nous surmonterons, quels que soient les ennemis que nous affronterons, si nous luttons ensemble, comme un seul homme, alors nous reviendrons tous en ce lieu et nous nous réjouirons des victoires que nous aurons remportées. N'oublie pas, Ganaha, que je compte sur toi, comme sur vous, Otasseté, Tahonsiwa et Shononses, autant que sur Tahira, Deconissora et Thadodaho. Orinha et Atotara, vous qui êtes les plus jeunes d'entre nous et qui n'avez pas encore connu de vrais combats, je compte aussi sur vous. Nous sommes tous unis dans la même aventure et ne formons qu'un seul être. Maintenant, chargez vos bagages et suivez-moi. Nous marcherons pendant plusieurs jours pour atteindre un lac immense au bout duquel vivent les Ériés. Allons-y, mes frères ! Que les esprits soient avec nous !

— Ho ! Ho ! répondent les hommes d'une seule voix pour acquiescer aux paroles de Kondaron.

Ganaha prend conscience qu'il a maintenant le devoir de veiller sur Orinha, son jeune frère qui a encore beaucoup à apprendre de la guerre et des voyages en territoire inconnu. Il lui prodigue déjà quelques conseils.

— Chausse d'abord tes raquettes, lui recommande-t-il, tu prendras ton bagage ensuite. Ajuste bien ta courroie pour équilibrer le poids sur ton dos. Ne te penche pas trop en avant, ni trop en arrière, trouve ton équilibre... Tu es prêt ? Suis-moi maintenant.

Radisson, le moins expérimenté du groupe, a mis plus de temps que les autres à se préparer. Ganaha et lui pressent le pas pour rattraper leurs compagnons, mais Radisson porte une charge très lourde ; il glisse constamment sur le sol boueux en partie recouvert de neige fondante. Après l'avoir distancé facilement, Ganaha se place à la tête du groupe, juste derrière Kondaron. Malgré tous ses efforts, Radisson ferme la marche et prend du retard, loin derrière Atotara qui est moins fort que lui, mais plus habitué à se déplacer en raquettes. Régulièrement, Ganaha s'arrête pour attendre son frère, l'encourager et lui tenir compagnie.

— Ça va ? Es-tu fatigué ? As-tu besoin d'aide ?

— Non ! répond Radisson, trop orgueilleux pour avouer qu'il en arrache. Ce sont mes raquettes qui sont mal ajustées. Demain, ça ira mieux. Va rejoindre les autres. Marche à ton rythme. Atotara et moi, nous suivons vos traces.

En réalité, Radisson trouve cette première journée interminable. Il ne savait pas que ses compagnons étaient aussi forts, aussi endurants, aussi indifférents à la douleur, eux qui avancent sans jamais s'arrêter, pas même pour manger. Ils pressent toujours le pas et Radisson a du mal à suivre Atotara, il l'a même complètement perdu de vue. À la fin du jour, quand il distingue à peine les traces laissées dans la neige par ses compagnons et que les bois semblent se refermer sur lui, immenses, sombres et menaçants, l'inquiétude l'envahit. Heureusement, Ganaha vient à sa rencontre et Radisson est doublement soulagé de le voir surgir au détour du sentier, puis de constater qu'il se trouve seulement à dix minutes du campement. Il a donc tenu le coup et s'en est bien sorti pour une première journée. Son honneur est sauf. D'ailleurs, personne ne lui tient rigueur de son retard et de son manque d'expérience. Kondaron et

Otasseté le félicitent même de les avoir suivis de si près. « Ça ira mieux demain, lui dit Kondaron, tu vas t'habituer. »

Atotara, qui est aussi fourbu que Radisson, lui jette un regard complice. Tous les deux ne songent qu'à se reposer pendant que les huit autres guerriers se partagent l'ouvrage. Quatre d'entre eux profitent des dernières lueurs du jour pour chasser aux alentours. Les autres montent le campement pour la nuit, rassemblent les branches de sapin qui serviront de couche, ramassent du bois pour le feu et cuisent la nourriture disponible. Bientôt, ils se réunissent tous autour du feu pour prendre un frugal repas.

Les six jours suivants, de l'aube jusqu'au crépuscule, sans presque jamais s'arrêter, ils marchent à ce rythme endiablé. La forêt infinie défile lentement sous leurs yeux. Quelques bosquets de conifères apportent une touche de couleur parmi les feuillus dénudés qui tricotent un paysage monotone, de leurs branches effilées. Leur seule consolation est le soleil chaud et réjouissant qui brille à l'occasion dans le ciel bleu. Sa chaleur rend cependant la neige lourde, collante, et transforme leurs raquettes en boulets qu'ils traînent comme des condamnés. S'ils les enlèvent, ils ne sont pas plus avancés, car leurs pieds s'enfoncent dans la neige et rendent la marche presque impossible. Radisson, qui n'a pas l'habitude de se déplacer si vite en raquettes, avec une si lourde charge sur le dos, perd souvent pied sur le sol à moitié dégelé. Il se fâche contre lui-même et rattrape son retard, la rage au cœur. Il aimerait déjà tout connaître de la vie que mènent les guerriers iroquois. Au moins une fois par jour, Ganaha quitte la tête de la file indienne où il aime se tenir, juste derrière Kondaron, pour passer un long moment aux côtés de Radisson.

Ces moments passés avec Ganaha sont une source de motivation extraordinaire pour le jeune Orinha qui oublie de plus en plus qu'il a été Radisson. Même s'il demeure bon dernier, il réussit maintenant à faire corps avec son groupe pendant toute la journée. Ses progrès le rendent fier et heureux, d'autant plus que la confiance que lui témoignent ses compagnons grandit de jour en jour. Quand Ganaha et lui marchent ensemble, ils parlent peu. À l'occasion, son grand frère pointe du doigt un animal qui apparaît furtivement dans la forêt, il attire son attention sur un accident de terrain qui peut servir de point de repère ou lui montre un arbre précieux dont il lui révèle l'usage. Il encourage Orinha sans relâche et s'assure qu'il progresse rapidement. La charge semble alors bien moins lourde sur les épaules d'Orinha, et les bois, beaucoup plus instructifs et captivants.

Quand vient la fin du jour, la petite équipe se met à l'œuvre pour se nourrir et dormir. La routine bien établie et la coordination des membres de l'expédition sont efficaces et rassurantes.

* * *

La déception se lit sur le visage de Kondaron quand ils atteignent l'immense lac sur lequel ils navigueront pour se rendre chez les Ériés. Contrairement à l'année précédente, la glace est encore prise et l'attente à laquelle ils sont ainsi condamnés contrecarre les plans du chef. D'un autre côté, ils ont tout leur temps pour fabriquer les canots dont ils auront besoin.

Le premier jour, ils construisent une cabane d'écorce pour se mettre à l'abri du froid et des intempéries, à la jonction de la forêt et du rivage. Elle est juste assez grande pour y dormir tous les dix autour d'un modeste feu.

Le lendemain, ils commencent la fabrication des canots. À défaut de bouleaux qui sont rares dans ce coin de pays, les dix hommes partent par groupe de deux à la recherche d'ormes qui leur procureront l'écorce nécessaire. Ganaha et son jeune frère Orinha font équipe.

— Regarde ! s'exclame Ganaha en pointant du doigt un grand orme haut et droit. Pas besoin de chercher plus loin ! Viens, je vais te montrer comment faire.

Orinha regarde attentivement son frère tracer une profonde entaille autour de l'arbre, à l'aide de son couteau, à la hauteur des cuisses. Puis, il relève la tête et indique à Orinha la jonction de la première grosse branche et du tronc, plusieurs pieds au-dessus de leur tête.

— Tu vas grimper là-haut, lui dit Ganaha, et faire une seconde entaille autour de l'arbre, juste au-dessous de cette grosse branche. Ensuite, tu entailleras l'écorce dans le sens de la longueur de là-haut jusqu'en bas. Après, je te montrerai comment détacher l'écorce sans l'abîmer.

— D'accord, répond Orinha. Mais comment monter jusque-là ? Et une fois en haut, comment trouver la force d'entailler l'écorce aussi profondément que toi ?

— Ne t'inquiète pas. Tu y arriveras. Commençons par fabriquer un appui.

À travers la mince couche de neige qui recouvre le sol de la forêt, Ganaha trouve rapidement deux longues branches mortes encore solides. Avec sa hache, il les dégage et les coupe à la bonne longueur. Il les place contre le tronc de l'orme, en pente raide.

— Tu vas grimper sur ces perches et t'installer à leur extrémité. Je vais t'aider. Ensuite, tu passeras cette corde autour de ta taille, puis autour de l'arbre. Avec tes deux mains libres, tu pourras facilement entailler l'écorce avec ton couteau. Ça va ?

— Ça va ! Je me donne un élan et tu me pousses quand je passe devant toi. D'accord ?

— D'accord.

— Attention… J'y vais !

Orinha se précipite, Ganaha le pousse de toutes ses forces et voici le plus jeune au sommet de cet escalier de fortune, à la jonction des perches et du tronc. Orinha serre le tronc d'arbre dans ses bras, passe la corde autour, puis s'applique à taillader profondément l'écorce jusqu'au bois. Les deux frères déplacent les perches à trois reprises pour faire le tour de l'arbre. Ensuite, il ne reste qu'à tailler l'écorce de haut en bas, la tâche la plus facile. En appuyant de tout son poids sur le couteau qu'il tient à deux mains, Orinha se laisse descendre lentement de son perchoir jusque dans les bras de Ganaha. Puis, son frère effectue le travail le plus délicat qui consiste à détacher progressivement l'écorce du tronc, avec beaucoup de précautions, pour éviter qu'elle ne craque ou se fendille.

L'opération complète prend toute la journée. À la brunante, les deux frères rapportent au campement un long rouleau d'écorce en parfait état qui servira à fabriquer la coque d'un canot. Deux autres rouleaux d'écorce plus courts sont prélevés le lendemain par Shononses, Otasseté, Thadodaho et Tahira sur des ormes de moindre circonférence.

Otasseté est celui qui a le plus d'expérience dans la fabrication des canots d'écorce. Il se charge donc de diriger la fabrication des trois embarcations avec l'aide de Shononses et de Thadodaho. Les autres coupent et préparent les minces membrures intérieures qui donnent force et rigidité à l'embarcation. Puis, ils déterrent et apprêtent les racines qui servent à coudre ensemble les morceaux d'écorce et les membrures de bois. La dernière étape consiste à étanchéifier ces coutures avec de la gomme d'épinette. Au bout de huit jours, le groupe dispose d'un grand canot pour quatre personnes et de deux canots plus petits pouvant contenir trois personnes chacun.

Orinha, qui apprend ces techniques pour la première fois, est très impressionné par l'ingéniosité de ses compagnons. Ils sont arrivés ici sans le moindre matériau, avec pour seuls outils leurs haches et leurs couteaux, et voilà qu'en un tour de main, ils disposent de trois solides embarcations qui les conduiront jusqu'au bout du monde ! L'opinion qu'il s'était faite d'eux, lorsqu'ils les écoutaient raconter leurs sempiternels exploits militaires autour du feu, ou qu'il les regardait se passionner pour leurs jeux de hasard, change du tout au tout. Ici, en plein bois, sur le sentier de la guerre, ses amis révèlent tous leurs talents. Orinha est heureux de vivre intensément avec eux.

* * *

L'activité entourant la fabrication des canots leur a fait oublier momentanément le mauvais temps qui persiste. Maintenant qu'ils sont prêts à s'élancer sur cet immense lac à la surface toujours gelée, ils ne savent plus que faire. Ils n'en peuvent plus d'être entassés dans leur cabane enfumée plusieurs heures par jour, même s'ils y sont à l'abri des malignes bourrasques qui leur glacent le moral et la peau. Le vent et le froid semblent même paralyser le gibier dont ils ne repèrent aucune trace dans la forêt avoisinante. Trop souvent, ils rentrent bredouilles de la chasse. De plus, la glace poreuse et fragile qui recouvre encore le lac les empêche de s'éloigner de la rive et de pêcher sous la glace, comme ils le feraient en plein hiver. Ils en sont donc réduits à se nourrir de leur provision de farine de maïs qui diminue rapidement. Pourtant, celle-ci ne devrait servir qu'en zone de combat ou lorsqu'ils se déplacent sur de très longues distances.

Kondaron est très inquiet de leur situation. Il en vient à se demander si ces contretemps ne signifient pas que les esprits ne sont pas favorables à leur expédition. Certes, il n'envisage pas encore de rebrousser chemin, mais le doute l'envahit de plus en plus. Orinha, qui jusque-là n'attachait pas beaucoup d'importance aux manifestations parfois subtiles des esprits que vénèrent les Iroquois, n'échappe pas à l'inquiétude qui gagne peu à peu tous les membres de la troupe.

Un matin, un mauvais rêve tire brusquement Kondaron de son sommeil. Secoué par les images qui ont surgi avec force dans son esprit, il se dépêche de faire un feu et d'y jeter plusieurs pincées de tabac pour conjurer les signes de mauvais sort qui lui sont apparus. Ses compagnons, surpris de son attitude, s'inquiètent encore davantage lorsque Kondaron les quitte avant d'avoir partagé le repas que Shononses a préparé en disant : « Je dois consulter les esprits. Que personne ne vienne me déranger. Je serai près du lac. » Pour détendre l'atmosphère déjà lourde, Shononses hausse les épaules et suggère de manger comme si de rien n'était. Plus tard, au milieu de ce jour oisif où personne n'a le cœur à se mettre en action, Ganaha décide d'aller trouver Kondaron en prétextant qu'il veut sortir chasser. Il aimerait tirer au clair ce qui dérange Kondaron qui le voit venir de loin, et prend le premier la parole :

— Tu as bien fait de venir.

Ganaha, rassuré, vient s'asseoir à ses côtés et lui dit :

— Tant mieux. Car nous sommes inquiets, mon frère. Je suis venu te demander pourquoi tu nous caches ce qui te trouble. Ne sommes-nous pas unis par le même destin ?

— Le mauvais rêve que j'ai fait cette nuit ne concerne qu'un seul d'entre nous, répond Kondaron.

— … Tu parles d'Orinha ou d'Atotara ? demande Ganaha après un moment de réflexion.

— … Atotara est du même sang et du même clan que nous. Je parle d'Orinha.

— Orinha est aussi du clan de l'Ours, réplique Ganaha. Il est de ma famille. Il est le fils adopté qui remplace mon frère bien-aimé. Il est cher au cœur de Karati et de Garagonké, comme il est cher à mon cœur.

— Tu as raison. Mais ce n'est pas cela qui me trouble. Tu oublies que nous ne savons pas comment il a vécu avant d'être des nôtres, quand il était Français. Toi qui le connais mieux que nous tous, le sais-tu ?

— Non, admet Ganaha. Je sais seulement qu'il s'est montré brave et habile quand nous l'avons capturé. Je sais qu'il aime les Iroquois et qu'il veut se battre avec nous. Il veut notre victoire. Il est sincère. De cela, je suis certain.

Le visage de Kondaron se crispe légèrement en songeant au mauvais rêve qui l'a réveillé en sursaut. Comment interpréter ce songe si le passé d'Orinha demeure un mystère pour eux ? Comment comprendre le signe que lui envoient les esprits ? Que signifie l'image de souffrance et de mort qui lui est apparue ?

— Je le crois aussi, répond Kondaron après un moment. Mais là n'est pas la question. Cette nuit, j'ai vu ton frère périr sous les coups de nos ennemis.

Son corps maculé de sang était transpercé de flèches, une hache de pierre enfoncée dans son crâne… Je me demande si cela veut dire qu'il mourra pendant notre expédition.

Ganaha garde le silence, troublé à son tour par cette vision morbide.

— As-tu remarqué qu'Orinha ne porte aucun sac de médecine, poursuit Kondaron, comme nous tous ? Sais-tu si un esprit le protège ?

Ganaha reste songeur, car il l'ignore.

— C'est vrai qu'Orinha ne porte aucune trace visible de l'esprit qui le protège, remarque-t-il enfin. Je ne sais pas non plus si les jeunes Français choisissent un esprit qui les guidera pendant leur vie, comme nous. Je ne me suis jamais posé la question.

— Alors, qui le protégera quand il combattra à nos côtés ? Toi ? Moi ? Est-ce que le pouvoir de mon esprit tutélaire s'étendra jusqu'à lui ? Est-ce que la parole que j'ai donnée à ton père et ma vigilance suffiront ? Je me demande quoi faire, Ganaha.

À ces questions, Ganaha ne trouve rien à répondre. Il est seulement accablé de savoir qu'un mauvais présage semble peser sur son frère adopté, son jeune frère que lui aussi s'est engagé à protéger. Il espère que les Français gagnent la faveur des esprits à leur manière et que son chef et lui seront assistés par des esprits qu'ils ne connaissent pas. Il se rappelle le grand esprit dont parlait le jésuite qui a habité dans leur maison longue pendant plusieurs semaines...

— De toute façon, poursuit Kondaron, c'est à moi de résoudre ce problème. Je te demande de continuer à veiller sur ton frère comme tu le fais. Apprends-lui tout ce qu'il doit savoir. Je trouverai le moyen d'étendre sur lui la protection des esprits qui nous sont favorables. Car les esprits nous sont de nouveau favorables, mon cher frère. Regarde là-bas, au milieu du lac...

Ganaha scrute l'horizon dans la direction indiquée et aperçoit les reflets du soleil scintiller intensément sur la surface du lac.

— L'eau commence à filtrer par-dessus la glace, explique Kondaron. Cette grande marre d'eau qui réfléchit le soleil ne cesse de s'étendre depuis le matin. Je l'ai observée attentivement. Cette nuit, demain au plus tard, la glace cédera entièrement et le lac sera libre. Nous pourrons enfin voguer vers les Ériés ! Viens, allons annoncer la bonne nouvelle à nos compagnons.

* * *

Depuis qu'ils pagayent avec ardeur sur cette mer d'eau douce aussi grande que l'océan, sous un soleil resplendissant, portés par une douce brise qui les pousse dans la bonne direction, Orinha est ivre de bonheur. Quand il a soif, il boit l'eau claire du lac. Quand il a faim, il mange le poisson qu'ils ont pêché pendant le jour. Chaque soir, après avoir établi leur campement sur la rive accueillante, ils se rassemblent autour du feu pour manger, chanter et se raconter des histoires. La nuit venue, ils dorment à la belle étoile sous leurs canots inclinés en respirant l'air embaumé par la végétation printanière qui jaillit de partout. Orinha ne peut pas s'imaginer plus heureux. La générosité de la nature, cette vie simple, cette liberté, ce voyage exaltant qui l'emmène toujours plus loin, valent pour lui tout l'or du monde. Il savoure chaque minute de ce long trajet maritime, chaque instant qui lui est redonné au centuple après avoir côtoyé la mort de si près. La vie comble ses espoirs d'une façon extraordinaire. Le voilà heureux d'être Iroquois. Ces jours sereins lui font même oublier le principal enjeu de ce périple idyllique : la guerre.

Au bout d'une semaine, ils atteignent l'extrémité du lac. Kondaron choisit l'embouchure d'une large rivière pour y établir un campement durable.

— À partir d'ici, explique-t-il, la route sera moins sûre et nous devrons rester sur nos gardes, car le pays des Ériés n'est plus loin. Avant de nous y engager, il faut refaire nos provisions. Que chacun se prépare à chasser et à pêcher. Nous nous arrêterons ici le temps qu'il faudra.

Les dix hommes font tout de suite bonne pêche. Pendant que Kondaron conduit les autres à la chasse, trois d'entre eux s'occupent de boucaner le poisson qu'ils ont attrapé. Seul dans son canot, Orinha continue de pêcher à courte distance de la rive, fasciné par l'immensité du lac inondé de lumière. Il voudrait que cette période magique dure toujours, que jamais ils ne s'enfoncent dans les terres pour combattre. Il ne se lasse pas de contempler la végétation nouvelle qui colore l'horizon, de remercier la nature bienveillante qui leur procure tout ce dont ils ont besoin, et plus encore. Une sorte d'extase s'empare de lui sous le soleil ardent qui monte au zénith dans le ciel pur et bleu. Il se réjouit de pêcher pour ses frères pendant qu'ils chassent pour lui, eux qui, solidaires autant dans la vie que dans la mort, combattront bientôt tous ensemble pour la sauvegarde des peuples de la terre.

Comme dans un rêve, Orinha s'imagine parcourir ces lieux dans d'autres circonstances, afin d'accomplir un projet qu'il l'habite depuis toujours. Sa capture a interrompu brutalement ce projet, mais il se voit revenir dans cet endroit pour faire du commerce et vivre de grands événements qui bouleverseront sa vie. Le soleil puissant l'étourdit. Sur l'eau, ses vifs reflets l'aveuglent. Il lit son destin dans le mouvement ondulant de l'eau, inscrit en lettres d'or, tel un message surnaturel. Orinha flotte sur l'immense lac et sur le temps, dans un monde parallèle où les humains, les esprits, les animaux, la terre et l'eau se marient...

Puis des cris fusent du rivage : « Orinha ! Orinha ! La noirceur tombe ! Viens manger ! » Ses compagnons lui font de grands signes. Son rêve s'évanouit. Il réalise que le soleil disparaît à l'horizon en mille couleurs ardentes. Il est temps de les rejoindre. Vite, Orinha se secoue, remonte ses lignes, saisit son aviron et se dirige vers le campement. Ganaha l'attend sur la rive à bras ouverts : « Regarde, Orinha, s'exclame-t-il, le gros chevreuil que nous avons tué ! Nous aurons de la viande pour toute une semaine ! »

Ils ont boucané et fait sécher plus de provisions qu'ils ne sont capables d'en apporter. Ils pourront maintenant s'enfoncer dans les terres à la recherche des Ériés.

* * *

Le courant de la rivière est faible et la région peu accidentée. Ils progressent rapidement vers sa source. En quatre jours, ils atteignent un petit lac que Kondaron reconnaît. Il les prévient qu'ils arrivent en territoire ennemi et qu'ils doivent désormais faire preuve d'une grande vigilance. Au sud et à l'ouest de ce lac en forme de croissant de lune, un vaste périmètre a récemment été ravagé par un incendie de forêt. Ils doivent le traverser pour atteindre le pays des Ériés. Kondaron estime qu'il est plus prudent de laisser les canots bien cachés au bord du lac, à la limite de la forêt qui a échappé à l'incendie, afin de pouvoir fuir en vitesse s'ils sont poursuivis par l'ennemi. Il sera plus commode d'en fabriquer de nouveaux s'ils en ont besoin.

Armes et bagages au dos, ils poursuivent donc à pied leur trajet à travers ce sinistre territoire. Puisque rien ne les dissimule, ils se sentent constamment menacés. Ils avancent à grands pas, soulevant une poussière âcre qui prend à la gorge et les étouffe à demi. Leur provision d'eau fraîche s'épuise en un rien de temps. Ils en sont alors réduits à boire l'eau brouillée mélangée de cendre qu'ils trouvent ici et là, dans les mares et les petits ruisseaux. Tous les animaux ont déserté cette zone stérile ; la petite troupe doit puiser dans ses provisions de viande et de poisson fumés pour se nourrir. Après avoir franchi cette zone de mort, soulagé que personne ne les ait repérés, Kondaron ordonne un jour de repos.

Puis, ils atteignent une région vallonneuse et suivent un cours d'eau tumultueux qui serpente entre des berges escarpées. Ils doivent quelquefois emprunter le lit de cette rivière, marcher dans l'eau en prenant garde de ne pas mouiller leur poudre et leurs fusils. Quand le courant devient trop violent, il leur faut escalader la berge et poursuivre leur chemin à travers bois. Ils progressent ainsi pendant deux jours dans ces hautes collines, en direction du sud. Du haut d'un promontoire, Kondaron aperçoit enfin une grande vallée au milieu de laquelle coule une rivière accueillante : le pays des Ériés.

Tous les sens aux aguets, sans faire de bruit, les dix hommes descendent les uns derrière les autres à travers une forêt de grands arbres clairsemés. Seul Orinha ne peut s'empêcher de faire craquer quelques brindilles sous ses pieds. Ganaha, qui le précède, se retourne vers lui et lui jette des regards courroucés. Mais Orinha ne peut que hausser les épaules en signe d'impuissance en attendant d'être aussi habile que ses compagnons. Ils atteignent la rivière au bout de quelques heures. Après un examen attentif des lieux, Kondaron se détend et annonce que les villages ériés sont encore loin : « Nous pouvons nous installer ici sans crainte, leur dit-il. Revenons sur nos pas et construisons un fort à bonne distance de ce cours d'eau. Il nous faudra aussi fabriquer de nouveaux canots pour nous déplacer. »

À cinq cents pas de la rivière, ils choisissent un endroit légèrement surélevé où quelques conifères forment un écran pour établir leur camp. Le lendemain, pendant que les hommes expérimentés recherchent l'écorce nécessaire à la fabrication des canots, rassemblent du bois pour le feu et partent chasser aux alentours, Kondaron emmène Orinha et Atotara pour inspecter plus attentivement les environs. Ils parcourent les berges de la rivière à la recherche du moindre indice de présence humaine. Kondaron scrute le sol, il observe le ciel au-dessus de la rive opposée pour y déceler toute trace de fumée qui signalerait la présence d'Ériés. En se déplaçant, il veille à ne pas casser la moindre branche qu'il écarte délicatement pour se frayer un chemin, afin que personne ne remarque son passage. Il demande à ses deux jeunes guerriers de l'imiter en tous points et de bien se repérer au cours de leurs déplacements.

À la fin du jour, en guise d'exercice, Kondaron se fie à ses protégés pour revenir au camp. Orinha a du mal à retrouver les points de repère qu'il avait identifiés, mais Atotara y parvient avec beaucoup d'assurance. Subtilement, Kondaron les a observés avec autant d'attention qu'il a recherché des indices de présence ériée. Dans l'un et l'autre cas, il est satisfait. Il n'a décelé aucune trace de leurs ennemis et les deux plus jeunes membres de l'expédition semblent prêts au combat.

Kondaron autorise donc l'usage de haches pour construire l'abri et fabriquer les canots, qui seront de facture plus grossière que les précédents. Seule interdiction : chasser au fusil, dont les détonations révéleraient à coup sûr leur présence. Le fort en rondins est suffisamment haut pour les protéger d'une éventuelle attaque ériée et assez grand pour que tous y prennent place en sécurité pendant la nuit. Un toit d'écorce rudimentaire les protège des intempéries. Le jour, pour éviter de se faire surprendre par l'ennemi, deux hommes restent postés en permanence sur une petite pointe s'avançant dans la rivière. La noirceur venue, ils se réunissent tous dans le fort autour d'un bon feu. Comme ils ne craignent pas d'être attaqués de nuit, ils mangent, palabrent et entonnent leurs chants de guerre sans retenue. Kondaron profite de ces moments pour leur raconter les victoires qu'il a remportées l'an dernier dans cette région. L'émotion est palpable lorsqu'il évoque les centaines de personnes qu'ils ont terrorisées grâce aux armes à feu que les Ériés ne connaissaient pas, et les dizaines d'hommes et de femmes qu'ils ont tués ou fait prisonniers. « Mais cette fois, prévient-il, nous sommes moins nombreux et les Ériés auront moins peur de nos armes à feu, que plusieurs d'entre eux connaissent maintenant. Ils seront sans doute mieux préparés à nous affronter. Nous devrons donc faire preuve d'une grande prudence. Je compte sur chacun d'entre vous pour assurer la sécurité de tous. Restons unis et combattons toujours ensemble. C'est ainsi que nous vaincrons. »

Une fois les préparatifs terminés, Kondaron sépare le groupe en trois. Chaque groupe explorera la région en prenant une direction différente. Ainsi, ils repéreront l'ennemi rapidement, où qu'il se trouve. Quatre guerriers partiront dans l'un des deux grands canots en direction du nord. Quatre autres en feront autant du côté sud. Quant à Orinha et Atotara, avec le petit canot, ils ont pour mission de remonter le ruisseau situé en face du fort, sur la rive opposée. « Rendez-vous au camp à la fin du jour pour faire le point », conclut Kondaron.

Ce ruisseau est encombré d'arbres tombés en travers de son lit, de grosses roches et de racines, ce qui rend la progression d'Orinha et d'Atotara difficile. À tous moments, ils doivent débarquer de l'embarcation, la tirer à travers les obstacles et patauger dans l'eau jusqu'aux cuisses. Puis, ils rembarquent dans leur canot et pagaient sur une courte distance avant de franchir de nouveaux obstacles à pied. Tous deux se demandent pourquoi Kondaron les a envoyés sur cette piste, où ils sont certains que personne ne circule. Mais c'est la mission que leur a confiée leur chef et ils ont l'intention de l'accomplir au meilleur de leur capacité.

Après plusieurs heures d'efforts, ils atteignent enfin un petit lac sur lequel ils devinent avec surprise deux formes humaines, au loin. Comme ils n'ont fait aucun effort pour rester silencieux, ils ont le réflexe de se cacher immédiatement dans les broussailles au cas où des ennemis les auraient entendus et décideraient de les attaquer. Ils ouvrent rapidement le contenant d'écorce qui protège leur poudre et chargent leur fusil, en prêtant l'oreille au moindre bruit suspect. Rien d'anormal ne se produit toutefois. Personne ne semble les avoir repérés. Maintenant qu'ils peuvent respirer à leur aise, ils réfléchissent au meilleur parti à prendre.

Atotara chuchote à l'oreille d'Orinha qu'il veut monter dans un arbre pour évaluer combien de personnes se trouvent sur le lac et voir ce qu'elles font. Orinha acquiesce à voix basse : « D'accord. Mais cache-toi bien et ne fais pas de bruit. Je reste en bas pour surveiller. » Atotara grimpe d'abord sur les épaules d'Orinha, puis se hisse avec précaution d'une branche à l'autre jusqu'en haut d'un grand merisier. Il y demeure plusieurs minutes à observer, sans bouger, jusqu'à ce qu'Orinha l'entende redescendre en toute hâte. Quand il saute bruyamment sur le sol, Radisson se fâche.

— Silence ! souffle-t-il, tu vas nous faire repérer…

— Ils ne sont que deux, répond Atotara, deux pêcheurs. Il n'y a aucun danger. Vite ! Nous avons le temps de les attaquer avant la nuit ! Ce sera notre première victoire et Kondaron sera fier de nous ! Suis-moi…

Mais Orinha secoue la tête violemment pour exprimer son total désaccord.

— Non ! réplique-t-il. Reste ici ! En déchargeant nos fusils sur eux, les Ériés vont savoir que les Iroquois sont de retour. S'il y en a d'autres dans les parages, ils vont nous attaquer et nous tuer, ou ils préviendront d'autres Ériés et nous pourchasseront impitoyablement. C'est complètement stupide ! Il faut faire ce que Kondaron a dit, retourner au camp et le prévenir que nous avons trouvé des ennemis. Viens, on s'en retourne !

C'est au tour d'Atotara de refuser catégoriquement la proposition de son compagnon. Ils se bousculent un instant, mais Orinha est le plus fort et réussit à traîner Atotara jusqu'au canot. Le plus jeune doit ravaler sa colère et accepter la loi du plus fort, à contrecœur. Mais de l'arrière du canot, il fait seulement mine de pagayer. Orinha fait tout le travail, à l'avant.

Le soleil disparaît déjà derrière les arbres. La journée a passé comme l'éclair. Orinha a beau pagayer avec fureur et se débattre contre les obstacles, le canot avance à peine. Atotara refuse même de débarquer quand son « chef » le lui demande. Il s'obstine et lui répète : « On serait bien mieux de les attaquer. Ils ne se doutent de rien. Ce serait facile… »

— Tais-toi ! réplique Orinha. Il faut prévenir Kondaron.

— On ramènerait les deux scalps au camp et on leur dirait : « C'est nous qui avons trouvé les Ériés en premier, vous n'avez qu'à nous suivre, c'est par là… »

— Kondaron a dit d'être prudents et de rester unis. Il veut que nous attaquions l'ennemi ensemble. Écoutes-tu, toi, quand ton chef te parle ?

Ils perdent un temps fou à se disputer ainsi. À la nuit tombante, la pluie se met à tomber subitement.

Il pleut à boire debout. Impossible de continuer dans ces conditions. Enfin, ils se mettent d'accord pour s'abriter sur le rivage en renversant le canot par-dessus leur tête. Ils n'ont rien à manger. Trop tard pour faire du feu sous cette pluie battante. Il fait froid. Pendant toute la nuit, ils restent coincés côte à côte sous ce minuscule abri, en colère l'un contre l'autre, sans se dire un mot. Heureusement, la pluie cesse avec l'aube et ils repartent soulagés sur un ruisseau gonflé par la pluie. Le courant les transporte sans encombre vers la rivière. Ils retrouvent la bonne humeur en pensant qu'ils pourront bientôt manger avec leurs compagnons. Ils ont surtout très hâte d'annoncer à Kondaron qu'ils ont trouvé l'ennemi.

* * *

En compagnie d'Otasseté, Ganaha fait le guet depuis l'aurore sur la pointe qui forme un coude dans la rivière. Il a mal dormi et scrute avec inquiétude l'embouchure du petit ruisseau où son frère et Atotara se sont engagés la veille. Il se demande pourquoi ils ne sont pas revenus au camp pour la nuit, comme convenu. Il se souvient trop bien du rêve de Kondaron et de la menace qui pèse sur son frère. Il s'en veut de l'avoir laissé partir seul avec Atotara qui n'a aucune expérience, même si ce ruisseau semble inoffensif. C'est sa responsabilité de veiller sur lui. Il se demande aussi pourquoi Kondaron a confié aux deux plus jeunes de l'expédition le soin d'explorer seuls un territoire inconnu.

Le temps passe et Ganaha se ronge les sangs. Si Orinha n'est pas déjà tombé dans une embuscade ou s'il ne s'est pas perdu en forêt, il se jure de ne plus jamais quitter son frère. Après tout, c'est lui qui a reconnu le premier la valeur d'Orinha et souhaité qu'il devienne membre de leur famille. C'est à lui d'en faire un vrai guerrier ! Il se jure aussi de venger sa mort si les Ériés l'ont tué. Foi de Ganaha, ces meurtriers ne lui échapperont pas !

Enfin ! Les deux jeunes surgissent à l'embouchure du ruisseau en pagayant à vive allure dans sa direction. Ganaha sort aussitôt de sa cachette en agitant fébrilement les bras. Il les guide vers lui, heureux de les savoir en vie. Otasseté reste posté en sentinelle pendant que Ganaha les aide à débarquer, puis à cacher le canot.

— Que vous est-il arrivé ? leur demande-t-il avec empressement.

— Nous avons trouvé les Ériés ! s'exclament les jeunes.

Tous trois se dépêchent d'aller annoncer la bonne nouvelle à Kondaron qui décide d'attaquer l'ennemi dès le lendemain. Ganaha est fier de son frère.

Ce soir-là, Kondaron se retire pendant un long moment pour méditer. Avant de rejoindre ses compagnons, il abat un petit sapin dont il prélève le sommet. Puis, il rassemble ses neuf guerriers autour du feu pour leur raconter une histoire qu'il tient de son père.

— Un jour, commence-t-il gravement, deux jeunes frères s'étaient égarés dans les bois. Ils étaient partis à la chasse pour nourrir les membres de leur clan. Ils ne connaissaient pas la région où ils se trouvaient, car elle était fort éloignée de leur pays. Quand la nuit les surprit au plus profond des bois, loin des leurs, ils décidèrent de poursuivre leur route même s'ils n'avaient aucun point de repère, de sorte qu'au matin, ils ne surent retrouver leur chemin. Pendant plusieurs jours et plusieurs nuits, ils déambulèrent par monts et par vaux, tourmentés par l'inquiétude et par la faim. Ils épuisèrent d'abord toutes leurs flèches, puis ils brisèrent leur arc et perdirent même leur hache. Après une lune entière d'errance, ils ne reconnaissaient aucune des contrées qu'ils traversaient. Le désespoir avait envahi leur cœur. C'est alors qu'un homme très vieux et démesurément grand leur apparut, en pleine lumière, et leur dit d'une voix forte : « Je peux mettre fin à vos souffrances, car je suis un esprit puissant. Je connais tous les animaux, toutes les plantes, tous les chemins de cette forêt. Je peux vous guider jusqu'à votre village si vous le désirez. Je vous offre mon aide parce que je vois que vous êtes deux jeunes hommes braves et vigoureux. J'ai aussi le pouvoir de vous procurer une longue vie auprès de vos femmes et de vos enfants. Mais d'abord, il vous faut manger, car la route sera longue. Prenez ceci. »

Kondaron tend alors les mains vers ses compagnons, qui écoutent en silence, comme s'il leur offrait de la nourriture.

— Alors, ce géant, qui était un grand esprit, se pencha vers eux et tendit à chacun un morceau sanguinolent de chair humaine. Voyant cela, le plus jeune recula vivement et cacha son visage dans ses mains refusant d'y goûter, tandis que son frère aîné accepta d'avaler cette portion de viande humaine. Pour nourrir le cadet qui avait refusé de manger la moindre bouchée d'un être humain, le géant lui offrit un morceau de viande d'ours qu'il accepta volontiers. Ce repas revigora les deux frères qui suivirent les indications du vieil homme et, bientôt, ils retrouvèrent le chemin de leur village.

Ce géant était un esprit bénéfique, ajoute Kondaron. Les deux frères vécurent longtemps en compagnie de leur femme et ils eurent de nombreux enfants. Le cadet devint un chasseur réputé pour la grande quantité d'ours qu'il tua durant sa vie, alors que l'aîné devint un fameux guerrier qui captura et tua un grand nombre d'hommes et de femmes. Cet esprit leur avait révélé leur destin et il avait permis que celui-ci s'accomplisse. »

Un profond silence suit le récit de Kondaron. Tous les compagnons d'Orinha connaissent cette légende ; la plupart l'ont entendu à maintes reprises. Pour une fois, personne n'enchaîne avec un autre récit, ni ne se met à chanter. À la veille d'engager le combat contre les Ériés, tous sont plongés dans leurs pensées. L'histoire de Kondaron rappelle à chacun qu'il est l'heure de communiquer avec son esprit protecteur, celui qu'ils ont choisi en devenant adultes parmi tous ceux qui animent le monde : l'esprit du castor, de l'aigle, du chêne, du roseau, de la terre, de l'eau, du soleil, de tout ce qui existe… Seul Orinha n'a pas vécu cette expérience. Contrairement à ses compagnons, il se demande en silence quel sens exact donner à cette histoire qui le trouble plus qu'elle ne le rassure. Qui est-il au fond ? Un chasseur ou un guerrier ? Peut-être est-il un simple commerçant, comme il l'a souvent pensé ? Peut-être un négociateur, un homme de paix ?… Sa vie s'est transformée si vite depuis quelque temps…

Avant son départ, au village, Orinha a vu plusieurs jeunes Iroquois de son âge s'isoler pour jeûner et rechercher l'esprit qui orientera leur destin. Il a remarqué qu'après ce jeûne, chaque jeune homme portait en permanence un sac fait de cuir ou d'écorce au cou ou à la taille, dans lequel il conservait un talisman secret. Aucun d'entre eux n'acceptait d'en dévoiler le contenu. Orinha sait donc fort peu de choses à ce sujet. Or, ce soir, il remarque que tous ses compagnons portent un sac semblable. Est-ce si important ? Il ne saurait le dire. Mais en cette minute même, il se sent vulnérable et bien différent des autres Iroquois. Cette pensée lui déplaît. Au moment de risquer sa vie, il aimerait être en tout point semblable à ses frères, faire corps avec eux totalement.

Il en veut presque à Kondaron d'avoir choisi ce moment pour raconter cette histoire, tout en constatant qu'elle est une source d'inspiration pour ses camarades. Que peut-il faire pour chasser son malaise ? Orinha cherche refuge dans le regard de Ganaha, mais son grand frère garde les yeux baissés, absorbé dans ses réflexions. Pour s'encourager, Orinha se remémore la réaction enthousiaste de Garagonké quand il lui a annoncé qu'il voulait partir en guerre... Il en éprouve un certain réconfort.

Alors, Kondaron lui fait signe de le suivre à l'extérieur du fort. Après qu'ils se sont éloignés de quelques pas, dans la lueur vacillante des flammes qui jettent quelque lumière autour d'eux, Kondaron lui donne un petit cylindre d'écorce, cousu à l'aide de racines aux deux extrémités, à travers lequel passe un long lacet de cuir que son chef noue solennellement autour de la taille d'Orinha en disant :

— Ce talisman te protégera pendant tout le voyage. Tu dois faire confiance à sa puissance. L'esprit qui l'habite est assez fort pour veiller sur toi et sur moi, car j'y ai glissé les marques de mon propre esprit. Tu ne dois jamais l'ouvrir et tu ne dois pas savoir ce qu'il contient. Je te confie seulement que cet esprit vit dans les cieux comme le grand esprit des Français, et que sa colère est terrible. Mais sa puissance bénéfique est aussi très grande, surtout au combat. Je te prie de le respecter et de te montrer toujours prudent afin de ne pas le courroucer. Que l'esprit soit avec toi. Tu n'as plus rien à craindre maintenant.

Puis, Kondaron retourne s'asseoir près du feu sans aucune autre explication. Orinha s'empresse de le suivre et le questionne.

— Comment puis-je le respecter si je ne sais pas qui il est ? Explique-moi Kondaron. Éclaire-moi davantage. Dis-moi ce que je dois faire…

Mais le chef se tait. Il fixe maintenant le feu d'un regard grave en y jetant quelques pincées de tabac qui s'envolent aussitôt en fumée vers le ciel.

— Dis-moi comment le prier, insiste Orinha, comment le vénérer. Enseigne-moi, je t'en prie…

Kondaron reste muet. Cependant, Ganaha, qui a remarqué le rouleau d'écorce noué à la taille de son frère, lui sourit, soulagé que Kondaron ait trouvé une façon de protéger Orinha.

— Tu dois te reposer, finit par suggérer Kondaron. Dors en paix, car demain nous aurons besoin de toutes nos forces. Fais confiance aux esprits qui nous sont favorables. Tu n'as rien à craindre.

Mais cette nuit-là, Orinha se questionne beaucoup trop pour dormir paisiblement. Il tâte avec nervosité le rouleau d'écorce que lui a donné Kondaron en se demandant quel peut bien être l'esprit qui veille sur lui… et si cet esprit peut réellement le protéger. Il serait tenté de briser l'écorce pour le découvrir, mais il sait que ce serait le pire geste à poser. D'un coup, il saperait le moral de ses compagnons, bousculerait leurs croyances et se mettrait Kondaron à dos pour longtemps. Cet esprit pourrait aussi, peut-être, se mettre en colère et lui faire du tort… Mieux vaut suivre le conseil de Kondaron qui lui recommande la prudence, une vertu qu'Orinha a commencé à apprendre dans la souffrance et qu'il veut désormais cultiver précieusement. Les pensées d'Orinha se reportent à l'histoire de Kondaron : aurait-il choisi de manger de la chair humaine ou de la viande d'ours ? se demande-t-il. De prime abord, il lui semble évident qu'il aurait opté pour l'ours, alors qu'il a délibérément choisi de devenir guerrier. Comment interpréter cela ? À la veille de risquer sa vie au combat, Orinha se demande s'il a pris la bonne décision. Il aimerait y voir plus clair.

Quant à Kondaron, il est soulagé d'avoir apporté son aide à Orinha. Au risque de mettre son esprit tutélaire en colère, il a prélevé un petit morceau de bois calciné dans son propre sac et il a cueilli le sommet du sapin qu'il a abattu exprès. Puis, il a placé ces talismans dans un rouleau d'écorce qu'Orinha portera sur lui pendant toute l'expédition, tant qu'il sera sous sa responsabilité. Après, il lui demandera de lui redonner ce rouleau et l'invitera à trouver son propre esprit tutélaire. Kondaron a pensé à cette solution pour que tous ses guerriers partent au combat avec les meilleures chances possibles de succès.

Il est confiant, car son esprit est l'un des plus puissants qui soient. Depuis son tout jeune âge, son père et ses oncles ont placé de grands espoirs en lui. Ils lui ont souvent répété qu'il était né sous une bonne étoile. Quand le temps est venu pour lui de quitter l'enfance, toute sa famille était convaincue que ce moment lui serait profitable et que les esprits continueraient de le soutenir. Mais il lui a fallu beaucoup de temps avant de faire la rencontre la plus déterminante de sa vie. Après une semaine de jeûne passée seul, à l'écart, dans une petite cabane d'écorce, rien ne s'était encore produit. La faim le tenaillait au point de presque en perdre connaissance. Il craignait même de devoir renoncer à sa quête. Les esprits semblaient l'avoir abandonné. Tout à coup, un violent orage éclata. Dans son petit abri d'écorce balayé par les vents et la pluie, Kondaron était terrorisé. Les éclairs striaient le ciel de part en part et le tonnerre résonnait partout dans les bois. Soudain, dans un bruit cinglant, la foudre s'abattit exactement là où Kondaron fixait son regard. La lumière incandescente de l'éclair le submergea pendant de longues minutes, à la manière d'une illumination fulgurante. Pendant que le tronc du sapin volait en éclat, très lentement, telle une ombre géante se profilant dans la lumière éblouissante qui l'avait aveuglé, l'arbre s'écroula lourdement près de lui, son faîte effleurant délicatement son bras, comme une caresse...

Une fois l'orage terminé, Kondaron retrouva la vue et prit conscience que la rencontre qu'il espérait s'était produite. L'esprit de l'oiseau-tonnerre, l'un des plus forts, l'un des plus redoutables, s'était manifesté dans toute sa puissance et l'avait touché, transfiguré : l'oiseau-tonnerre était son esprit tutélaire. Kondaron cassa ensuite le faîte du sapin et ramassa quelques morceaux du tronc calciné. De retour chez lui, il les déposa en secret dans le sac en cuir qu'il avait préparé, celui qu'il porte encore aujourd'hui et qui lui a toujours porté chance depuis ce jour.

$$* * *$$

Chaque fois qu'Orinha trouve le sommeil, un rêve effrayant le secoue : un ennemi lui fend le crâne, il tombe dans un précipice, des Ériés le dévorent. Il se réveille en sursaut et, les yeux grands ouverts, contemple un moment les milliers d'étoiles qui scintillent dans l'azur infini. Le vent secoue les feuilles qui murmurent dans la nuit. Cette atmosphère paisible le calme un peu. Mais il réalise qu'il ne comprend pas le lien qui existerait entre le message de paix du grand prophète Deganawidah et le vœu de son père Garagonké qui les enjoint de semer la terreur par toute la terre. Pourquoi le salut de tous passe-t-il par la mort de tant de gens ? Quelque chose lui échappe dans ce raisonnement…

Le sommeil l'envahit de nouveau.

Au petit matin, Ganaha secoue violemment son jeune frère Orinha qui, seul, dort encore. Tous les autres guerriers sont prêts à partir, visages peints de leurs couleurs de guerre, armes aux poings, impatients et nerveux. En voyant ce visage peinturluré penché sur lui, Orinha bondit, prêt à défendre sa vie. Cette scène lui a rappellé sa capture. Une fois complètement réveillé, il reconnaît son frère et se ressaisit. Il n'y a pas une minute à perdre. Ganaha applique de larges bandes de couleurs brune, noire et rouge sur son visage pendant qu'il avale un morceau de viande toute froide. Il ramasse son fusil, sa hache, son arc et ses flèches, vérifie que le cylindre offert par Kondaron est bien attaché à sa taille et rejoint les autres. Ils courent jusqu'à la rivière et mettent les canots à l'eau.

— J'embarque avec toi ! lance Orinha à son frère.

— Kondaron a été prévenu. Nous combattrons toujours ensemble. Ne t'en fais pas.

Orinha, Ganaha, Otasseté et Shononses font équipe dans l'un des grands canots. Atotara monte dans le second avec Kondaron, Tahira et Deconissora. Tahonsiwa et Thadodaho prennent place dans le petit canot. Les deux jeunes guerriers guident la troupe vers les pêcheurs ériés.

CHAPITRE 7
À l'attaque !

Les hommes pagayent avec vigueur sur le ruisseau encore gorgé d'eau qu'ils remontent facilement, traînant parfois les canots par-dessus des obstacles ou se frayant un chemin sur la berge avec impatience. Dès qu'ils atteignent le lac où Orinha et Atotara ont repéré des pêcheurs ériés, ils cachent les embarcations dans les bois, puis contournent sans attendre le plan d'eau dans leur direction. Il est environ midi quand ils arrivent en vue des cabanes de pêcheurs. Kondaron part seul en éclaireur pour évaluer précisément la situation. Lorsqu'il revient, il chuchote : « J'ai compté cinq hommes et quatre femmes rassemblés près des cabanes. Je ne vois personne sur le lac. Nous allons les attaquer sans utiliser nos fusils. Que tous se préparent... » Orinha se dit qu'il a bien fait de dissuader Atotara qui voulait les attaquer à coups de fusil. Il lui lance un coup d'œil réprobateur que son compagnon fait semblant de ne pas voir. Ganaha glisse à l'oreille de son frère : « Ils n'ont aucune chance. Ce sera une victoire facile... »

Leur chef prend les devants et leur fait signe de le suivre : « À mon signal, chuchote-t-il, nous attaquerons tous en même temps… »

Rampant dans l'herbe haute avec d'infinies précautions, ils s'approchent des pêcheurs qui ne se doutent de rien… de plus en plus près… en suivant la berge… Soudain, Kondaron pousse un cri horrible, se redresse et décoche une flèche qui atteint l'homme le plus rapproché. Huit autres Iroquois l'imitent instantanément en hurlant à plein poumon. Une volée de flèches touche plusieurs Ériés, puis les guerriers se lancent à l'assaut des pêcheurs désemparés. Orinha est si surpris par la rapidité d'exécution de ses compagnons qu'il les suit avec une seconde de retard. En un instant, les Iroquois fondent comme des loups sur leurs proies : l'un projette une hache sur un fuyard, les autres assènent des coups de casse-tête à ceux qui tentent de résister. Orinha frappe à son tour un homme que Ganaha a blessé et lui donne le coup de grâce. Une femme étendue par terre est une seconde proie facile pour lui. Le combat ne dure que quelques secondes. Aucun Érié ne survit à l'attaque.

Les dix Iroquois prélèvent ensuite la chevelure de leurs victimes et les exhibent fièrement à bout de bras en hurlant de joie. Par prudence, Ganaha court en direction des cabanes pour vérifier qu'aucun ennemi ne s'y cache. Orinha le suit. Dans la première, ils ne voient personne. Mais une vieille femme paralysée par la peur se terre dans la seconde. Sans hésiter, Ganaha l'envoie dans l'autre monde d'un puissant coup de casse-tête. Orinha, bouleversé par le geste spontané de son frère, ne peut s'empêcher de lui crier : « Pourquoi tu as fait ça ? Cette femme ne représente aucun danger pour nous ! »

— Au contraire, répond calmement Ganaha. Elle aurait pu révéler que nous ne sommes que dix et les Ériés nous auraient pourchassés sans relâche. Réfléchis Orinha, nous sommes loin de notre pays et personne ne peut nous aider, alors que les Ériés sont des milliers, partout autour de nous. Il n'y a pas de quartier : c'est eux ou c'est nous. Emporte cette femme et viens avec moi, nous avons autre chose à faire…

Orinha porte donc sur ses épaules le corps encore saignant de cette vieille femme et le dépose par-dessus les autres corps mutilés que ses compagnons ont rassemblés en tas. Ganaha prélève ce scalp supplémentaire et Kondaron distribue ceux-ci en parts égales, à raison d'un scalp par guerrier. Tous sont heureux de porter à leur ceinture la marque de cette grande victoire : dix ennemis vaincus sans danger ni blessure ! Orinha n'a pas l'habitude de célébrer la mort ainsi et ne se sent pas à l'aise de porter une chevelure sanguinolente à sa ceinture. L'image du scalp de ses amis français lui revient brièvement en tête. Mais il s'efforce de penser en Iroquois : chaque chevelure compense la mort d'un de leurs guerriers tombés au combat. Il pense à Orinha, le vrai fils de Garagonké, qu'il remplace maintenant qu'il a racheté de ses mains le décès tragique. Il porte désormais son nom en toute légitimité. Orinha se dit : « Qu'il en soit ainsi, puisque l'équilibre doit être rétabli entre le monde des esprits et notre monde. » Cette réflexion le réconforte.

Ils tiennent ensuite un conseil pour décider de la marche à suivre. Kondaron propose de trouver au plus vite le village où habitaient ces pêcheurs pour l'attaquer par surprise avant que les Ériés ne découvrent le massacre et ne préparent leur défense. Il veut profiter de l'effet de surprise et frapper comme la foudre pendant qu'ils le peuvent. Tous sont d'accord avec cette stratégie. Ils s'emparent alors en vitesse de quelques objets de valeur qui appartenaient aux pêcheurs : breloques, pipes, bandeaux de tête et un seul vieux couteau de fer. Puis, ils jettent les corps dans le lac en les attachant à des pierres afin qu'ils disparaissent sous l'eau.

Avant que Kondaron guide le groupe en direction de l'ouest, où il croit pouvoir trouver le village ennemi, Ganaha donne un conseil à Orinha : « Observe bien tout autour de toi. Si Kondaron et moi sommes tués, si nous mourons tous, sauf toi, tu devras retrouver ton chemin jusqu'aux canots et fuir jusqu'à notre village pour raconter comment nous avons remporté cette victoire et comment nous nous sommes battus vaillamment. Observe bien, Orinha, ta vie en dépend. Moi, je te promets que si tu meurs et que je te survis, je raconterai à notre père Garagonké comme tu t'es bien battu. »

Durant tout le trajet qu'ils font au pas de course, à la file indienne, à moitié penchés pour n'être vus de personne, Orinha reste collé aux talons de Ganaha et observe avec une vigilance décuplée les indices qui jalonnent leur parcours. Au fil des heures, malgré la fatigue, il réfléchit à l'attitude à adopter, en se disant que la prochaine fois qu'ils passeront à l'attaque, il devra réagir instantanément comme ses compagnons. C'est ainsi que se comporte un vrai guerrier iroquois : il·explose et il est sans pitié. Orinha a mal à l'estomac en pensant aux pauvres pêcheurs qu'ils ont surpris et massacrés simplement parce qu'ils étaient Ériés. Mais il a compris : la règle d'or est de tuer avant d'être tué. La guerre est impitoyable.

Ils courent toujours, mais plus lentement, pour ne pas s'épuiser. Silence et vigilance sont les mots d'ordre absolus. À la tête du groupe, Kondaron semble savoir où il conduit ses guerriers. Ganaha et Orinha le suivent immédiatement. Shononses, qui est leur meilleur archer, ferme la marche. Le soir venu, ils s'arrêtent pour reprendre des forces et manger les poissons qu'ils ont pris aux pêcheurs. Ils les font cuire sur un tout petit feu qu'ils s'empressent d'éteindre pour que personne n'en repère la fumée. Otasseté et Tahonsiwa montent la garde à tour de rôle pendant la nuit.

Au petit matin, ils sont réveillés par le chant de plusieurs femmes qui résonne au loin. La troupe se dirige aussitôt vers elles. Après quelques minutes de marche, ils les aperçoivent en train de sarcler la terre autour de jeunes pousses de maïs. Kondaron choisit de les contourner en faisant un long détour. Ses compagnons et lui arrivent finalement en vue d'un grand village érié entouré d'une haute palissade de pieux. Ils s'arrêtent là, à l'orée du bois, tapis dans les broussailles, leurs armes à la main. Le village n'est qu'à une centaine de pas d'eux. Kondaron fait signe à ses guerriers qu'ils doivent cette fois utiliser leurs fusils pour semer la terreur et tuer ou blesser le plus d'Ériés possible.

Kondaron décide d'attendre que les femmes reviennent des champs avant d'attaquer. Elles passeront alors à leur portée, sans doute accompagnées de quelques hommes, et la porte du village s'ouvrira pour les accueillir. Ils profiteront de la confusion que créera la salve de leurs fusils pour lancer une brève attaque dans le village et faire des prisonniers, avant de prendre la fuite.

Le plan est bon, mais l'attente est pénible sous le soleil ardent. Ils n'ont rien à boire et la soif les tenaille. N'y tenant plus, Ganaha fait signe à Orinha et à Shononses, qui sont postés près de lui, qu'il va tenter de pénétrer dans le village pour se procurer de l'eau. « C'est de la folie ! » pense Orinha qui craint que son frère n'en revienne jamais et fasse échouer leur plan. Mais il ne peut s'opposer à lui sans risquer de dévoiler leur présence. Impuissant, il assiste au départ de son frère, le regardant longer la palissade vers l'arrière du village où il le voit disparaître… Désespoir. L'attente est insoutenable. Assoiffé et pétrifié par l'angoisse, Orinha doit faire un effort surhumain pour rester caché sans bouger.

Finalement, au comble du bonheur, Orinha voit réapparaître son frère au pied de la palissade. Il porte une grosse outre de cuir dans ses bras et franchit en courant l'espace à découvert qui le sépare du sous-bois où ils sont cachés. « Quelle audace ! » pense Orinha. Si des sentinelles étaient postées au sommet de la palissade, si les Ériés se méfiaient le moindrement, ils l'auraient sûrement repéré. Ganaha se couche enfin dans les hautes herbes, fatigué mais fier de son exploit. Il rampe jusqu'à Orinha et Shononses à qui il donne à boire. L'eau fraîche les revigore. Le coup réussi de Ganaha fouette leur courage. Ganaha circule ensuite d'un guerrier à l'autre pour les désaltérer, jusqu'à Kondaron, à qui il explique comment il a pénétré dans le village : par une simple brèche dans la palissade. Le risque était grand, mais Kondaron n'ose pas le condamner, puisque l'eau est salutaire et que tout s'est bien passé. Il ne change rien à son plan et Ganaha retourne se poster près d'Orinha qui est littéralement galvanisé par la prouesse de son frère. Il se jure de se montrer aussi extraordinaire lors de l'attaque imminente. Il en tremble d'ardeur…

Le soleil décline à l'horizon quand un groupe de femmes se dirige enfin vers le village. Orinha compte onze femmes et cinq hommes portant quelques haches de pierre et de longs outils de bois pour travailler la terre. Seulement deux hommes sont armés d'arcs et de flèches. Orinha, qui est tendu à l'extrême en attendant le signal de Kondaron, les entend déjà bavarder entre eux avec nonchalance, attentif au curieux accent de leur langue qu'il n'a jamais entendu. Le chef des Iroquois attend toujours, espérant que les gardiens ouvrent toute grande la porte du village pour qu'ils puissent y entrer et tirer alors sur tous les Ériés qui seront à leur portée...

Mais une femme à l'œil aiguisé remarque un Iroquois caché dans les fourrés et pousse un cri d'alerte en le pointant du doigt. Les deux archers se préparent aussitôt à tirer en direction d'Atotara et de Tahonsiwa pendant que les autres Ériés courent vers le village. Kondaron sait qu'il peut encore les intercepter et répond au cri de la femme par un hurlement glacial qui fait bondir instantanément tous ses guerriers hors de leur cachette. Dix détonations retentissent en même temps et deux Ériés s'écroulent aussitôt sur le sol. D'autres poursuivent péniblement leur course en clopinant, blessés par balle, pendant que les Iroquois foncent sur l'ennemi en brandissant leurs armes blanches. Quatre hommes s'apprêtent à leur livrer combat.

Orinha se porte immédiatement à l'attaque et frappe de toutes ses forces l'homme blessé qui lui fait face. L'Érié ne peut esquiver ses violents coups de casse-tête et s'écroule, sans vie. Puis, Orinha se lance à la poursuite des fuyards qui tentent de les contourner, sans prendre garde à l'archer qui le vise par-derrière. Heureusement que Ganaha veille au grain et fonce sur l'archer qu'il transperce de son épée. Orinha rejoint les fuyards au moment où les gardiens entrouvrent la porte du village avec hésitation. Le jeune guerrier Iroquois n'a aucun mal à saisir une femme par les cheveux, il la projette violemment par terre et la relève en tirant sur sa tignasse pour la forcer à courir en direction opposée.

Ganaha tue le seul homme qui tentait de fuir en lui projetant sa hache dans le dos. Il court ensuite aider Otasseté qui a du mal à maîtriser le second archer qu'il veut faire prisonnier. Tahira bloque le passage d'une femme qu'il fait facilement prisonnière, mais celle-ci le mord au sang et se sauve. Tahira la rattrape et la tue d'un coup de hache. Pendant ce temps, Kondaron et Shononses luttent à bras-le-corps avec un homme qu'ils veulent aussi faire prisonnier. Mais ce dernier résiste si courageusement qu'ils le frappent à coups redoublés et finissent par le tuer. Kondaron prélève précieusement sa chevelure pendant que Tahonsiwa et Deconissora tranchent la gorge de deux femmes blessées qui tentaient de fuir en rampant vers le village. Ils se dépêchent de les scalper et d'emporter leur chevelure. Ganaha récupère sa hache et prélève le scalp de l'homme mort. Shononses s'empare d'une femme légèrement blessée qui faisait la morte et la traîne derrière lui.

Des cris fusent de partout. Neuf cadavres gisent sur le sol. Seulement quatre femmes ont réussi à s'échapper. Plusieurs archers ériés sont maintenant postés au sommet de la palissade du village et décochent des flèches dans leur direction. Orinha pousse plus fermement sa prisonnière devant lui pour s'éloigner du danger. Kondaron crie à tous ses guerriers de s'enfuir immédiatement. Plusieurs flèches sifflent autour d'eux. Le chef reste un moment sur place pour s'assurer qu'aucun Iroquois ne manque à l'appel, puis il prend la tête de la troupe et déguerpit à toute vitesse. Ils emmènent deux femmes et un homme sans prendre le temps de recueillir toutes les chevelures de leurs victimes. Trop dangereux.

Les Iroquois courent à toutes jambes, poussant ou tirant sans merci leurs prisonniers qui filent aussi vite qu'eux pour éviter la mort. Orinha voit du sang partout, ses oreilles bourdonnent de cris de terreur. Il empoigne sa prisonnière comme un trophée vivant, grisé par la victoire. Même si leur plan a failli avorter, ils sont une fois de plus victorieux et aucun d'entre eux n'est blessé. Il est vrai que les esprits sont avec eux. Mais Tahonsiwa, en se retournant, aperçoit une centaine de guerriers quitter le village et se lancer à leurs trousses. Ils sont loin d'être hors de danger. Alors, ils courent encore plus vite pour sauver leur peau. Fuir le plus loin possible, même à bout de souffle, fuir, même épuisés. Ils ne s'arrêtent qu'à la nuit tombée.

Comme la lune est presque pleine et le ciel sans nuage, ils y voient clair. Kondaron décide que ses compagnons et lui peuvent continuer leur chemin. Ils suivent en pataugeant le lit d'une rivière pour ne laisser aucune trace. Au matin, les deux femmes sont épuisées, l'une est blessée, l'autre livide, elles ralentissent trop la marche. Kondaron ordonne de les exécuter pour assurer leur propre sécurité. Shononses fend le crâne de sa prisonnière d'un coup de hache. Mais Orinha ne peut se résoudre à abattre la sienne aussi froidement, elle qui a fait tant d'efforts pour sauver sa vie. Il demande à Ganaha de la tuer à sa place. Une nausée écœurante l'envahit quand les deux corps sont jetés dans l'eau après qu'on les a scalpés. Sinistres victimes de leur fuite éperdue, vil marchandage de la vie des Iroquois contre la leur, sans gloire, ni défi, simple calcul de vitesse. Ils repartent d'ailleurs à toutes jambes, courant toujours jusqu'au soir, poumons en feu, gorge arrachée, muscles tremblants, peur au ventre. Réflexe animal de survie.

Après une nuit de repos, la troupe reprend sa marche aux premières lueurs de l'aube en compagnie du prisonnier qui leur reste. Ils se dirigent droit vers le sud en coupant à travers bois. Les branches et les broussailles égratignent leur corps. De temps à autre, ils s'efforcent de suivre les voies plus dégagées d'un ruisseau ou d'une rivière, les pieds dans l'eau pour brouiller les pistes. Les Ériés ne les poursuivent sans doute plus, mais comment savoir ? Kondaron ne veut prendre aucun risque. Ses guerriers et lui franchissent la plus grande distance possible pour que les ennemis craignent de s'aventurer loin de leur contrée. De toute façon, ils devront reprendre l'offensive dans une autre région. Sans mot dire, souffrant en silence, tous suivent l'infatigable Kondaron.

* * *

Ils sont parvenus aux abords d'une région partiellement ravagée par le feu. Ils y trouvent peu à manger et souffrent tout de suite de la faim. Ils ont établi un nouveau camp rudimentaire sur un petit monticule, au milieu d'une grande étendue de broussailles qui commencent à repousser entre les arbres calcinés, d'où il est facile de voir venir l'éventuel ennemi. La forêt intacte n'est qu'à une heure de marche et des groupes de trois ou quatre guerriers y vont régulièrement chasser pendant toute la journée. Mais le gibier semble avoir déserté la région et ils reviennent habituellement bredouilles.

Kondaron veut en apprendre davantage de la bouche du prisonnier sur l'emplacement des villages ériés, les meilleurs territoires de chasse et la configuration générale du pays. Mais celui-ci semble décidé à mourir plutôt que de révéler aux Iroquois quoi que ce soit, malgré les brûlures qu'ils lui infligent au corps, malgré les deux doigts qu'ils lui ont coupés pour qu'il ne tire plus jamais à l'arc. De toute façon, cet homme ne comprend pas l'iroquois, ni l'algonquin, et les Iroquois ne comprennent pas la langue des Ériés, sauf Orinha qui croit deviner quelques mots. Dans l'espoir qu'il finisse par leur révéler ces précieuses informations, Kondaron exige de partager avec lui leur maigre pitance. Cette décision fait plusieurs mécontents, au point où certains membres de l'expédition remettent en question l'autorité de leur chef.

Bientôt, une journée de forte pluie aggrave la situation, car ils n'ont rien pour se protéger du mauvais temps. C'est à peine s'ils arrivent à garder leur poudre au sec. L'abcès crève le lendemain, lorsque les Iroquois qui sont restés au camp entendent distinctement trois coups de fusil retentir au loin, malgré l'ordre de Kondaron de ne chasser qu'à l'arc. Aussitôt, Kondaron, Otasseté, Shononses et Tahira se préparent à défendre le camp pendant que Ganaha et Orinha se rendent en éclaireur jusqu'à la forêt voisine. Ils attendent dans l'inquiétude à l'orée de celle-ci, craignant que leurs compagnons n'aient été victimes d'une embuscade ériée. Puis, d'autres coups de feu se font entendre.

À la fin du jour, Ganaha et Orinha constatent avec soulagement qu'il n'y a pas de mal. Les quatre chasseurs reviennent simplement de leur expédition quotidienne avec deux petites perdrix, un lièvre et beaucoup d'arrogance. Ils ont utilisé leur fusil malgré l'interdiction de Kondaron et n'ont visiblement aucun regret. La situation devient intenable. Avant que l'animosité ne fasse éclater le groupe, il faut tenir un conseil pour tenter de refaire le consensus parmi les membres de la troupe.

Tous sont réunis en cercle autour d'un feu de bois à moitié brûlé qui dégage une odeur désagréable. L'espace découvert qui les entoure accentue l'impression de dénuement qui pèse sur eux depuis plusieurs jours. La nuit tombe. Tahonsiwa se fait le porte-parole des quatre chasseurs récalcitrants. Il explique qu'ils ont décidé de faire usage de leur fusil parce qu'un chevreuil est passé hors de portée de leur arc et qu'ils ont tenté le tout pour le tout pour l'atteindre, sans réussir. Ils ont convenu ensuite qu'il était nécessaire d'utiliser leur fusil s'ils voulaient rapporter du gibier. C'est ainsi qu'ils ont pu tuer deux perdrix en vol.

— Tu nous as conduits jusqu'à ce lieu désert où nous risquons tous de mourir de faim, continue Tahonsiwa, et tu voudrais en plus nous empêcher d'utiliser nos fusils ! C'est insensé. Aurais-tu peur d'affronter les Ériés ? Si c'est le cas, tu n'es plus notre chef. Deconissora, Thadodaho, Atotara et moi ne voulons plus nous cacher dans cette région abandonnée par les animaux et les esprits. Nous voulons passer à l'action et attaquer les Ériés. Nous voulons remporter d'autres victoires.

Le discours de Tahonsiwa est suivi d'un lourd silence. Seul le crépitement du feu se fait entendre. Le chef contesté réfléchit longuement avant de répondre..

— Tu as bien parlé Tahonsiwa. Tu es un guerrier courageux et tu as bien fait de chercher à tuer ce chevreuil qui nous aurait nourris pendant plusieurs jours. Mais tu sembles oublier que les Ériés sont nombreux. Ils connaissent leur pays bien mieux que nous. Nous avons eu de la chance de remporter une seconde victoire sans perdre un seul guerrier. Il nous a fallu fuir jusqu'ici pour échapper à la vengeance des ennemis qui nous poursuivaient. Jusqu'à ce que notre prisonnier puisse nous guider vers un endroit sûr, il faut rester prudent.

— Nous ne voulons plus nourrir ce prisonnier, déclare brusquement Tahonsiwa.

— Cet homme doit mourir, renchérit Thadodaho. Nous n'apprendrons rien de lui.

— Tu as tort, Kondaron, ajoute Deconissora. Nous devons attaquer les Ériés maintenant sans prendre le risque que cet homme donne l'alarme. Mettons-le à mort et mangeons-le au lieu de le nourrir. Tu dois retrouver le droit chemin et nous mener au combat comme tu nous l'as promis.

Devant ces vives protestations, Kondaron se tait un long moment et réfléchit à la façon de concilier leur opinion avec la sienne. Pendant ce temps, Ganaha, qui est assis immédiatement à droite de Kondaron, consulte du regard Orinha, Otasseté, Shononses et Tahira pour sonder leurs impressions. Il voudrait maintenir sa confiance envers son chef, mais il sent que celui-ci devra plier pour conserver son autorité et préserver l'unité du groupe. Tous sont suspendus aux lèvres de Kondaron qui reprend bientôt la parole.

— Soit. Nous allons exécuter notre prisonnier. Nous devrons aussi quitter cet endroit hostile où même les animaux ne veulent plus vivre. Tu as raison Tahonsiwa. Il serait néfaste pour nous d'y rester plus longtemps. Mais devons-nous attaquer les Ériés maintenant ou plus tard ? Je veux connaître l'opinion de chacun d'entre vous sur cette question. Vous avez la parole.

— Attaquons-les maintenant ! s'exclame le jeune Atotara sans réfléchir le moins du monde.

— Je suivrai ton avis Kondaron, dit Shononses. Tu es notre chef et je suis avec toi.

Orinha observe discrètement Ganaha du coin de l'œil. Il attend de connaître l'opinion de son grand frère avant de s'exprimer, car il préfère se ranger de son côté, quoiqu'il advienne, même s'il souhaite que Kondaron demeure leur chef. Il ne s'entend guère avec Tahonsiwa, le meneur de la dissidence, qui lui semble le plus méchant du groupe, peut-être à cause de la profonde cicatrice qui lui barre la joue, ou parce qu'il sourit rarement. Il est cependant surpris de l'entendre faire preuve de sagesse maintenant qu'il a obtenu une grande part de ce qu'il désirait.

— Je te suivrai en territoire érié jusqu'à ce que tu juges opportun de les attaquer, déclare Tahonsiwa. J'ai confiance dans les esprits qui te guident… si tu reprends toi-même confiance en eux ! Tu es mon chef et je suivrai ton conseil. Mais ne restons pas un jour de plus ici. Je vois que tu as compris mon message et je m'en réjouis.

— Je suis du même avis qu'Atotara, réplique Deconissora. Attaquons les Ériés dès que possible ! Nous n'avons rien à gagner à rester ici.

— Oui, partons maintenant, ajoute Thadodaho. Je n'ai encore tué aucun Érié et ma hache est impatiente de les frapper. Je suivrai notre chef s'il nous conduit vite chez les Ériés. Sinon…

Thadodaho n'achève pas sa phrase pour laisser planer une menace et faire pression sur Kondaron. À d'autres maintenant de s'exprimer. L'attitude de Ganaha montre qu'il veut entendre Tahira et Otasseté, l'aîné du groupe et le plus posé d'entre eux, avant de donner son opinion. Otasseté le comprend et prend la parole.

— Kondaron a fait preuve de sagesse en nous conduisant ici, dit-il d'une voix calme. Il nous a protégés et s'est assuré que chacun d'entre nous ait encore la chance de remporter des victoires. Il pense à nos frères et à nos sœurs, à nos parents qui veulent nous revoir tous vivants. Il a aussi fait preuve de sagesse en écoutant Tahonsiwa qui a bien parlé : c'est vrai qu'il est temps pour nous de retourner en territoire ennemi. Mais Kondaron sait nous protéger, il sait nous conduire à la victoire et il prend les bons moyens pour nous garder unis. Il est notre chef et je le suivrai jusqu'au bout. C'est à lui de décider quand nous attaquerons de nouveau les Ériés.

— Je suivrai les décisions de Kondaron, ajoute simplement Tahira qui est le plus discret d'entre eux. Longue vie à notre chef ! Que les esprits soient avec nous !

Ganaha est donc le seul guerrier d'expérience à n'avoir encore rien dit. Il voit qu'Orinha ne veut pas parler tout de suite.

— Mon père Garagonké est un chef de guerre respecté de tous les Agniers, commence-t-il. Il est connu des cinq nations iroquoises pour avoir remporté maintes victoires contre les Susquehannocks, les Mahigans, les Algonquins, les Neutres, les Hurons, de même que contre les Français et les Hollandais, qui nous ont déjà combattus sans succès avant d'être nos alliés. Il a choisi Kondaron pour diriger notre expédition parce que, depuis sa naissance, des esprits puissants le guident et qu'il a déjà prouvé qu'il est un grand guerrier, ainsi qu'un homme sage et avisé malgré son jeune âge. Comme l'a dit Otasseté, l'aîné d'entre nous, j'appuie Kondaron et je le suivrai jusqu'au bout. La décision d'attaquer les Ériés lui appartient, au lieu et au moment propices.

Orinha est surpris de constater que tous attendent maintenant son avis, comme si sa parole avait autant de poids que celle de tous ces guerriers expérimentés qui ont grandi dans la guerre, comme s'il lui appartenait de confirmer ou de défaire le consensus qui se dessine.

— Vous avez bien parlé, dit-il avec humilité. Un jeune guerrier comme moi profite de chacune de vos paroles. Comme Otasseté et Ganaha, je m'en remets à notre chef Kondaron pour savoir ce que je dois faire. Je promets de le servir fidèlement et de vous assister tous et chacun selon mes capacités.

Ganaha et les autres guerriers se félicitent de l'attitude d'Orinha qui a bien compris la place qu'il occupe dans le groupe. Tous se réjouissent de voir qu'il apprend vite et mûrit bien. Kondaron a donc réussi à rétablir son autorité en acceptant de retourner rapidement en territoire érié et de rechercher de meilleures zones de chasse. Pourtant, il demeure grave et modeste. Il se recueille en silence, jetant quelques pincées de tabac au feu comme il en a l'habitude. Il conclut ainsi le conseil :

— Remercions les esprits d'avoir éclairé notre discussion. Remercions-les d'avoir préservé notre unité qui est notre atout le plus précieux pour la réussite de l'expédition. Je remercie Tahonsiwa de m'avoir rappelé mes promesses et de m'indiquer à nouveau le droit chemin. Nous retournerons donc demain en territoire érié à la recherche d'une grande victoire. Je vous demande cependant d'être patients et d'attendre qu'une occasion favorable se présente, car il nous faut éviter la fureur des Ériés qui sont des guerriers courageux et tellement plus nombreux que nous. C'est de cette façon que nous pourrons tous revoir nos familles et qu'elles seront fières de nous.

Quelques heures plus tard, Thadodaho se charge d'exécuter le prisonnier qui est ensuite rôti et mangé. Malgré sa faim et sa volonté d'imiter en tout point ses compagnons, Orinha a bien du mal à avaler ces bouchées de chair humaine. Cette viande lui roule dans la bouche comme un corps étranger, un poison qu'il doit se retenir de ne pas recracher. Même en fermant discrètement les yeux, pour atténuer ainsi le dégoût qu'il éprouve, cette coutume iroquoise lui est pénible. Dans son trouble, quelques images de sa vie passée à Paris et à Trois-Rivières refont surface, brièvement. Maintenant que son nouveau mode de vie lui apporte aventures, défis, amis et satisfactions, ces images lui paraissent étranges et ne l'attirent plus.

CHAPITRE 8

Le vent tourne

Plusieurs semaines passent. Après de longues et prudentes pérégrinations, les Iroquois reviennent au premier fort qu'ils ont construit pour un séjour temporaire, près de la rivière. Ils s'y sentent en sécurité, car les Ériés croient sans doute qu'ils ont définitivement quitté la région. Ils se réjouissent d'y trouver la poudre et les provisions qu'ils y avaient cachées, sous terre, dans des contenants d'écorce. Ils récupèrent également les canots qu'ils avaient dissimulés en bordure du petit lac aux pêcheurs. Ils pourront maintenant circuler plus facilement.

Depuis qu'ils ont quitté l'endroit stérile qui a mis leur unité en péril, ils ont circulé dans maints territoires bien pourvus en gibier. Ils n'ont manqué de rien. Mais ils n'ont toujours pas croisé l'ennemi recherché. Ils ont parfois aperçu des groupes de trois ou quatre Ériés, bien armés, occupés à chasser ou à transporter des marchandises. Ils ont aussi découvert un second village fortifié encore plus grand que le premier, où habitent assurément deux mille personnes, ou plus. Mais Kondaron, appuyé par les fortes têtes du groupe, Tahonsiwa, Ganaha et Otasseté, a jugé préférable de ne pas attaquer ces cibles trop petites ou trop considérables, afin de ne pas les exposer inutilement à de nouvelles représailles de la part des Ériés.

Pour éviter d'être repérés, ils se tiennent en général à la périphérie du pays des Ériés, ils se déplacent fréquemment, toujours à la file indienne ; ils ne demeurent jamais plus de deux ou trois jours au même endroit et n'utilisent leurs canots que la nuit. Ils croisent ainsi moins d'ennemis. Comme ils ont déjà tué vingt-deux Ériés et qu'ils ont tous au moins un scalp suspendu à leur ceinture, ils préfèrent minimiser les risques et attendre une occasion favorable pour remporter une autre grande victoire. Néanmoins, cette stratégie commence à mettre leur patience à rude épreuve.

Finalement, l'occasion de tendre une embuscade meurtrière semble se présenter. Ils repèrent à grande distance un groupe d'une trentaine d'Ériés qu'ils suivent de très loin pendant toute une journée. Selon leur estimation, le groupe est composé autant d'hommes que de femmes. Ils transportent d'abondantes marchandises dans de grands paniers en osier et se dirigent vraisemblablement vers un lieu d'échange, peut-être un village érié, peut-être celui d'une autre nation. Même s'ils sont armés, ils ne sont visiblement pas sur le sentier de la guerre. Les Iroquois connaissent maintenant assez bien la région pour savoir qu'aucun village ou campement érié ne se trouve à moins d'une journée de marche. Ces proies ne pourront donc obtenir de l'aide immédiate de personne. Toutes les conditions sont réunies pour que les Iroquois puissent les attaquer. À la faveur de la nuit, Kondaron donne l'ordre de s'approcher d'eux.

Au matin, ils constatent que le groupe compte exactement vingt-et-un hommes et douze femmes. De loin, leurs cheveux longs et leurs vêtements de cuir identiques laissaient croire que les bagages étaient tous portés par des femmes. Mais ce n'est pas le cas. Trois éclaireurs ont déjà pris les devants quand le groupe lève le camp. Les vingt porteurs sont protégés par dix hommes en armes répartis également à l'avant et à l'arrière du groupe principal. À moins qu'ils se méfient d'une possible attaque iroquoise, ces précautions indiquent que les marchandises contenues dans les paniers sont précieuses. Kondaron et les siens continuent de les suivre à courte distance, sur leur côté droit.

Le chef a gardé Ganaha, Otasseté et Tahonsiwa près de lui pour leur demander conseil. Il leur fait signe d'approcher pour communiquer plus facilement avec eux : « Ils semblent plus coriaces que prévu, chuchote Kondaron. Voulez-vous toujours les attaquer ? » Tous trois font signe que oui. « Alors il faut les encercler. Vous deux (en désignant Otasseté et Tahonsiwa), allez sur leur côté gauche avec Tahira, Deconissora et Thadodaho. Je resterai avec Ganaha et les autres de ce côté. Répartissons-nous tout le long du groupe, de l'avant à l'arrière, afin de les encercler complètement. Notre attaque sèmera la confusion parmi eux. Otasseté, quand vous serez tous prêts, tu imiteras par trois fois le cri de la chouette. Puis, vous attendrez mon signal habituel pour attaquer. » Kondaron désigne son fusil et indique à l'aide de signes qu'ils tireront chacun deux coups de feu, en restant cachés, avant de donner l'assaut final au corps à corps. « Je tirerai le premier, ajoute Kondaron. Ensuite, chacun d'entre vous tirera à tour de rôle. Nos armes sèmeront la terreur parmi eux… Espérons que plusieurs tomberont avant que nous engagions le combat. Allons-y ! »

Kondaron envoie Shononses complètement à l'avant du même côté que lui. Atotara se place entre eux. Kondaron occupe le centre. Orinha et Ganaha suivent par-derrière. Mais il est beaucoup plus périlleux pour les cinq autres guerriers de contourner les Ériés par l'arrière, puis de prendre position tout le long de leur flanc gauche. Ceux qui doivent les devancer pour se mettre à l'avant pressent le pas. Malheureusement, la manœuvre attire l'attention d'un gardien érié qui devine la présence de Tahonsiwa courant entre les arbres. Il donne aussitôt l'alerte. Le groupe s'arrête, resserre ses rangs, et les porteurs déposent leur panier sur le sol pendant que les archers se préparent à décocher des flèches vers le seul ennemi qu'ils ont aperçu. Mais Tahonsiwa reste caché derrière un arbre. La tension est vive.

Otasseté imite alors par trois fois le cri de la chouette et Kondaron décide d'attaquer tout de suite. Il se lève au-dessus des fougères et constate que les Ériés surveillent le flanc opposé. Il prend le temps de bien viser, tire, puis se tapit immédiatement dans l'herbe pour recharger son fusil. Neuf autres détonations retentissent à tour de rôle. Les Ériés déroutés ne savent où donner de la tête. Les femmes se mettent à crier. Orinha se relève déjà pour décharger son arme une deuxième fois. Il vise un archer qui lui tourne le dos et tire, puis le voit tomber face contre terre avant de se cacher de nouveau derrière son arbre. Il se dépêche de recharger son fusil pour tirer une troisième fois avant le signal de Kondaron. D'autres détonations retentissent. Orinha entend les cris et les gémissements désemparés des Ériés.

Quand Kondaron se relève pour tirer son deuxième coup de feu, il s'aperçoit que les Ériés sont bien organisés. Ils ont eu le réflexe de se rassembler en cercle derrière leurs paniers pour se protéger. Il voit quelques morts ou blessés gisant sur le sol mais la stratégie ériée est efficace. De sa cachette, Kondaron compte les coups de feu avec inquiétude, attendant le vingtième pour hurler le signal d'assaut. Avant la fin du décompte cependant,

Atotara se lève près de lui, fait feu et se lance immédiatement à l'attaque. Les Ériés décochent aussitôt plusieurs flèches sur cette cible unique et le jeune guerrier paye chèrement son audace. Deux hommes se ruent sur lui et l'achèvent à coups de hache de pierre. Shononses en profite pour sortir de sa cachette et décoche une flèche à bout portant sur l'un d'eux. Orinha tire son troisième coup de feu en direction du groupe de porteurs. D'autres détonations retentissent.

Kondaron lance alors son cri de mort et jaillit de sa cachette en même temps que huit autres démons qui décochent des flèches et brandissent leurs armes de fer. La confusion des Ériés est totale. Ganaha lance sa hache en plein cœur de l'homme le plus rapproché de lui, qui s'écroule. Les Ériés ripostent comme ils le peuvent en tirant à leur tour quelques flèches, mais le combat au corps à corps est déjà engagé. Les armes s'entrechoquent bruyamment : les casse-tête en bois et les haches de pierre des Ériés contre les haches et les couteaux en fer des Iroquois. Cris et gémissements envahissent la forêt. Les uns et les autres frappent, empoignent, poussent, esquivent et déjouent l'adversaire. Ils s'emportent et assaillent, se désespèrent et reculent. Quelques braves Ériés luttent avec acharnement pendant que d'autres amassent un panier, aident un blessé et se dépêchent de fuir. Aucun Iroquois ne poursuit ces fuyards. Quatre Ériés résistent encore et combattent les Iroquois avec férocité. Quand le dernier d'entre eux tombe enfin sous les coups redoublés, Kondaron ordonne de rester sur place pour éviter l'embuscade que les rescapés leur tendront peut-être. De toute façon, l'affrontement a été si brutal qu'ils sont épuisés. Plusieurs Iroquois sont blessés.

Les Ériés ont fait preuve d'un courage et d'une énergie incroyables malgré la supériorité des armes iroquoises et leur habile tactique d'encerclement. Une bonne vingtaine d'entre eux ont survécu à l'attaque et se sont échappés. Une quinzaine sont restés sur le champ de bataille, tués ou blessés. Les Iroquois, essoufflés et hagards, s'estiment chanceux d'avoir remporté la victoire.

Atotara a reçu trois flèches en pleine poitrine et un coup de hache sur le crâne. Il respire encore faiblement, mais il n'a aucune chance de survivre. Le bras droit de Shononses a été fracassé d'un coup de hache ; il se lamente. Tahira casse la pointe de la flèche qui a transpercé sa cuisse et en retire la hampe avec courage, en grimaçant de douleur. Deconissora tente d'arrêter le sang qui coule de la profonde blessure qu'un guerrier Érié lui a infligée à la poitrine, avec un couteau de pierre. Orinha et les autres n'ont subi que des blessures mineures : contusions et coupures. Sans les armes à feu qui ont semé la terreur et blessé plusieurs ennemis dès le départ, ils n'auraient pu contenir l'ardeur au combat de ces Ériés.

À coups de hache, Tahonsiwa achève un blessé ennemi qui agonise au milieu des neuf cadavres jonchant le sol. Trois autres Ériés moins gravement blessés sont faits prisonniers. Les Iroquois prélèvent les dix scalps de leurs nouvelles victimes et ramassent le butin abandonné par les fuyards : cinq paniers de farine de maïs, des arcs et des flèches, des casse-tête magnifiquement sculptés, des pipes en pierre, du tabac, plusieurs peaux de chevreuil et des colliers de poil de chèvre. Avant de quitter ces lieux dangereux, ils allument un grand feu pour y jeter le corps d'Atotara, un honneur réservé aux guerriers morts au combat. Puis, ils vont se réfugier au creux des bois, à bonne distance du lieu de l'affrontement, pour panser leurs plaies et assurer leur sécurité.

Cette nuit-là, malgré sa fatigue, Kondaron demeure longtemps éveillé pour consulter les esprits. Il multiplie les incantations et les offrandes d'herbes sacrées à leur intention, car il les sent courroucés. Au matin, il n'a pas le sentiment d'avoir réussi à les amadouer, ni à percer le mystère de leur humeur incertaine. Il estime maintenant qu'il serait téméraire de poursuivre l'expédition. Alors, il convoque un conseil pour partager ses inquiétudes et recueillir l'opinion de ses guerriers.

— Nous avons remporté trois grandes victoires, explique-t-il. Nous avons récolté vingt-cinq scalps et nous détenons trois prisonniers, en plus d'avoir ramassé un butin de valeur. Mais je sens que les esprits ne sont plus avec nous. Nous avons déjà perdu Atotara et, si nous continuons à combattre, je crains que les esprits nous abandonnent complètement. J'estime qu'il est temps de rentrer au pays dès que les blessés seront prêts à entreprendre ce long voyage. Nous y reviendrions la tête haute, en guerriers victorieux. Est-ce que l'un d'entre vous s'oppose à ce que nous mettions fin à notre offensive ?

— Ho ! s'exclame immédiatement Tahira pour dire qu'il acquiesce à la décision de Kondaron.

Les autres réfléchissent un moment.

— Je suis d'accord, approuve Ganaha. Plusieurs d'entre nous auraient pu mourir aux côtés d'Atotara. Le combat a été rude. Jusqu'ici, les esprits ont été bons pour nous. Mais tu as raison, si tu sens qu'ils nous abandonnent, il faut les ménager et revenir auprès de nos familles pour célébrer nos victoires avec elles.

— Ho ! ajoute simplement Orinha qui est heureux que Kondaron et Ganaha proposent ce qu'il souhaitait secrètement depuis le dur affrontement d'hier.

Shononses aussi est d'accord.

— Ma blessure me fait souffrir, dit-il. Je ne pourrai peut-être pas pagayer, mais je ne peux plus combattre non plus, ni même chasser. Nous sommes vulnérables, Kondaron. Alors tu prends la bonne décision. Il est temps pour nous de rentrer à la maison.

Tahonsiwa, Thadodaho et Deconissora se consultent du regard. La blessure de Deconissora le fait beaucoup souffrir. Il saigne encore malgré l'emplâtre de plantes médicinales qu'ils ont appliqué sur sa poitrine. Il se sent très faible et craint pour sa vie. Certes, sa guérison retardera le départ du groupe, mais il souhaite ardemment quitter le territoire érié. Ses deux amis le savent et l'appuient.

— Ho ! déclarent-ils ensemble.

— Kondaron est sage, ajoute Tahonsiwa. Il a raison. Nous partirons dès que possible.

Otasseté garde le silence encore un moment avant de faire observer que la saison est propice à leur voyage de retour.

— L'été tire à sa fin, dit-il. Si nous ne partons pas vers notre pays dès que les blessés seront guéris, l'hiver risque de nous surprendre en chemin, car la route sera longue. Il faut déjà nous préparer à partir. Quel chemin proposes-tu de suivre Kondaron ?

Le chef est heureux de constater que tous ses guerriers sont d'accord avec sa proposition et qu'ils sont satisfaits de ce qu'ils ont accompli.

— L'an dernier, répond-il, nous sommes revenus par les montagnes. C'est un chemin accidenté mais sûr. Aucun ennemi n'habite ces régions et l'on y trouve beaucoup de castors, ainsi que du poisson et du gibier en abondance. Nos canots sont cachés tout près d'ici et quand nous les aurons récupérés et réparés, nous pourrons naviguer vers le sud, puis nous diriger vers l'est à travers ces montagnes. De cette façon, nous nous éloignerons constamment des Ériés. Alors qu'au contraire, si nous reprenons le même chemin qu'à l'aller, il nous faudra traverser une partie du pays des Ériés, ou le contourner longuement. Ce serait dangereux. Je suggère de suivre la route des montagnes. Nos prisonniers nous aideront à transporter les canots et les bagages. Êtes-vous d'accord ?

— Ho ! Ho ! répondent en chœur tous les guerriers.

CHAPITRE 9

Le retour du guerrier

Les préparatifs du voyage ont pris du temps, surtout à cause des blessés qui récupéraient lentement et des provisions à rassembler dans la plus grande prudence. Maintenant qu'ils ont quitté le territoire ennemi depuis plusieurs jours, Orinha se sent profondément soulagé. Même si la paix est moins exaltante que la guerre, il apprécie le retour à la vie normale. Le danger n'est plus quotidien. Plus personne ne les menace et ils n'ont plus besoin de toujours se cacher. Il n'y a plus d'ennemis à traquer ni à tuer. La vie poursuit son cours paisiblement et c'est bien ainsi.

Au début, gravir les montagnes était pénible, mais ils ont maintenant atteint un plateau où les bouts de rivière s'enchaînent entre des lacs poissonneux. Heureusement, car les canots chargés à pleine capacité sont fragiles. Les portages ne sont pas trop nombreux, ni trop durs, et les prisonniers transportent les plus lourdes charges. La farine de maïs qu'ils ont saisie aux Ériés leur est utile.

Le poisson frais et boucané ne manque pas, ni le chevreuil frais. La vie est belle et généreuse.

Quelle que soit la difficulté de la route, Orinha n'a aucun mal à se tenir à la tête du groupe en compagnie de Ganaha et de Kondaron. Que de progrès il a réalisés pendant les cinq lunes de leur voyage ! Il en ressent beaucoup de fierté et il a acquis une grande confiance en ses capacités.

Les blessés sont maintenant rétablis. Deconissora a retrouvé un peu de son aplomb et Shononses ne grimace plus de douleur, même si aucun d'entre eux ne peut encore les aider à pagayer. Tahira boite un peu, mais il a conservé toute son endurance.

Les neuf Iroquois et leurs trois prisonniers ériés atteignent une région encore plus montagneuse où ils devront transporter les canots en haut de pentes abruptes, puis tout en bas de chutes tumultueuses. Au fil des sentiers rocailleux, il leur faut aussi porter les bagages sur de longues distances. Les Iroquois surveillent étroitement les prisonniers qui sont tentés de s'évader, car ils les font travailler d'arrache-pied. Shononses et Deconnisora, qui éprouvent une vive rancœur envers ceux qui les ont blessés, leur ont fait clairement comprendre qu'ils les tueront sans hésiter s'ils essaient de fuir. Par contre, Kondaron leur donne toute la nourriture qu'ils désirent pour les soutenir et les encourager.

Le groupe atteint finalement une région connue, là où les Iroquois ont imposé leur loi et viennent parfois chasser. À part les membres de leur nation, personne ne fréquente ce territoire qui abonde encore en castors et en toutes espèces de gibier. Après avoir retrouvé l'endroit où l'expédition de l'année précédente avait établi son campement, Kondaron propose un arrêt de plusieurs jours pour faire le plein de peaux de castor. Comme ils reviendront au village au plus fort de la saison de traite avec les Hollandais, la proposition est bien accueillie.

Les jours suivants, pendant que les trois prisonniers ligotés restent au campement sous la surveillance de Shononses et de Deconissora, les autres Iroquois partent chasser par groupes de deux ou trois. Orinha fait toujours équipe avec Ganaha. Un jour, ils entendent deux détonations retentir à bref intervalle l'une de l'autre, suivies d'un lointain cri d'appel. Puis, ils remarquent des signaux de fumée. Ils se déplacent aussitôt dans cette direction et trouvent bientôt Tahonsiwa.

— Thadodaho et moi avons aperçu deux femmes qui se sont enfuies dès qu'elles nous ont vus, leur dit-il. Thadodaho les poursuit, mais la forêt est dense et elles ont réussi à se cacher. Nous avons besoin d'aide pour les retrouver.

— Nous les chercherons avec toi, répond Ganaha.

Tahonsiwa pousse une fois de plus son cri de ralliement à pleins poumons, pour ameuter d'autres guerriers qui se trouveraient dans les environs. Ganaha tire un autre coup de feu en l'air. Quelques minutes plus tard, Otasseté et Tahira les rejoignent.

— Avançons vers l'endroit où Thadodaho et les deux femmes ont disparu, propose Tahonsiwa. Il faut les capturer. Restons en vue les uns des autres et fouillons dans chaque buisson, sous chaque arbre. Elles n'ont pu aller loin.

— Retrouvons d'abord Thadodaho pour qu'il nous guide dans la bonne direction, suggère Ganaha. Elles ne nous échapperont pas.

Ils repèrent facilement leur compagnon qui s'est arrêté en bordure d'une petite baie pour attendre de l'aide.

— Elles n'ont sûrement pas traversé le lac, leur dit Thadodaho. J'ai bien surveillé. La dernière fois que je les ai aperçues, elles couraient dans cette direction, par là…

Leur battue est brève et efficace. Ganaha et Tahonsiwa ne mettent que quelques minutes à dénicher les deux femmes sans défense accroupies au pied d'un grand sapin. Épuisées, affamées et résignées, elles ne cherchent pas à fuir. Les six Iroquois les ramènent aussitôt au camp où elles dévorent toute la nourriture qu'on leur présente, effrayées et farouches. Elles parlent une langue voisine de l'algonquin qu'Orinha et Otasseté déchiffrent assez facilement. Ce sont eux qui sont chargés de les interroger.

— De quelle nation êtes-vous ? D'où venez-vous ? demandent-ils.

— De la nation Mississauga, répond l'une d'elle. L'autre garde le silence.

— D'où venez-vous ? Répondez ! répète Otasseté en brandissant son casse-tête d'un air menaçant.

— Ne frappez pas ! s'empresse d'ajouter celle qui prend la parole, protégeant sa tête de ses deux mains.

— Êtes-vous perdues ? demande Orinha. Personne n'habite cette région. Seuls les Iroquois chassent ici.

— Oui, répond la même femme. Nous sommes perdues. Aidez-nous. Ne nous faites pas de mal…

Indécis quant à l'attitude à adopter, Orinha et Otasseté se consultent du regard. L'autre femme garde toujours le silence. Malgré ses traits tirés, ses joues maigres et la peur qui enfièvre ses yeux, elle est très belle. Orinha la prend tout de suite en pitié.

— Ce sont sûrement des prisonnières évadées, conclut Kondaron qui a suivi l'échange et saisi quelques mots. Les Mississaugas sont en fuite depuis que nous avons vaincu les Hurons. Demandez-leur qui les a capturées…

— Qui vous a capturées ? demande Otasseté en algonquin. Quand vous êtes-vous échappées ? Répondez ! Sinon, vos scalps décoreront ma maison !

Les deux femmes se regardent d'un air désespéré. Celle qui n'a pas encore parlé ouvre enfin la bouche.

— Parle ! dit-elle à sa compagne sans lever les yeux sur ses ravisseurs.

— Les Iroquois nous ont capturées avec vingt autres Mississaugas et des Hurons, raconte la femme loquace, malgré son hésitation et sa frayeur. Nous sommes retournés chasser sur nos terres en pensant que les Iroquois étaient partis pour de bon. Mais ils étaient toujours là. Ils nous attendaient. Ils ont tué plusieurs hommes lors d'une embuscade, puis ils nous ont capturés et conduits vers leur pays...

— Des Iroquois de quelle nation ? demande Kondaron à Otasseté qui répète la question en algonquin.

— Je ne sais pas, répond la plus bavarde. Des Iroquois cruels, ajoute-t-elle en baissant les yeux.

— Continue ! lui ordonne Otasseté. Quand t'es-tu évadée ?

Les yeux au sol, la femme poursuit son récit d'une voix à peine audible.

— Ils étaient douze guerriers. Ils surveillaient surtout les hommes. Un soir, Maniska et moi, nous nous sommes enfuies dans les bois. Il y a cinq jours.

— Et nous nous sommes perdues, ajoute la belle Maniska. Nous ne savons pas où nous sommes. Notre pays est trop loin.

Puis, elle se met à pleurer doucement. « Elle est chanceuse que nous les ayons capturées de nouveau, pense Orinha, sinon elles seraient mortes de faim… » Kondaron ordonne à ses guerriers de les ligoter et de les conduire avec les autres prisonniers en attendant qu'on décide de leur sort. Otasseté se charge de la plus bavarde et Orinha s'occupe de Maniska. Orinha est si impressionné par la délicatesse de ses traits, par sa fragilité et son courage… Pendant qu'il lui lie les mains derrière le dos, avec douceur, il ne peut se retenir de lui glisser à l'oreille, en algonquin : « Tu es en sécurité maintenant. Ne crains rien… » Mais il ne lui appartient pas de décider de son sort. Ce qui ne l'empêche pas de réfléchir à un moyen de lui sauver la vie…

Ce soir-là, comme ce nouveau rebondissement change le déroulement de l'expédition, Kondaron convoque un conseil. Les huit guerriers se réunissent en cercle autour du feu pour écouter ce que le chef a à leur dire.

— Nous sommes maintenant quatorze personnes et nous avons déjà plusieurs fourrures à transporter, explique-t-il. Nos canots ne suffisent plus. Nous devons donc en fabriquer au moins un autre. Je suggère plutôt d'en fabriquer deux pour répartir la charge et revenir chez nous en sécurité. Nous allons profiter du temps nécessaire à la fabrication de ces canots pour chasser davantage de castors et d'autres animaux. Comme la saison avance, nous serons bien accueillis au village si nous ramenons d'amples provisions. Les deux femmes nous aideront à apprêter les peaux. Je propose que nous passions deux semaines de plus ici. Nous chasserons le plus possible pendant qu'Otasseté, Shononses et Tahira fabriqueront les canots.

Un bref moment de réflexion suffit pour obtenir l'approbation de tous. Dès le lendemain, Orinha se consacre à la trappe du castor avec une ardeur inégalée. Son enthousiasme étonne même Ganaha qui le connaît pourtant bien. Comme l'espèce se fait rare au pays des Iroquois, Ganaha veille à freiner les ambitions de son jeune frère en lui interdisant de tuer les mères et les jeunes castors, à l'exemple des anciens. Pour faire plaisir à son grand frère qu'il admire, Orinha consent à modérer la fièvre du commerce qui s'est emparée de lui et laisse désormais la vie à certains castors qu'il aurait voulu capturer.

Chaque soir, après la chasse, Orinha apporte du poisson ou de la viande rôtie à Maniska. Il s'assure qu'elle a été bien traitée pendant la journée. Shononses s'est vite aperçu de l'intérêt qu'il porte à cette prisonnière et, pour plaire à son jeune compagnon qu'il aime bien, il veille sur Maniska comme un père. Orinha fait mine de prendre autant soin de l'autre prisonnière, pour ne pas laisser voir qu'il est épris de la plus belle et ne pas créer de jalousie. Shononses n'est pas dupe mais ne s'en soucie guère. Par contre, Tahonsiwa n'aime pas que le jeune adopté tourne autour de ses prisonnières. Il prétend qu'elles lui appartiennent, puisqu'il les a aperçues le premier. Il surveille donc discrètement son butin. Mais Thadodaho et Ganaha ont aussi des droits, eux qui ont contribué à les capturer. Voyant que Tahonsiwa veut les écarter, ils ont dénoncé son attitude à Kondaron qui doit répartir équitablement le butin de toute l'expédition avant leur arrivée au village. Chaque guerrier souhaite récolter le plus de mérite possible de leurs victoires et rapporter sa juste part de trophées dans sa famille. Ce sera au chef de trancher.

Pour l'instant, tous reconnaissent la bonne volonté des deux prisonnières qui ont confectionné les outres de cuir dans lesquelles ils accumulent de la graisse d'ours et de chevreuil. Elles apprêtent également les peaux de castor et préparent les repas des trois prisonniers ériés. Elles sont donc très utiles. Orinha est persuadé qu'elles ont bien plus de valeur vivantes que mortes. Il a même arrêté son idée et espère pouvoir offrir Maniska à sa mère comme esclave, pour qu'elle l'aide dans ses nombreuses tâches ménagères. Ce serait justice pour tout ce que Katari a fait pour lui, sans compter que la belle Maniska habiterait désormais dans la même maison longue que lui, à ses côtés.

* * *

Les nouveaux canots sont prêts. La chasse a été fructueuse. Le moment est venu de rentrer au village. Ganaha et Orinha chargent leur nouvelle embarcation de trois gros ballots de fourrures de castors et d'une outre de graisse d'ours. Malgré les protestations de Tahonsiwa, Maniska monte avec eux. Il doit se contenter de faire le voyage avec l'autre prisonnière et Thadodaho. Son canot est également chargé de fourrures et d'une partie du butin pris aux Ériés. Kondaron a décidé de faire la route seul avec le plus jeune prisonnier érié qui fait preuve de bonne volonté et qui s'efforce d'apprendre les rudiments de la langue iroquoise. Le chef promet de lui laisser la vie sauve s'il se montre digne de la confiance qu'il place en lui. L'Érié prend place à l'avant du canot pour que Kondaron puisse le surveiller. Ils emportent deux paquets de viande boucanée.

Les deux autres prisonniers, trop butés ou trop lucides pour s'attirer les faveurs des Iroquois, seront certainement torturés et mis à mort dès leur arrivée au village. Aux yeux de Tahira, Shononses et Deconissora qui les surveillent de près, ils représentent le butin le plus précieux de tout le voyage, car ils leur permettront de se venger des blessures que les Ériés leur ont infligées. Ils devront aussi laisser l'un d'eux aux mains des Onneiouts pour compenser la mort du jeune Atotara. Shononses et Otasseté prennent l'un de ces prisonniers dans leur canot, avec des fourrures et une outre de graisse d'orignal. En plus d'un paquet de fourrures et d'un paquet de viande boucanée, Deconissora et Tahira se chargent du troisième prisonnier.

Après ces deux semaines merveilleuses passées à chasser, à accumuler des peaux de castor, de la graisse d'ours et de la viande boucanée, Orinha savoure chaque instant du trajet sans embûche qui les conduit vers son village. Il redécouvre le charme fascinant des femmes en observant Maniska qui voyage devant lui, forte et endurante malgré son petit corps gracieux. Elle pagaye avec précision, constance et habileté, démontrant qu'elle a une grande expérience des déplacements en canot. Orinha admire chacun de ses gestes, tellement plus harmonieux que ceux de ses compagnons. En même temps, il se réjouit de la vive lumière d'automne qui donne tant d'éclat aux paysages, faisant scintiller mille reflets sur les flots limpides et resplendir les feuillages multicolores de la forêt. Respirer, pagayer, manger et rire, contempler Maniska pendant des heures : tous ces cadeaux de la vie lui apparaissent infiniment bons et précieux.

Avant d'atteindre la rivière des Iroquois qui les conduira chez eux, Kondaron ordonne de faire un important arrêt. Ils ont déjà rencontré quelques parents et amis des villages voisins et la rumeur de leur arrivée se répandra rapidement. Il est temps de procéder au partage du butin avant que les acclamations et les louanges ne leur montent à la tête. Ils échouent donc leurs canots sur une pointe de sable, ligotent fermement leurs cinq prisonniers, incluant les deux femmes et le jeune Érié à qui Kondaron a promis la vie. Pour la dernière fois en tant que chef de l'expédition, Kondaron se lève pour adresser la parole à ses guerriers rassemblés en cercle.

— Nous voilà rendus au terme de notre voyage, leur déclare-t-il d'un ton solennel. À l'exception d'Atotara, nous devons remercier les esprits de nous avoir tous ramenés ici sains et saufs après ce long et dangereux périple. Remercions-les de nous avoir accordé la victoire à trois reprises et de rapporter à nos familles autant de scalps et de prisonniers. Vraiment, les esprits ont été bons pour nous. J'ajoute que vous vous êtes conduits en braves, vous avez combattu avec ruse et détermination et vous avez vaincu.

En écoutant Kondaron esquisser le bilan de leur voyage, Orinha voit passer dans sa tête maintes images étonnantes. Il se souvient des premiers jours de marche qu'il a trouvés si pénibles, de la merveilleuse traversée du grand lac et des craintes qu'il a éprouvées en pénétrant en territoire ennemi. Il revoit leur première attaque avec netteté : ses hésitations et son trouble, l'embuscade manquée aux portes du village érié et leur fuite éperdue. Il ressent toujours dans son corps le choc du dernier combat si rude. Il pense aux blessures de ses compagnons, à la mort d'Atotara... Tant d'événements en si peu de temps ! Il a l'impression d'avoir vécu une profonde transformation. Il est un guerrier aguerri maintenant.

Autour de lui, tous semblent songeurs. Personne ne dit mot pendant le long silence qu'a imposé Kondaron avant qu'il ne reprenne son discours d'un ton assuré.

— Il y a longtemps qu'une expédition de neuf guerriers a ramené dans son village autant de scalps et de prisonniers, autant de butin pris à l'ennemi, autant de peaux de castor, de viande et de graisse. Vous méritez tous votre part de butin. Vous tous méritez la gloire qui retombera sur nous quand nos familles, nos clans et tous les habitants du village acclameront notre retour et nous accueilleront en héros. Mais d'abord, je veux que soient comptés dans le butin les prisonniers que nous avons abandonnés derrière nous et les scalps que nous n'avons pas rapportés. Orinha, le plus jeune d'entre nous, s'est battu comme un homme et mérite notre admiration. Ganaha m'a toujours épaulé. Otasseté, le plus expérimenté d'entre nous, m'a toujours bien conseillé. Tahonsiwa m'a remis dans le droit chemin. Shononses, Deconissera, Tahira et Thadodaho, mes frères, célébrons ensemble et partageons également notre butin.

Kondaron avait rassemblé tous les scalps à ses pieds avant de commencer son discours. Par des gestes solennels, il en distribue deux à chacun, sans en garder un seul pour lui, laissant neuf scalps sur le sol comme s'ils n'appartenaient à personne. Puis vient la délicate question du partage des prisonniers. D'une voix forte, Kondaron reprend la parole.

— Tahira et Shononses, vous veillerez à ce que personne ne maltraite le plus grand et le plus fort de nos prisonniers lors de notre retour au village. Dans les jours suivants, vous le conduirez chez les Onneiouts et le remettrez à la famille d'Atotara. Ce prisonnier compensera la mort du plus jeune d'entre nous. Je vous donne à chacun un scalp de plus pour vos blessures.

Quelques guerriers montrent pour la première fois des signes d'agacement. Orinha le voit bien.

— Le plus jeune prisonnier érié est pour moi, poursuit Kondaron. Je lui ai promis la vie et je veillerai sur lui. Mon clan l'adoptera. Ce prisonnier me suffit. Je ne veux aucun scalp, ni aucun des objets que nous avons pris aux Ériés. Vous les partagerez entre vous. D'avoir été votre chef me procure autant de satisfaction que le plus précieux butin. Deconissora mérite l'autre prisonnier érié, car il a failli mourir sous les coups des ennemis. Deconissora, tu en feras ce que tu veux.

En remarquant l'impatience de plus en plus évidente de quelques guerriers, Orinha perçoit que la belle solidarité qui régnait jusque-là ne durera pas. Il remarque surtout les visages crispés de Tahonsiwa, de Tahdodaho et de Tahira. Leurs lèvres serrées retiennent avec peine des paroles de protestation. Kondaron le prévoyait sûrement mais Orinha, qui manque d'expérience, est pris de cours. Il se crispe à son tour et se prépare en vitesse à réagir, en jetant un coup d'œil vers Ganaha qui demeure parfaitement impassible. Kondaron poursuit sur l'épineux sujet des prisonnières.

— Les deux prisonnières seront partagées entre...

— Les deux femmes m'appartiennent ! s'exclame aussitôt Tahonsiwa avec agressivité.

— Pas du tout ! réplique Orinha, piqué au vif. Tu as menti, Tahonsiwa ! Elles ne sont pas à toi !

— Pourquoi t'appartiendraient-elles ? demande aussitôt Ganaha qui avait vu venir le coup. Ne nous as-tu pas appelés à l'aide pour les trouver et les capturer ? Ne les ai-je pas aperçues en même temps que toi ?

— N'oubliez pas que c'est moi qui les ai suivies dans le bois, intervient Thadodaho. Sans moi, nous ne les aurions jamais retrouvées ! L'une d'elles m'appartient !

Les bras dressés en signe d'apaisement, Kondaron tente de calmer les esprits échauffés. Tous veulent leur part des prisonniers, le plus précieux butin, mais il n'y en a que cinq pour neuf guerriers.

— Mes frères, lance Kondaron d'une voix forte, nous devons partager ces prisonnières, car aucun d'entre vous ne les mérite toutes les deux.

— C'est moi qui les ai trouvées, insiste Tahonsiwa. C'est moi qui dirigeais les recherches…

— Tu oublies les deux femmes que nous avons tuées dans notre fuite au village érié, réplique Orinha. Ces prisonnières, c'est moi et Shononses qui les avions capturées.

— Shononses a déjà un prisonnier et vous avez leurs scalps, répond Tahonsiwa sans être impressionné le moins du monde.

— Ce n'est pas mon prisonnier, réplique Shononses. Tahira et moi le remettrons à la famille d'Atotara qui décidera de son sort. Ce n'est pas mon prisonnier, ni celui de Tahira. Il appartient à la famille d'Atotara.

— Tahonsiwa se conduit comme un enfant, intervient Otasseté d'une voix ferme pour mettre fin à la querelle. Il prétend être sage et savoir ce qui est bon pour nous, alors qu'il ne pense qu'à lui. Tahonsiwa doit se taire et écouter Kondaron. Peut-être que Thadodaho a raison, peut-être mérite-t-il ces femmes plus que toi… Écoute ton chef et apprends de sa sagesse.

Tahonsiwa ravale sa colère et se tait. La tension baisse d'un cran. Orinha avait cru que de prendre Maniska dans leur canot suffirait à leur garantir sa possession, à son frère et à lui. Mais il s'aperçoit que la partie n'est pas gagnée. Peu lui importe la volonté de Tahonsiwa, il est prêt à se battre pour défendre la vie de Maniska. Il sait que Ganaha pense comme lui : ils veulent l'offrir à Katari. Alors que Tahonsiwa ne pense qu'à tuer ces deux prisonnières. Ganaha se lève pour mieux faire valoir son opinion et rompt le lourd silence qui règne depuis un moment.

— Orinha et moi sommes de la même famille, lance-t-il. Nous voulons donner Maniska à notre mère pour qu'elle devienne son esclave. Katari n'est plus jeune et elle a besoin d'aide. Elle mérite cette femme, et nous aussi, car nous nous sommes battus aussi bien que quiconque ici. En plus, Orinha a capturé une prisonnière que nous n'avons pas pu ramener et que j'ai tuée de mes mains. À nous deux, nous méritons certainement Maniska. Que celui qui conteste notre volonté se lève.

Personne ne bouge, ni ne réplique à la parole de Ganaha, pas même Kondaron qui acquiesce d'un signe de tête. Satisfait, Ganaha se rassoit. Kondaron peut poursuivre la distribution du butin.

— Il reste une prisonnière et sept scalps, dit-il. La deuxième prisonnière, je veux bien la remettre à Tahonsiwa. J'espère qu'elle contentera son cœur avide et calmera la rancœur qu'il a manifestée envers certains de ses frères. C'est vrai que Tahonsiwa est un vaillant guerrier et que sa parole nous a parfois été utile, il mérite donc cette prisonnière. Mais pas davantage. Quant à ceux qui n'ont droit à aucun prisonnier, je leur donne deux scalps de plus chacun. L'honneur d'avoir tué plus d'ennemis que les autres guerriers rejaillira sur eux. Otasseté et Thadodaho, prenez ces marques de force et de courage, elles sont à vous. Les trois autres scalps, je choisis de les remettre à qui je veux...

Lentement, Kondaron fait le tour de ses guerriers et les observe avec attention. La paix est presque entièrement revenue dans le groupe. Tous savent que leur victoire est grande et que leur retour au village sera triomphal. Chacun en profitera, d'autant plus que Kondaron s'est montré juste et humble en ne gardant que la plus petite part de butin pour lui, comme un chef digne de son rang doit le faire. Il s'arrête une première fois devant Thadodaho et lui donne un scalp supplémentaire.

— Prends ceci, lui dit-il, tu mérites ce scalp pour avoir grandement contribué à la capture des prisonnières. Que les esprits veillent sur toi.

Il s'arrête ensuite devant Otasseté.

— Tes paroles nous ont souvent guidés sur la bonne voie, dit-il, et tu n'es plus si jeune. Les batailles seront moins nombreuses pour toi. Ce scalp est une juste récompense pour tout ce que tu as fait pour nous.

Enfin, Kondaron s'arrête en face d'Orinha qui déborde de joie après avoir arraché la belle Maniska des mains de Tahonsiwa. Kondaron met une main sur son épaule et lui dit d'une voix forte pour que tous entendent.

— Le dernier scalp est pour toi, jeune Orinha. Tu as fait honneur à ton père Garagonké qui est un grand guerrier et un grand chef. Tu as aussi fait honneur au fils aîné de Garagonké, Orinha, qui t'a donné son nom. Je l'ai bien connu et tu as prouvé que tu es son égal. Tu es maintenant un vrai Agnier. Sois fier de ce que tu as accompli.

Puis, Kondaron ajoute à voix basse, de façon à n'être entendu que de lui :

— L'esprit qui me guide t'a protégé jusqu'ici. Mais quand nous arriverons au village, tu me remettras le rouleau d'écorce que je t'ai prêté. Mon esprit ne peut plus rien pour toi. Va désormais ton chemin et trouve l'esprit qui te guidera.

Bien qu'un peu surpris par l'importance que Kondaron attache à ce rouleau d'écorce, Orinha se sent plutôt soulagé. Même si tout s'est bien passé, il n'a jamais vraiment cru au rôle de cet esprit. En fait, ce rouleau qu'il a toujours porté à la taille l'inquiétait parfois. Il craignait d'en découvrir le secret par mégarde et de provoquer la colère de Kondaron, ou de cet esprit, au lieu de sa protection bénéfique. De toute façon, sa vie d'Iroquois s'annonce maintenant plus facile et il n'en a plus besoin.

Après avoir réparti entre eux les objets pris aux Ériés, ainsi que les réserves de nourriture et les peaux de castor, Kondaron réclame une fois de plus l'attention de ses guerriers et leur demande s'ils sont d'accord avec le partage qu'il a fait du butin. Tous acquiescent sans discussion.

Les guerriers arrivent deux jours plus tard au sentier qui mène à leur village. Plusieurs personnes se sont déjà rassemblées sur la rive avec des présents et de la nourriture pour célébrer l'heureux retour des membres de cette expédition victorieuse. La sœur préférée d'Orinha, Conharrassan, est du nombre. Attentive et immobile, elle se tient à distance de la rive jusqu'à ce qu'Orinha lui fasse un signe de la main. Aussitôt, elle accourt et lui saute dans les bras, si vivement qu'Orinha en perd presque l'équilibre. Les yeux remplis de joie et d'admiration, Conharrassan l'embrasse passionnément. Elle va ensuite embrasser Ganaha, comme un frère, avant de revenir se coller à Orinha. Elle lui prend le bras, la main, la taille, elle se pend à son cou et plonge son regard amoureux dans le sien.

Ravi et surpris par l'attitude de sa sœur, Orinha se défait d'elle pour aider Ganaha à décharger leur canot. Puis, il lui demande de rester en retrait le temps qu'il trouve le cadeau qu'il voulait lui offrir. À la fois excitée et impatiente, les bras derrière le dos, Conharassan accepte de s'éloigner un peu en attendant son présent. « Tiens, lui dit Orinha, ces deux peaux de chevreuil sont pour te faire une robe. » Tout heureuse, elle embrasse à nouveau son frère, puis elle déroule les peaux et en admire la finesse, émue et reconnaissante qu'il ait pensé à elle. Maniska, qui a minutieusement préparé ces peaux, décharge le canot en gardant les yeux rivés sur le sol. Orinha est complètement subjugué par les démonstrations d'amour de sa sœur qu'il trouve plus belle, plus mature et plus conquérante qu'au moment de son départ. Ses succès de guerrier semblent attiser son affection. Pendant un moment, il en oublie sa belle prisonnière qui se sent davantage menacée parmi tant d'Iroquois.

Pour faire connaître à tous le nombre de scalps et de prisonniers que Kondaron et ses guerriers rapportent de leur fructueuse expédition, des messagers partent à la course vers le village. Une fois les canots vidés, puis hissés loin du rivage, les guerriers préparent un festin avec la viande et le maïs que leurs parents et amis ont apportés. Ils chantent et dansent avec les jeunes femmes et les jeunes hommes venus célébrer leurs victoires. Ils mangent, racontent leurs aventures et se reposent en attendant les esclaves qui, demain, porteront tous leurs bagages jusqu'au village. D'ici là, les cinq prisonniers demeurent ligotés à des piquets plantés dans le sol. Ce serait un grand malheur si l'un d'eux s'échappait maintenant, à quelques heures de jouir du grand honneur de ramener ces prisonniers à la maison.

Conharassan est si heureuse du retour d'Orinha, si fière des scalps qu'il rapporte et de la prisonnière qu'il veut offrir à Katari, si impressionnée de toutes ces peaux de castor qu'il échangera chez les Hollandais, qu'elle passe une brûlante nuit à ses côtés. Lui la redécouvre si douce, si chaude et sensuelle, ébloui de constater l'amour qu'elle éprouve toujours pour lui après une si longue absence. Après tant de privations et de dangers, quel bonheur de faire l'amour avec sa sœur adoptive préférée ! Tous les autres guerriers partagent cette nuit-là avec la femme qui les attendait, soit une amoureuse, soit la mère de leurs enfants. Ganaha retrouve avec émotion Oreanoué, une jeune femme du clan du Loup dont il était déjà épris avant son départ.

Très tôt le lendemain, un aîné du village arrive à la tête d'une trentaine de valeureux guerriers et d'une vingtaine de mères. Ils viennent acclamer le retour de Kondaron et des membres de son expédition et poussent des cris de joie en constatant que la rumeur d'une grande victoire est vraie. Plusieurs minutes se passent en félicitations, remerciements et louanges destinés aux guerriers et aux esprits. On détache ensuite les cinq prisonniers pour leur faire porter une part des bagages en compagnie des esclaves venus du village. Sauf une hache ou un couteau, ni Kondaron ni aucun des guerriers n'ont à transporter quoi que ce soit.

À chaque arrêt, Conharassan graisse et peigne les cheveux d'Orinha, elle lui donne à manger, le cajole et le complimente. Ganaha profite des mêmes faveurs de la part de sa bien-aimée Oreanoué.

Avant d'arriver au village, Kondaron s'assure que le grand chef et les trente guerriers venus à leur rencontre ont bien compris sa décision : Maniska, le plus grand des prisonniers et le plus jeune des Ériés auront la vie sauve. On envoie des messagers pour annoncer ces dispositions spéciales et désamorcer la frustration qu'éprouveront certains habitants du village. Ils échapperont aussi à la bastonnade de bienvenue et seront conduits sous bonne garde directement à l'intérieur des maisons longues du clan de la Tortue et du clan de l'Ours.

La palissade est maintenant en vue ! Orinha entend les hurlements de joie des habitants massés à l'extérieur de la grande porte. Il les voit trépigner d'impatience, agiter leurs bras et leurs armes avec ferveur. Une immense satisfaction s'empare de lui. Un an plus tôt, ces mêmes villageois l'attendaient la haine au cœur, prêts à l'assommer, à le battre jusqu'au sang et à lui faire payer ses crimes… Ils étaient tous contre lui, sauf ses chers parents dont il n'oubliera jamais la bonté !

Aujourd'hui, les habitants du même village l'accueillent en héros. Ils admirent ses victoires et acclament sa vaillance. Orinha se sent éclater de bonheur et d'orgueil. Il a réussi à renverser en sa faveur une situation qui semblait désespérée. Maintenant, son chef de guerre le félicite, sa sœur l'adule, son grand frère l'appuie sans retenue et ses compagnons d'armes le respectent. Plus gratifiant encore, il a acquis le pouvoir de vie et de mort sur Maniska. Il peut lui rendre ce qu'il a reçu de plus précieux : la vie, à l'égal d'un dieu ou d'un esprit. Quelle source de fierté pour Orinha !

La troupe approche davantage de la palissade sous les clameurs des habitants. Les neuf guerriers se tiennent complètement à l'avant, devant le chef qui est venu à leur rencontre, car c'est à eux que revient tout le mérite de la victoire. Leur heure de gloire est arrivée. En ce moment ultime, ils pavanent avec toute la modestie dont ils sont capables, tenant leurs vingt-cinq scalps à la main ou accrochés au bout d'un bâton, ainsi que leurs cinq prisonniers en laisse. Le bonheur d'Orinha atteint son comble quand il voit sa mère sortir du rang et venir directement vers lui et Ganaha. Katari chante et sautille de joie en voyant ses deux fils enfin de retour, en bonne santé et victorieux. Elle prend la main d'Orinha, puis celle de Ganaha, et danse un moment avec eux. Ses deux fils lui confient ensuite leur prisonnière, que Katari entraîne aussitôt derrière elle, suivie des deux autres prisonniers ériés qui auront la vie sauve. Une escorte impressionnante d'une vingtaine d'Iroquois les protège de la bastonnade. Ils disparaissent rapidement derrière la foule trépignante qui n'a d'yeux que pour les deux prisonniers qui restent.

Tahonsiwa lâche alors la corde qui retenait fermement sa prisonnière : « Sauve-toi si tu peux ! »

lance-t-il à la pauvre femme terrorisée. Puis, Deconnisora pousse son prisonnier devant en criant : « Cours, vipère ! Que mes frères vengent mes blessures ! » Les coups s'abattent sur les deux malheureux qui tentent d'avancer. La femme mississauga tombe en premier sous un coup de gourdin qui lui brise le crâne. Elle est ensuite conduite à moitié morte jusqu'au poteau de torture, où elle ne souffrira pas longtemps. Pendant ce temps, le prisonnier érié réussit presque par miracle à franchir tous les obstacles et à pénétrer debout dans le village, à la satisfaction générale, car il n'en sera que plus satisfaisant à torturer.

Les réjouissances se poursuivent à l'intérieur du village pendant que les membres de l'expédition distribuent le reste du butin sous la supervision du chef qui les a accueillis. Presque toutes les familles du clan de l'Ours ont droit à une part de viande boucanée et de graisse fondue. La famille de Kondaron, qui est du clan de la Tortue, en reçoit aussi. Orinha donne ensuite une peau de chevreuil à Katari, une autre à sa sœur Assasné et encore une autre à Conharassan qu'il veut maintenant combler. « Je vous donne aussi à chacune un scalp pour vous consoler des fils et des frères que vous avez perdus, » leur dit-il solennellement. De son côté, Ganaha donne à sa mère un panier de maïs provenant du butin érié et à ses sœurs quelques parures. Mais il réserve la plus belle pour Oreanoué : un bandeau de poil de chèvre teint de plusieurs couleurs vives qu'il noue autour du front de celle qu'il aime. Il garde ses scalps pour les accrocher au-dessus de l'espace réservé à sa famille dans la maison. Kondaron offre pour sa part au chef du clan de la Tortue qui est venu à leur rencontre un casse-tête érié magnifiquement sculpté, car ses guerriers ont convenu d'un commun accord de lui donner cette part du butin, qu'il méritait amplement, même s'il ne voulait rien garder. À leur tour, les autres guerriers distribuent des présents selon leurs préférences.

Puis, la séance de torture commence. Orinha y assiste comme tous les membres de l'expédition et presque tous les habitants du village. Mais il n'y participe pas, préférant les attentions et les baisers que Conharassan lui donne sans compter.

* * *

Les jours suivants, les festins se succèdent. Des membres du clan de l'Ours et du clan de la Tortue dansent à tour de rôle autour de quelques scalps que les guerriers ont rapportés. Les vingt-cinq victimes de Kondaron et de ses compagnons continuent de soulever l'admiration, sans oublier celles dont ils n'ont pu rapporter la chevelure, comme ils se plaisent à le raconter. Orinha ne fait pas exception et narre ses exploits à plusieurs reprises autour des feux qu'on entretient jusqu'au cœur de la nuit.

D'autres guerriers, de retour du sud où ils ont combattu les Susquehannocks, ou de l'ouest où ils ont
attaqué des Hurons revenus rôder sur leurs ancien-
nes terres ancestrales, racontent aussi les leurs. Mais
ces victoires moins décisives ne suscitent pas autant
d'admiration, car les guerriers n'ont rapporté qu'un
petit nombre de scalp et fait peu de prisonniers.
C'est que les Susquehannocks, qui possèdent des
armes de fer et des armes à feu, sont des ennemis
redoutables et que l'ancien pays des Hurons est
presque déserté. Tous rêvent maintenant d'aller
guerroyer chez les Ériés pour se couvrir pareille-
ment de gloire. On demande à Orinha de participer
aux prochaines expéditions qu'on prépare déjà vers
ce pays. Flatté de l'honneur qu'on lui fait, il promet
d'y retourner pour continuer d'y semer la terreur,
comme le souhaitait son père.

La seule ombre qui ternit la joie d'Orinha est justement l'absence de Garagonké, qui n'est toujours
pas revenu. Il aimerait tant lui raconter ses exploits,
le voir se réjouir de ses succès et l'entendre le
féliciter. Mais aucun membre de l'expédition partie
combattre les Algonquins et les Français au début
de l'été n'est de retour. Personne n'a même reçu
de leurs nouvelles. Orinha, qui voulait tant plaire
à son père, est très déçu. Il y pense plus souvent
qu'il ne le voudrait. Pendant les moments de repos
qui séparent les festins, l'absence de Garagonké le
remplit de regret.

Au bout d'une semaine, les chefs du village décident de mettre un terme aux célébrations qui perturbent les préparatifs pour l'hiver et épuisent les provisions. Ils tiennent une dernière assemblée solennelle au cours de laquelle ils distribuent des présents pour honorer les guerriers les plus méritants. Kondaron reçoit un fusil tout neuf en plus d'un wampum de grande valeur. Orinha, Ganaha et deux guerriers qui ont combattu les Susquehannocks reçoivent un wampum chacun. Personne d'autre de leur expédition n'est honoré, ce qui rend Orinha très orgueilleux. On le voit désormais porter son wampum en permanence comme le font bien d'autres fiers guerriers du village. Plusieurs hommes d'expérience le surnomment maintenant « dodcon », « esprit menaçant ». Certains d'entre eux sont même jaloux. Par contre, bien des jeunes femmes le regardent avec admiration. Orinha ne se soucie guère de ceux qui l'envient, alors que l'idée de fonder une famille le séduit de plus en plus. Il réalise que c'est le meilleur moyen d'assurer son avenir dans la communauté.

Mais d'abord, Orinha veut se rendre chez les Hollandais pour y échanger ses peaux de castor. La saison de traite bat son plein et il est grand temps pour lui d'en profiter. Des cent soixante-quinze peaux de castor que son expédition a rapportées au village, vingt-et-une lui sont revenues personnellement tellement il s'est consacré à cette chasse avec ardeur. Un lot de quarante peaux a été confié à la mère du clan de l'Ours et un autre de trente peaux à celle du clan de la Tortue. Les autres guerriers ont reçu dix peaux chacun, dont ils pourront disposer à leur guise auprès des Hollandais.

Orinha est pressé d'ajouter à la gloire du combattant l'avantage de posséder et de distribuer des objets européens qui suscitent beaucoup de convoitise au village. Il connaît bien ces objets qu'il utilisait couramment quand il vivait chez les Français. Il estime qu'à son retour au village, chargé de tissus, d'outils, d'armes et d'ustensiles de métal, il pourra conquérir facilement le cœur d'une belle Iroquoise et l'épouser. Il sait maintenant qu'il ne peut fonder une famille avec Conharassan qui est du même clan que lui, car les Iroquois interdisent l'union durable entre une femme et un homme du même clan. Malgré sa déception, il veut profiter de l'intérêt qu'il suscite en ce moment et trouver dans un autre clan une femme qu'il pourra marier.

— J'ai hâte d'aller au fort Orange, dit-il à Ganaha un matin, au moment où ce dernier allait rejoindre encore une fois sa belle Oreanoué dans la maison longue du clan du Loup. Allons-y maintenant, avant que les Iroquois des autres clans ne raflent le meilleur de la traite.

— Tu es bien pressé, mon frère, répond calmement Ganaha. Savoure plutôt ta victoire. Tu ne pourras pas toujours bénéficier d'autant d'estime. Et puis, ne t'en fais pas, les Hollandais ont toujours ce qu'il faut pour combler nos désirs…

— J'ai hâte d'acquérir les objets que convoitent mes frères et mes sœurs pour leur en faire présent. N'es-tu pas impatient d'offrir à Oreanoué ce dont elle rêve, comme j'ai hâte de combler ma future épouse ? Ne vois-tu pas que Katari est pressée elle aussi ? Elle s'inquiète de ne pas être prête à temps pour l'hiver. Je t'assure, c'est maintenant qu'il faut nous rendre à fort Orange.

— Tu te trompes au sujet de Katari. C'est de Garagonké qu'elle s'inquiète…

— Justement ! Il faut y aller avant que Garagonké ne revienne ! Après, les réjouissances vont recommencer et l'hiver pourrait nous surprendre. Allons-y maintenant !

Ni Ganaha ni Orinha n'osent formuler la pensée qui leur vient en tête au sujet de Garagonké… Il tarde tant qu'ils craignent que de graves difficultés aient perturbé son expédition. Il leur arrive même de penser qu'il ne reviendra pas car, maintenant, presque tous les groupes partis à la guerre sont de retour au village. Il n'y a qu'à voir l'anxiété de Katari augmenter de jour en jour pour comprendre que ce n'est pas normal. La vie est d'ailleurs devenue moins agréable autour du feu familial.

Après un moment de réflexion, Ganaha se range à la suggestion d'Orinha.

— Tu as raison, il y a plusieurs choses que j'aimerais offrir à Oreanoué. Préparons dès maintenant notre voyage de traite.

***

Otoniata est l'homme du clan de l'Ours qui a le plus d'expérience de la traite avec les Hollandais. C'est lui qui prend en charge les préparatifs et c'est à lui que les mères font part de leurs besoins : tissus et couvertures, chaudrons de cuivre, couteaux, aiguilles, grattoirs de fer, et beaucoup de pois secs pour compléter les réserves de farine de maïs. Les hommes ont d'autres priorités : haches et couteaux de fer, munitions et armes à feu. Deux jours suffisent à Orinha et à Ganaha pour se préparer. Afin d'éviter les tensions entre clans et faciliter les négociations avec les Hollandais, Otoniata a tout de suite jugé préférable de se rendre au fort Orange avec des membres du clan de l'Ours seulement.

La veille du départ, un Iroquois parti en guerre contre les Andastes – une puissante nation qui habite au sud du pays iroquois – arrive à bout de souffle au village. Il a couru presque sans interruption pendant quatre jours pour venir chercher de l'aide. Sur le chemin du retour, sa bande est tombée dans une embuscade tendue par les Andastes, alors qu'ils approchaient du territoire iroquois et qu'ils avaient relâché leur vigilance. Les ennemis ont tué deux d'entre eux, ils en ont blessé gravement cinq autres qui ne peuvent plus marcher, en plus de faire un prisonnier. L'homme implore ses frères de retourner immédiatement auprès des blessés pour les secourir et les ramener au village. Il souhaite aussi recruter plusieurs guerriers afin de poursuivre ces Andastes et venger leur humiliante défaite.

Kondaron accepte spontanément d'accompagner cet homme, au moins pour porter secours aux blessés. Il l'aide aussi à recruter des combattants de son clan, puis il fait appel aux guerriers du clan de l'Ours qui ont pris part à son expédition contre les Ériés. Katari s'oppose fermement à ce que Ganaha et Orinha repartent en guerre tant que Garagonké n'est pas de retour et qu'ils n'auront pas effectué leur voyage de traite. Orinha se réjouit secrètement de l'attitude de Katari, car il tient mordicus à réaliser son vieux rêve : commercer enfin ! Ganaha se soumet aussi sans rouspéter, trop heureux de demeurer avec son amoureuse. Otasseté accepte pour sa part de ramener les blessés au village, mais il refuse de repartir en guerre. Quant à Tahonsiwa, il se joint volontiers au groupe de quatorze guerriers qui poursuivront les Andastes et tenteront de venger leurs frères vaincus. En conséquence, le groupe du clan de l'Ours qui devait partir à la traite le lendemain sera moins nombreux que prévu. Otoniata échangera les peaux que ces recrues de dernière minute lui confient, en plus de celles des mères du clan de l'Ours dont il avait déjà la responsabilité.

Le lendemain matin, juste avant que les huit membres de l'expédition de traite quittent le village, une autre troublante nouvelle parvient à leurs oreilles. Une ambassade de la nation iroquoise des Onnontagués est en route pour annoncer aux Agniers qu'ils ont entrepris des pourparlers de paix avec les Français. Un des chefs de cette ambassade revient tout juste de la vallée du Saint-Laurent, où il a participé aux négociations. Il rapporte que, parmi tous les Iroquois qu'il a rencontrés là-bas, aucun n'a vu Garagonké depuis plusieurs semaines. Katari est consternée par cette nouvelle. Ganaha et Orinha s'en inquiètent. Mais face à tant d'incertitude, mieux vaut partir pour la traite comme prévu.

CHAPITRE 10

Surprises à Rensselaerwyck

Deux jours de marche suffisent aux Iroquois pour atteindre le premier bourg hollandais qui compte moins de cent habitants. Otoniata, qui connaît bien l'endroit, entre sans hésiter dans la première maison qu'il croise. Il le fait comme s'il était chez lui. Il ouvre l'armoire de cuisine et s'empare de la nourriture qu'il y trouve. Puis, d'un large geste du bras, il jette brutalement par terre une pile de bols et d'ustensiles de bois en menaçant de sa hache l'homme de la maison qui est tenté d'intervenir. Sûr de lui, il s'assoit ensuite à table et commence à manger tranquillement en invitant ses compagnons à faire comme lui. Les sept autres Iroquois se mettent alors à fouiller la maison à la recherche de nourriture et ils ramassent au passage des objets qui leur plaisent, sans rien laisser en échange. Comme il n'y a pas suffisamment à manger pour tout le monde, ils passent dans la maison suivante pour y dévorer tout ce qui leur tombe sous la dent.

Otoniata continue à jeter objets, outils et ustensiles par terre pour effrayer les habitants et

impressionner ses compagnons, car il est insatis-
fait de ce qu'il trouve. Les Hollandais terrorisés,
hommes, femmes et enfants, se terrent au fond de
leur habitation. Même à cent contre huit, ils n'osent
pas affronter les Iroquois qui sont mieux armés et
plus forts qu'eux. Comme si de rien n'était, Orinha
se sert de viande et de légumes dans un grand
chaudron suspendu au-dessus du feu. Il ne dérange
personne et personne ne le dérange. La vie est
simple quand on fait partie des plus forts.

Au début de la soirée, Otoniata trouve enfin ce
qu'il cherchait : un pot d'eau-de-vie et un petit
baril de bière dissimulés sous un lit. Il pousse un
cri de triomphe et vide en un rien de temps la
cruche d'alcool avec deux de ses amis. Tous trois
deviennent rapidement fous de rage, saccageant
aveuglément la maison comme des possédés et
se battant l'un contre l'autre en titubant. Ganaha,
Orinha et les trois autres Iroquois, qui ne boivent
que de la bière, font moins de ravage autour d'eux.
Orinha ne ressent d'ailleurs qu'un léger vertige et se
tient à l'écart pour éviter toute blessure. Il observe
avec surprise les trois compagnons de voyage qu'il
connaît bien, Ganaha, Deconissora et Thadodaho,
qui se bousculent avec maladresse. Jamais il ne les
a vus dans un état pareil, même quand ils avaient
faim, même quand ils étaient blessés. Orinha
s'interroge : « Quel esprit malveillant s'est emparé
d'eux ? Ce maléfice vient-il des Hollandais ? Que

contient cet alcool pour provoquer tant d'effet ? »
Il se résout à ne plus prendre une seule gorgée de
bière pour rester vigilant, jusqu'à ce que ses compagnons s'étendent l'un après l'autre sur le sol et
s'endorment comme des bûches, heureusement
sans s'être mutilés. Alors, Orinha se couche à son
tour et dort à poings fermés.

Au matin, longtemps après le lever du soleil, les
huit Iroquois ramassent lentement leurs ballots de
fourrures. Otoniata et ses deux camarades de beu-
verie semblent revenir d'un autre monde, hagards
et maladroits. Les autres se portent mieux, surtout
Orinha qui se sent plus sensé et plus fort que ses
compagnons. Ils n'emportent finalement que quelques objets volés aux Hollandais, laissant la plupart
sur place, pêle-mêle. Ils partent sans mot dire vers
le fort Orange. Orinha prend la tête de la file avec
Ganaha qui connaît bien le chemin. Le soir venu, ils
s'arrêtent en vue des colonnes de fumée provenant
du village de Rensselaerwyck. Là, les Hollandais
sont protégés par des canons tonitruants et une
puissante garnison retranchée dans un bâtiment
imprenable : le fort Orange. Otoniata n'a plus le
cœur à fanfaronner. Il décide d'attendre au lendemain avant de prendre contact avec les Hollandais.
Son plan est d'arriver tôt le matin afin de circuler de
maison en maison et d'échanger d'abord avec les
habitants. Ils se rendront ensuite au fort Orange, où
le commandant les accueille toujours à bras ouverts.

* * *

À l'aube, les Iroquois peignent leur visage aux couleurs de la guerre pour produire un plus grand effet et faire une meilleure traite. Dès qu'ils apparaissent à l'orée du bois, chargés de leurs lourds ballots de fourrures, quelques habitants viennent à leur rencontre. En cette saison, ils sont tous prêts à délaisser leur besogne pour profiter du plus lucratif commerce qui soit en Amérique : la traite des fourrures de castor. Elles valent leur pesant d'or auprès des marchands qui les expédient en Europe, où l'on en fait du feutre et des chapeaux de grand luxe. Dix ou douze habitants se bousculent déjà pour obtenir la faveur des Iroquois et cherchent à les entraîner dans leur demeure. Certains connaissent quelques mots de la langue iroquoise, mais la plupart rivalisent de gestes grandiloquents noyés dans un flot de paroles incompréhensibles en hollandais.

Otoniata choisit de suivre l'un d'entre eux dans sa maison, avec tous ses compagnons. L'homme et son épouse leur servent des gâteries : du pain et des prunes séchées venues d'Europe. Otoniata réclame aussi de l'alcool, car il est habitué au rite de bienvenue. L'homme acquiesce et verse une petite quantité de vin dans deux gobelets en terre cuite, l'un pour Otoniata, l'autre pour lui-même. Puis, ils lèvent leur verre et avalent le vin d'un trait. La négociation peut alors commencer.

Comme c'est sa première expérience, Orinha observe avec attention comment se pratique le commerce entre les Iroquois et les Hollandais. L'homme de maison dépose d'abord quatre longs couteaux de fer sur la table et demande par gestes deux peaux de castor pour chacun. Otoniata secoue violemment la tête pour dire qu'il n'est pas d'accord et répond aussi par gestes qu'il est prêt à donner seulement une peau par couteau, pas plus. L'homme grimace pour exprimer son désaccord. Il se déplace ensuite pour voir de près les peaux qu'Otoniata a déposées par terre, à ses côtés. Après les avoir tâtées, il fait non de la tête et répète « deux » de ses doigts. Alors, Otoniata se lève brusquement et ordonne à ses compagnons de le suivre hors de cette maison de voleur. Le Hollandais trop avide se mord les pouces d'avoir raté une belle occasion de faire de l'argent.

La nouvelle de leur arrivée n'a pas tardé à se répandre comme une traînée de poudre. Les huit Iroquois fendent le petit attroupement qui s'est formé au seuil de la première habitation et passent directement à la maison suivante, où le couple de Hollandais qui l'habite les accueille comme des rois. Très excitée, la femme étale en vitesse une nappe blanche sur la table rudimentaire qui occupe le centre de l'unique pièce de leur petite maison en bois. Puis, dans des assiettes en terre cuite ébréchées, elle offre aux invités de la viande tirée d'un chaudron de fer qui pend au-dessus du feu. Mais cette nourriture ne plaît guère aux Iroquois… sauf à Orinha qui reconnaît avec étonnement les saveurs du sel et du porc qu'il a mangés si souvent en France et en Nouvelle-France.

L'homme de maison montre aux Iroquois son vieux fusil, pendant que sa femme débarrasse la table, les yeux baissés, à demi cachés par le bonnet qu'elle porte sur la tête. Elle y dépose une couverture en tissu rouge qu'Otoniata, Ganaha et Thadodaho tâtent avec attention. Le tissu épais et doux au toucher semble chaud et confortable. Otoniata, le premier, offre quatre peaux de castor pour le fusil et le tissu. L'homme sursaute, recule d'un pas et cache aussitôt le fusil derrière lui pour signifier que l'offre est trop basse. Il pointe alors le tissu de sa main libre et fait « quatre » de ses doigts, tout en acquiesçant de la tête. Pour bien se faire comprendre, il montre ensuite le fusil une nouvelle fois, en indiquant qu'il faudra quatre peaux supplémentaires pour l'obtenir aussi. Otoniata hésite.

— Je t'offre deux peaux de castor pour ce tissu, intervient Ganaha en montrant deux de ses doigts.

— Moi, je t'en offre trois pour le tissu, réplique aussitôt Otoniata. Mais tu peux garder ton vieux fusil, j'en ai un meilleur.

Sans attendre la réaction du Hollandais, ni la surenchère de Ganaha, Otoniata rafle la couverture d'un geste vif et commence à déballer ses fourrures.

Il fait signe à l'homme qu'il peut choisir trois peaux dans son ballot défait. Le marché est conclu, quelle que soit l'opinion de Ganaha et du Hollandais. Ce dernier se dépêche de prendre les fourrures qui lui reviennent, les roule en vitesse et les confie à sa femme qui va immédiatement les ranger dans un coffre de bois, au fond de la maison. Voyant cela, Ganaha pointe le coffre en question, duquel la femme a tiré la couverture rouge qu'Otoniata vient d'acquérir : « As-tu d'autres tissus ? lui demande-t-il en iroquois. Montre-moi. » Elle comprend sa requête et s'empresse de tirer du coffre une couverture usée que Ganaha tâte distraitement, l'air déçu, en lui faisant comprendre qu'elle ne l'intéresse pas. Thadodaho offre alors deux peaux pour cette vieille couverte. L'homme et la femme se consultent rapidement du regard et acceptent l'offre, masquant avec peine un sourire qui en dit long sur leur satisfaction.

Les Iroquois changent encore de maison et se font servir à nouveau des gâteries et du vin. Certains acquièrent des haches et des couteaux. Ganaha met la main sur un lot d'aiguilles de fer et de perles de verre. « C'est pour Oreanoué, explique-t-il à Orinha. Elle sera contente. Je veux aussi lui rame-ner de belles couvertures, des chaudrons et des ustensiles de fer. » Orinha se dit qu'il devrait imiter Ganaha et rapporter aussi des perles de verre pour plaire aux jeunes femmes qui en décorent leurs vêtements, en plus des couvertures et d'un grand chaudron de cuivre qu'il veut offrir à Katari.

* * *

À l'intérieur du fort Orange, un soldat bien vêtu gravit l'escalier de bois qui mène aux appartements de Peter Orlaer, le gouverneur et commandant de Rensselaerwyck. Le soldat frappe et entre sans attendre.

— Bonjour, mon commandant, dit-il. Des Iroquois viennent d'arriver. Ils ne sont que huit, mais ils apportent beaucoup de fourrures avec eux.

Assis à son bureau, le gouverneur achève de prendre son repas du matin. Il se lève posément, après avoir essuyé sa bouche et ses mains de sa serviette de table, puis il demande à son lieutenant :

— Est-ce que tu les connais ?

— J'ai reconnu Otoniata et Deconissora du village de Coutu. Mais je ne suis pas sûr de connaître les autres, quoiqu'il ne soit pas facile de bien voir à cette distance.

— Viens avec moi. Nous allons jeter un coup d'œil de la palissade. Sais-tu par où ils sont passés ?

— J'imagine qu'ils sont passés par le nord, mon commandant...

Le gouverneur et le lieutenant descendent l'escalier du bastion principal où Peter Orlaer a ses appartements et se dirigent vers l'enceinte fortifiée qui entoure les bâtiments.

—Ils ont dû traverser le fleuve près de Schenectady, poursuit le lieutenant. À partir de leur village, c'est le meilleur chemin pour venir jusqu'ici.

Ils longent la palissade un moment, empruntent l'échelle du coin qui donne accès au chemin de garde, puis, une fois montés, observent la partie nord du village de Rensselaerwyck à travers quelques arbres.

— Où sont-ils ? demande le gouverneur Orlaer.

— Là-bas, répond le lieutenant, où vous voyez les gens rassemblés près de la maison de van Bogaert. Ils essaient tous de les entraîner chez eux.

— Ces habitants sont encore plus avides que moi, de vrais rapaces, commente le gouverneur… Écoute, tu vas prendre deux ou trois hommes avec toi et les surveiller de près. Sans trop te faire remarquer. Assure-toi qu'ils ne boivent pas trop d'alcool, je ne veux pas d'histoire. Laisse-les échanger quelques peaux avec les habitants, puis invite-les à me rencontrer en leur disant que j'ai une bonne affaire à leur proposer. Veille surtout à ce qu'ils arrivent ici avec beaucoup de castors. Va maintenant. Pendant ce temps, je leur prépare une réception comme ils les aiment.

— Bien, mon commandant. Comptez sur moi.

***

Dès qu'il est entré dans cette nouvelle maison, Orinha a repéré le grand chaudron de cuivre suspendu dans l'âtre. Il veut se le procurer, mais n'ouvre pas tout de suite les négociations. Depuis le début de la journée, il s'est rendu compte que les Hollandais sont prêts à tout pour acquérir leurs fourrures. Mais il a encore du mal à jauger la juste valeur des objets hollandais, en nombre de fourrures, et il hésite à marchander. Comme dans les maisons précédentes, il laisse Otoniata et Deconissora entamer la discussion avec la femme qui les a attirés ici en agitant un grand morceau de tissu à la porte de son domicile. C'est vrai qu'elle possède plus de tissu qu'aucun autre Hollandais visité jusque-là. Elle leur montre différentes pièces de couleurs rouge, brune, blanche ou bleue, ainsi que de belles chemises toutes faites. Son mari se tient en retrait, près de la cheminée, surveillant sa femme et les Iroquois d'un air méfiant, prêt à intervenir à la moindre difficulté. Leur fille de huit ou neuf ans serre un jeune bébé dans ses bras. Elle se tient debout devant une sorte de comptoir en bois qui peut servir de table, sans bouger, fascinée par la façon dont sa mère présente ses tissus aux Iroquois.

Orinha cherche dans l'unique pièce de la maison d'autres objets qu'il pourrait ajouter au chaudron afin de les négocier tous ensemble. Son idée est de faire baisser le prix de chacun. Il se souvient que son père de France recourait à cette stratégie et obtenait de bons résultats. Il observe en même temps la charpente, les murs de la maison, l'ameublement très sobre, les objets de tous les jours qu'utilise cette famille... et les souvenirs affluent dans sa mémoire. Il redécouvre ce qui lui était si familier auparavant : une table, des chaises, un coffre et une armoire de bois, un pichet et des assiettes en terre cuite, des poêles et divers ustensiles en fer accrochés autour de l'âtre, où le feu se consume doucement sous le grand chaudron de cuivre...

Tout à coup, derrière la jeune fille, Orinha remarque un couteau qu'elle a sans doute utilisé pour couper des légumes. Des morceaux de navet et de chou le cachent à moitié. Son manche spécial luit dans la pénombre d'une étrange façon... Orinha fait un pas en avant pour s'en approcher, puis un deuxième, discrètement, pour ne pas effrayer la fille, ni ses parents... Maintenant, il distingue mieux la forme singulière du manche dont le matériau semble précieux. D'une certaine façon, il est convaincu de le reconnaître, et pourtant il croit n'en avoir jamais vu de semblable... Il s'avance encore, mais cette fois son geste n'échappe pas à la jeune fille qui se déplace avec crainte vers son père. Le couteau reluit alors avec éclat sous les pâles reflets du feu. La lame en est longue et large. Le manche sculpté représente une tête d'aigle. Orinha est littéralement fasciné par cette apparition. Mu par un réflexe irrépressible, il s'en empare soudain et s'exclame en iroquois : « Je veux ce couteau ! » en même temps qu'une puissante énergie l'envahit tout entier. Tous ceux qui se trouvent dans la maison se tournent vers lui, surpris par son geste et le ton de sa voix. Orinha répète avec force : « Je veux ce couteau et le grand chaudron de cuivre qui pend dans l'âtre ! Combien voulez-vous de peaux pour ces deux objets ? »

Le Hollandais n'a pas compris la question d'Orinha. Il jette un coup d'œil en direction de sa femme qui a brusquement interrompu la négocia-tion qu'elle menait avec Otoniata et Deconissora au sujet des tissus. Surprise elle aussi du ton ferme qu'a pris Orinha, apeurée par le couteau qu'il tient dans sa main, elle recule jusqu'à son mari et serre sa fille et son bébé contre elle. Orinha saisit aussitôt son ballot de fourrures et le dépose entre les Hollandais et lui en leur faisant signe de se servir. « Je vous donne toutes les peaux que vous voulez pour ces deux objets, » ajoute-t-il d'un ton suave, affichant son plus beau sourire. Mais Otoniata, choqué de s'être fait couper la parole, réplique qu'il veut lui aussi ce couteau : « Je vous en offre cinq peaux », déclare-t-il avec force en montrant les cinq doigts de sa main grande ouverte. Orinha ne peut déjà plus se passer du couteau à tête d'aigle qui épouse parfaitement la forme de sa main et lui donne une énergie formidable. Il n'est plus question de s'en séparer. Se sentant invincible, habile et sûr de lui, il s'adresse à nouveau aux Hollandais avec calme, en souriant :

— Je vous offre le nombre de peaux que vous voulez en échange du couteau, du chaudron de cuivre et… de cette chemise, ajoute-t-il en saisissant de sa main libre l'une des chemises étalées sur la table.

Les Hollandais croient deviner que l'échange s'annonce avantageux, mais ils hésitent encore, incertains d'avoir bien compris. Otoniata en profite pour tenter de remporter la mise encore une fois en déposant devant lui les sept peaux de castor qui lui restent.

— Je t'offre sept peaux pour ce couteau et pour la couverture. Sept ! répète-t-il avec force.

Orinha, qui n'a encore cédé aucune de ses fourrures et dispose d'un plus grand nombre de peaux que quiconque de son groupe, relance l'enchère : « Dix peaux ! » s'écrie-t-il. La seule chose qui pourrait contrecarrer son plan est qu'Otaniata ait le culot d'utiliser les fourrures des mères du clan, dont il a la responsabilité. Mais il garde le silence.

Orinha coupe alors les cordes qui retiennent son ballot de fourrures à l'aide du précieux couteau et il empile dix peaux devant lui. Avec une grande agilité, il se faufile ensuite entre ses compagnons et les Hollandais, saisit au passage un long tisonnier de fer et une belle pièce de tissu posée sur la table. Puis, d'un air toujours aussi affable, il hausse son offre en ajoutant quatre peaux de plus aux précédentes, en pointant du doigt le chaudron, le tisonnier, la chemise, la pièce de tissu et le fameux couteau qu'il tient fièrement entre ses doigts, afin de bien laisser voir son manche à tête d'aigle. Cette fois, la négociation est claire. Les Hollandais, avides et aguerris, indiquent qu'ils veulent deux peaux supplémentaires pour ce lot d'objets. Orinha n'est pas dupe.

— D'accord. Mais je veux aussi deux poignées de ces perles de verre que mon frère a obtenues de vos voisins. Montre-leur Ganaha…

L'homme et la femme, qui s'efforcent de deviner les paroles d'Orinha, s'interrogent du regard. Pour mieux se faire comprendre, Orinha utilise un mot français dont il se souvient : « Rassade… » en même temps que Ganaha leur montre les perles de verre en question. La femme court aussitôt en chercher chez leur voisin. Le marché se conclut dès son retour. Orinha ajoute les deux peaux demandées pendant qu'elle vide le chaudron avec l'aide de sa fille et que le père tient le bébé dans ses bras. Ensuite, Orinha dépose dans le chaudron les cinq peaux qui lui restent et tous les objets qu'il vient d'acquérir, sauf le couteau qu'il garde précieusement sur lui. Deconissora et Ganaha échangent ensuite des peaux de castor supplémentaires contre une chemise et une pièce de tissu. Otoniata, qui est trop en colère, n'achète rien. Les Iroquois quittent enfin cette maison.

Jean, le lieutenant, est soulagé de voir réapparaître les Iroquois qui sont restés longtemps à cet endroit. D'autant plus que le rapide va-et-vient de la femme entre sa maison et celle du voisin l'avait inquiété. Il s'étonne d'ailleurs que les Iroquois y aient laissé autant de fourrures et juge qu'il est temps d'intervenir, pressentant que quelque chose de spécial s'y est produit. Un jeune Iroquois, qu'il n'a jamais vu, porte un grand chaudron de cuivre d'un air triomphant sur son dos, alors qu'Otoniata est à l'évidence de fort mauvaise humeur. Suivi des trois soldats qui l'accompagnent, il s'avance donc à travers les habitants de Rensselaerwyck qui courtisent les Iroquois et les intercepte avant qu'ils pénètrent dans une autre maison.

— Otoniata, dit-il en iroquois au chef du groupe, le gouverneur veut te rencontrer. Il a hâte de te voir et veut prendre de tes nouvelles. Il a des présents à t'offrir et m'a bien dit que tu ne dois pas tarder. Il est le temps pour toi et tes frères de me suivre chez le gouverneur.

Jean a choisi le bon moment. Otoniata se sent valorisé et rassuré par l'intervention du lieutenant. Le groupe de soldats et d'Iroquois se dirige donc d'un pas ferme en direction du fort en écartant les habitants qui maugréent contre celui qui vient de mettre fin à leur traite. Car ils savent bien que le gouverneur s'accaparera tout le reste des peaux. Les habitants qui n'ont pas obtenu leur part tentent une dernière fois de convaincre l'un des Iroquois d'échanger des fourrures avec eux, contre un couteau, un fusil ou une chemise. Mais en vain. Ils se préparent désormais pour la négociation la plus importante de la journée.

Orinha est tellement transporté par ce qu'il vient de vivre qu'il est à peine conscient de ce qui l'entoure. Il craint d'avoir cédé trop de peaux dans l'échange, mais il est si heureux d'avoir obtenu tout ce qu'il désirait : le chaudron pour Katari, les perles pour séduire une femme à marier, la chemise hollandaise qu'il porte fièrement… Réflexion faite, il ne regrette rien. Il a surtout acquis ce merveilleux couteau à tête d'aigle dont le contact sur sa peau l'inonde de chaleur. En tenir le manche dans sa main lui procure un étrange sentiment d'exaltation, comme si un esprit bienfaisant se glissait en lui, le protégeait et lui montrait la voie à suivre… Orinha a du mal à comprendre ce qui lui arrive.

Le soleil a déjà passé son zénith lorsque le petit groupe atteint l'entrée du fort. Jean n'a qu'à lancer un ordre pour que la porte s'ouvre. Une quarantaine de soldats forment alors deux rangées d'honneur entre lesquelles s'avancent les Iroquois. Les guerriers des deux camps se saluent avec respect. Jean conduit ensuite ses protégés jusqu'à un abri de toile sous lequel Otoniata et ses frères prennent place, où le gouverneur de Rensselaerwyck et commandant du fort, Peter Orlaer, les rejoint quelques instants plus tard, habillé de ses plus beaux habits. Il porte une épée à la taille et un couvre-chef noir agrémenté de plumes colorées sur la tête, dans le style hollandais. Il s'adresse ainsi à ses invités en langue iroquoise qu'il maîtrise fort bien.

— Les Hollandais sont les meilleurs amis des Iroquois. Moi qui suis leur chef, je suis toujours heureux de vous accueillir. Soyez les bienvenus au fort Orange. Comme vous voyez, j'ai fait mettre une chaudière sur le feu. Tout à l'heure, nous mangerons ensemble pour célébrer le marché que nous allons conclure. Je n'ai ménagé ni la farine de maïs, ni la viande de cerf, car j'aime mes frères iroquois et je veux qu'ils repartent heureux de m'avoir rendu visite. Je souhaite que l'amitié entre nous se perpétue à jamais et que vous reveniez souvent commercer avec moi.

Le gouverneur marque alors une pause, regardant dans les yeux chacun des Iroquois qui lui rendent visite. Ses soldats forment un demi-cercle derrière lui et confèrent encore plus de prestige et d'autorité à sa personne. Orlaer reprend la parole en pointant du doigt les ballots de fourrures.

— Je vois que vous avez apporté beaucoup de belles peaux de castor et je vous en remercie. En échange, je vous offre des présents qui sont dignes des grands guerriers que vous êtes et des efforts que vous faites pour nous approvisionner régulièrement en fourrures. Vous avez compris ce qui nous rend heureux. Je vous le dis sincèrement, les Iroquois et les Hollandais sont les meilleurs guerriers de la terre. Que Dieu fasse que nous n'ayons plus jamais à nous battre les uns contre les autres, comme c'est arrivé par le passé. Oublions ces temps révolus, n'y pensons plus, car la confrontation serait terrible. Les Hollandais vous ont toujours procuré leurs meilleurs fusils en échange de vos peaux de castor, et vous en avez fait bon usage. Mais les Hollandais sont un peuple inventif et travaillant qui s'améliore constamment. Je viens de recevoir de nouveaux fusils, meilleurs que tous ceux que vous avez tenus entre vos mains jusqu'à maintenant. Ils me sont parvenus ici après un long et périlleux voyage sur l'océan. Les Hollandais qui habitent en grand nombre de l'autre côté de la mer salée viennent tout juste de les fabriquer, grâce à leur habileté incomparable. Ce sont ces fusils extraordinaires que je vous offre. Venez par ici. Venez les admirer…

Bien disposés par le discours flatteur du gouverneur, les huit Iroquois se lèvent et suivent le chef des Hollandais jusqu'à un petit bâtiment de pierre gardé par une vingtaine de soldats. Tout a été préparé avec soin pour impressionner les Indiens. Une fois rendu à l'endroit désigné, le gouverneur fait ouvrir la double porte qui ferme l'entrée de la poudrière.

Ensuite, cinq soldats vont y chercher une trentaine de fusils qu'ils déposent avec célérité contre le mur extérieur du bâtiment. Les longs canons bien polis de ces fusils neufs luisent sous le soleil.

— Voici les fusils dont je vous ai parlé, annonce le gouverneur. Dans ce bâtiment, il y a aussi toute la poudre que vous désirez. Approchez, n'ayez pas peur. Regardez comme nous avons beaucoup de poudre à vous offrir…

Le gouverneur se retire pour que les Iroquois puissent regarder à l'intérieur de la poudrière par la porte entrouverte. Jean, le lieutenant, reste près de l'entrée pour leur barrer le passage s'il leur prenait envie d'y pénétrer. Orinha distingue par-dessus l'épaule de ses frères, dans la pénombre, quarante ou cinquante grands tonneaux de bois et plusieurs barillets. Il voit là assez de poudre pour faire la guerre pendant dix ans ! Le lieutenant en profite pour regarder ce jeune Iroquois de plus près et constate que ses traits sont différents de ceux de ses compagnons. Avec la chemise hollandaise qu'Orinha porte par-dessus ses vêtements iroquois, il ressemble beaucoup à un Européen. Il remarque aussi qu'il réagit différemment. Alors que les autres Iroquois sont estomaqués par l'étalage de puissance que le gouverneur prend plaisir à leur mettre sous les yeux, cet Iroquois observe froidement ce stock de poudre comme s'il en mesurait la valeur, comme s'il calculait quelque chose…

— Impressionnant, n'est-ce pas ? fait remarquer le gouverneur. Vous admirez probablement la plus grande quantité de poudre que vous aurez l'occasion de voir de toute votre vie. Observez-la bien. Les Hollandais sont puissants et rassemblent ici toute la poudre qu'ils possèdent pour satisfaire tous vos besoins et vos désirs. Quant aux fusils, ce sont les meilleurs du monde, réaffirme Orlaer d'une voix forte, meilleurs que ceux des Français et des Anglais. Qu'en dites-vous ? N'est-ce pas un marché digne des guerriers redoutables que vous êtes ? Retournons maintenant nous asseoir et discutons. Mes soldats vous serviront la sagamité que nous avons préparée pour vous.

À pas lents, l'air songeur, Otoniata retourne le premier sous la toile. C'est à lui que revient la responsabilité d'échanger presque toutes les fourrures qui leur restent, celles que les mères du clan lui ont confiées pour qu'il leur rapporte des pois, des couvertures et des outils. Il s'assoit pendant que ses compagnons s'attardent près des fusils qu'ils manipulent avec envie, impressionnés par les longs canons et le métal tout neuf. Plusieurs soldats les surveillent de près. Orinha, lui, continue de scruter l'intérieur de la poudrière et de compter les barils, en tentant d'imaginer ce qu'une telle quantité de poudre pourrait représenter en coups de fusil et en coups de canon… Jean, qui reste posté près de lui, croise soudain son regard : Orinha lui sourit à belles dents. Emporté par une intuition détonante, Jean s'exclame tout à coup : « Par le sang de Dieu ! je veux bien être pendu si tu es Iroquois ! » Il s'est exprimé en français, car il est un huguenot de France qui a fui son pays pour s'établir dans la colonie hollandaise. Orinha n'en croit pas ses oreilles et reste paralysé…

— Par Dieu ! répète le soldat. Qui es-tu ? Parle, étranger ! Es-tu Français ou Iroquois ?

Orinha, qui n'a pas entendu un mot de français depuis dix-huit mois, ne peut répondre tant sa surprise est totale. Le soldat devine qu'il a visé juste et le questionne à nouveau en secouant vivement ses épaules.

— Pardi ! Que je sois damné si tu n'es pas Français comme moi ! Réponds ! Es-tu Français ?

Orinha retrouve enfin l'usage de la parole et répond dans sa langue maternelle.

— Oui, je suis né Français. Mais je suis Iroquois maintenant. Mes frères m'ont adopté, ajoute-t-il en pointant du doigt ses sept compagnons qui regardent la scène avec étonnement.

Le lieutenant laisse alors tomber son fusil et serre Orinha dans ses bras comme s'il retrouvait son frère. Il l'étreint de toutes ses forces. Orinha, bouleversé, ne sait que faire. Le soldat en pleure d'émotion. Ganaha et les autres Iroquois n'y comprennent rien et commencent à s'inquiéter. Le gouverneur, qui parle également français, réalise qu'il doit intervenir sur-le-champ.

— Ne vous en faites pas, lance-t-il aux Iroquois dans leur langue. Mon plus fidèle soldat a reconnu votre frère et s'en réjouit. Ne vous inquiétez pas.

Puis, il se tourne vers Orinha et lui demande s'il est bien Français.

— Oui, j'ai été capturé en Nouvelle-France, puis adopté, répond Radisson en français, tout étonné de comprendre et de parler aussi bien sa langue après si longtemps.

Le gouverneur se retourne alors vers les autres Iroquois qui manifestent leur désarroi en poussant des exclamations de doute et de mécontentement.

— Ne vous en faites pas, leur dit-il en iroquois, votre frère nous dit à quel point il est heureux d'être l'un des vôtres. Réjouissez-vous et ne vous alarmez pas. Je vais me retirer un moment avec lui, car il est rare qu'un Français fasse autant honneur à votre peuple et je veux connaître son histoire. Pendant ce temps, Otoniata, tu vas discuter avec Jean, mon lieutenant. Je veux toutes vos fourrures et je suis prêt à me montrer généreux. En plus des fusils et de la poudre, vous aurez droit à tous les pois que vous pourrez ramener chez vous pour contenter vos femmes.

Le gouverneur pointe alors Otoniata du doigt et ajoute d'un ton sévère.

— J'ai confiance en toi, Otoniata, ne te laisse pas distraire par ma conversation avec ton frère. Ne rate pas l'avantageux marché que je te propose

aujourd'hui, car je ne serai pas toujours aussi généreux à ton égard. D'autres Iroquois profiteront de
mon offre à ta place si tu ne la saisis pas. Penses-y
bien et ne me déçois pas. À tout à l'heure.

Le gouverneur fait ensuite signe à Orinha de le
suivre, en ordonnant à Jean de finaliser l'échange
de fourrures avec les Iroquois. Orinha emboîte le
pas au gouverneur et tous deux s'éclipsent dans ses
appartements.

* * *

Dès que Peter Orlaer s'assoit derrière son massif
bureau de bois, il regarde Orinha droit dans les
yeux et s'adresse à lui en français.

— Je peux t'aider, lui dit-il. Je peux racheter ta
liberté à n'importe quel prix. Mais raconte-moi
d'abord ton histoire. Je veux savoir qui tu es. Parle.

Orinha est tout de suite déstabilisé en compre-
nant que son interlocuteur veut qu'il s'exprime
en français. Il cherche ses mots pendant un long
moment... son silence lui semble durer une
éternité.

— Prends ton temps, ajoute le gouverneur en
voyant l'hésitation du jeune Iroquois. Je ne suis pas
pressé.

Orinha est très impressionné par l'attention
que lui porte cet homme puissant et éduqué, qui
connaît plusieurs langues et habite cet appartement

263

richement décoré et meublé. De sa vie, il ne se souvient pas d'avoir visité un aussi beau logis, même à Paris où son père fréquentait quelques marchands plus riches qu'eux. Il est particulièrement fasciné par un énorme globe terrestre monté sur un châssis de bois, qui trône au milieu de la pièce. Il y voit d'étranges animaux, de grands navires voguant toutes voiles dehors et de larges surfaces peintes en couleurs, constellées d'écritures gracieuses. Il remarque que les pattes du bureau du gouverneur sont torsadées et sculptées. Derrière lui, des dizaines de livres reposent dans une bibliothèque en bois ouvré. Sur l'un des murs pend le portrait d'un homme habillé de somptueux tissus colorés.

Le regard d'Orinha s'arrête aussi sur les nombreux papiers posés sur la table du gouverneur. Il observe avec étonnement son encrier, ses plumes, un coffret de métal brillant, et les mots français commencent à lui revenir en mémoire, peu à peu, puis plus rapidement, comme une avalanche. Il se met à parler tout en serrant le manche de son précieux couteau à tête d'aigle à travers ses vêtements.

— Mes parents m'ont sauvé de la torture parce que j'ai démontré un grand courage, dit d'abord Orinha en bombant le torse. Mon frère Ganaha, qui est avec moi, est celui qui m'a capturé en Nouvelle-France. C'est lui qui a voulu m'adopter. Il me trouve fort et brave. Il m'a appris la chasse et la guerre.

J'ai fait un long voyage avec lui et avec notre chef Kondaron jusque dans un pays très éloigné d'ici, en direction de l'ouest. Nous avons remporté plusieurs victoires contre la nation des Ériés. Je suis fier d'être Iroquois. J'aime mes frères et ils m'aiment aussi.

Orinha ne sait plus quoi dire… Il se demande ce que veut savoir cet homme et pourquoi il le regarde d'un air incrédule. Tout ce qu'il souhaite, c'est retourner avec les siens pour en finir avec cette traite qui s'est bien déroulée jusqu'à maintenant. Il a hâte de rentrer au village, de distribuer ses présents et de comprendre quel phénomène étrange le lie à ce couteau…

— Tu peux t'asseoir, dit le gouverneur. Ne te gêne pas.

— Je préfère rester debout, répond Orinha.

— Comme tu veux…

D'un regard perçant, Orlaer observe avec curiosité ce jeune Français adopté.

— Parle-moi un peu de ta vie en Nouvelle-France, lui demande-t-il. Tu es né là-bas ?

— Je n'ai vécu qu'un an en Nouvelle-France, répond Radisson. Je suis né en France, près de Paris. Mon nom français est Radisson, Pierre-Esprit Radisson, comme mon père, qui était marchand. Mais il a disparu et j'ai rejoint mes sœurs en Nouvelle-France. Mon nom iroquois est Orinha. Tout le monde dit que je suis digne de porter ce nom, qui était celui du fils aîné de mon père

Garagonké et de ma mère Katari. Il est mort au combat et je le remplace.

— Oui, je connais cette coutume, acquiesce le gouverneur. Alors c'est vrai, tu te plais chez les Iroquois ? demande Orlaer avec une pointe de scepticisme dans la voix.

— J'aime mes parents. J'aime mes frères et mes sœurs. Je veux faire ma vie parmi eux. À mon retour au village, je vais me marier.

Surpris par l'assurance du jeune homme, le gouverneur tente de comprendre son attitude inhabituelle.

— Tu sais qu'il est rare qu'un prisonnier français me dise qu'il est heureux de vivre parmi les Iroquois ? À vrai dire, c'est la première fois que j'entends un Européen affirmer une telle chose. D'habitude, ils me supplient de les libérer...

— Je ne suis pas un prisonnier, réplique Orinha. Je suis un vaillant guerrier et un bon chasseur. Mes parents sont fiers de moi.

— D'accord, tu n'es pas un prisonnier, je le concède. Néanmoins, j'ai le pouvoir de racheter ta liberté si tu le désires. Je peux t'aider à retrouver ton pays et ta famille. N'est-ce pas ce que tu désires ?

Troublé par cette possibilité inattendue qui se présente à lui pour la seconde fois, Orinha hésite. La première fois, il a failli en mourir... Il y a si long-temps qu'il a songé à retourner parmi les siens... Maintenant qu'il a trouvé sa voie et pris sa place chez les Iroquois, pourquoi devrait-il repartir à zéro et regagner la Nouvelle-France ?

— Ma mère et mes frères m'attendent, finit-il par répondre. Mon père aussi. Ils seraient très déçus que je ne revienne pas au village. Je leur dois beaucoup. Ils m'ont sauvé la vie. J'aime mieux rester chez les Iroquois.

Le gouverneur a du mal à croire ce qu'il entend. Bien qu'il n'ait pas l'intention de forcer la main de ce fascinant jeune homme qui dit préférer son nouveau mode de vie à celui des Européens, il veut tout de même s'en assurer et répète son offre.

— Jeune homme, vous m'étonnez beaucoup. Je vous répète que je peux vous tirer des griffes de ces barbares. Je suis prêt à racheter votre liberté à n'importe quel prix. Dites-moi votre préférence et je m'y conformerai.

Orinha n'y pense qu'un instant. Il a déjà répondu qu'il voulait continuer sa vie chez les Iroquois et il n'a pas l'intention de se contredire. Il n'a qu'une parole.

— Je veux revoir mon père Garagonké et lui raconter mon voyage. Il mérite que je lui fasse honneur, car c'est un grand guerrier et un homme admirable. Mon destin est de vivre parmi les Iroquois et je suivrai mon destin. Laissez-moi partir. Mes frères m'attendent.

Devant une telle détermination, le gouverneur s'incline, bien qu'à moitié convaincu.

— Soit, si vous y tenez. Sachez, cependant, que la vie que vous choisissez est dangereuse. J'admire votre courage mais si vous changez d'idée, vous pourrez toujours compter sur moi. Mon offre restera valable. Allons donc retrouver vos frères, puisque c'est ce que vous désirez, avant qu'ils ne perdent patience.

Dès qu'il rejoint ses compagnons, Orinha sent qu'un profond malaise s'est installé parmi eux. La traite a apparemment été bâclée par Otoniata. Presque tout est prêt pour le départ : cinq barillets de poudre et trois poches de pois ont été déposés sous la toile où sont rassemblés les Iroquois. Toutes les fourrures ont disparu, y compris celles d'Orinha. Des soldats finissent d'attacher cinq lots de fusils ensemble. Le plus étrange est la rumeur qui provient de l'extérieur du fort, comme si une foule bruyante se pressait contre la porte. En fait, la nouvelle de ce Français qui est devenu Iroquois s'est répandue dans tout Rensselaerwyck et les habitants veulent voir ce phénomène extraordinaire.

Aucun Iroquois ne demande à Orinha ce qui s'est passé chez le gouverneur, ni ne lui explique comment la traite s'est déroulée en son absence. Ganaha l'aide en silence à charger un barillet de poudre et un sac de balles de plomb dans son grand chaudron. Orinha ne pose pas de question non plus. Les tissus qu'il a acquis protègent la poudre contre les chocs. Il ploie sous la lourde charge dont il se saisit. Ses compagnons se partagent les autres barillets, les munitions, les sacs de pois et les vingt-cinq fusils tout neufs qu'ils ont acquis.

Au moment du départ, le gouverneur félicite les Iroquois de leurs acquisitions et les remercie pour les belles fourrures données en échange. Dès que la porte du fort s'ouvre, une centaine d'habitants pousse des cris de joie en pointant du doigt les Iroquois, au hasard, recherchant parmi eux le Français. Jean prend les devants et repousse les curieux avec son fusil : « Écartez-vous. Laissez-nous passer. Reculez. » Cinq autres soldats protègent le groupe et l'aident à se frayer un passage. Mais plus ils avancent dans le village, plus les habitants se font nombreux. Bientôt, les Iroquois n'ont d'autre choix que de s'arrêter et de déposer leur fardeau pour satisfaire la curiosité des Hollandais qui veulent voir Radisson de plus près, cet homme qui est pour eux une énigme. Ils ont fini par l'identifier et plusieurs tiennent absolument à toucher cet Européen qui se plaît à vivre en « Sauvage ». Les soldats ne peuvent que limiter le désordre. Certaines personnes s'adressent à lui en hollandais pour le convaincre de demeurer parmi eux, tirant sur ses vêtements pour le sortir de force du groupe. Jean et les autres soldats les repoussent à tour de rôle en criant : « Dégagez ! Dégagez ! » La foule se disperse au fur et à mesure que les curieux ont pu palper de leurs mains l'incroyable phénomène.

Avant qu'Orinha ne reprenne son chargement, Jean le serre de nouveau dans ses bras avec émotion et lui glisse à l'oreille en français : « Je regrette tant de te voir partir avec ces barbares ! Je prierai pour toi. Bonne chance ! » Une femme se précipite aussi dans ses bras et lui donne du pain et des prunes : « Prends, lui dit-elle, c'est pour toi. Que Dieu te garde ! » Puis elle saisit son visage entre ses mains et l'embrasse à pleine bouche, en pleurant à chaudes larmes. Orinha, ou Radisson, il ne sait plus exactement qui il est, ne peut détacher son regard de cette femme éplorée qui regrette de le voir repartir avec ses frères... Pourtant, machinalement, comme ses compagnons, Orinha remet la charge sur son dos et quitte le village hollandais. Il ferme la marche, bouleversé. Aucun de ses compagnons ne lui adresse la parole, ni ne se retourne avant qu'ils ne disparaissent dans les bois.

Il faut deux jours entiers pour qu'Orinha se remette de ses émotions. En fin de compte, il est plutôt content de retourner chez lui. Il a hâte de retrouver un peu de quiétude et de se concentrer sur ses projets : choisir une bonne épouse et tenter d'éclaircir le mystère du couteau à tête d'aigle. Il préfère oublier l'intense parenthèse qu'il vient de vivre. Son frère Ganaha a trouvé lui aussi cet incident bien troublant. Puisqu'il a l'intention d'épouser Oréanoué à son retour et de déménager dans la maison du clan du Loup, comme le veut la coutume, il se dit que son frère adopté n'a plus qu'à se débrouiller sans lui. Il ne veut plus assumer la responsabilité de veiller sur Orinha et n'en voit plus l'utilité. Tous les autres Iroquois ont l'impression d'avoir vécu un événement spécial qui fera sensation lors des longues soirées d'hiver, lorsqu'ils raconteront la vive réaction des Hollandais autour du feu familial. Ils ne doutent pas qu'Orinha soit l'un des leurs, puisqu'il revient avec eux malgré l'accueil exceptionnel que le gouverneur et les Hollandais lui ont réservé. Il a sa place parmi eux comme guerrier, chasseur et maintenant commerçant, mais une place à part, unique.

CHAPITRE 11

Orinha ou Radisson ?

Depuis plusieurs jours, Katari est de fort mauvaise humeur. Elle boude ses hommes et leur reproche d'avoir rapporté trop d'armes à feu de chez les Hollandais. Elle aurait souhaité plus de tissu, d'outils et de nourriture. En plus, trop d'hommes du clan sont partis à la guerre au lieu d'aller chasser, privant ainsi les femmes des réserves de nourriture qu'elles tiennent à accumuler avant l'hiver. Orinha a pourtant fait son possible en lui offrant un grand chaudron de cuivre et un tisonnier pratique. Il lui a aussi donné une partie de son tissu. Mais ces cadeaux ne suffisent pas. Katari voit qu'Orinha est devenu comme les autres hommes, un jeune guerrier fier et orgueilleux. Elle est déçue de lui, car elle espérait que ce Français ressemblerait au jésuite qui a séjourné dans leur village et qui parlait si souvent de paix. Elle croyait que son fils adopté deviendrait un allié du chef Teharongara, son ami, qui a dû quitter le village pendant l'absence d'Orinha. Ce départ l'a d'ailleurs rendue furieuse.

L'événement fâcheux s'est produit quand la délégation d'Onnontagués qui est venue au village pour rallier les Agniers aux pourparlers de paix avec les Français a été mal accueillie. Elle a participé aux discussions, comme d'autres mères de clan, et Katari a appris que quatre des cinq nations iroquoises veulent faire la paix avec les Français. Sauf les Agniers qui demeurent inflexibles et refusent catégoriquement d'abandonner la lutte.

Aucun des arguments invoqués par les Onnontagués, par le chef Teharongara ou par les mères de clan, n'a infléchi la détermination des chefs de guerre qui projettent d'exterminer les Français, même au risque de faire éclater la Confédération des Cinq-Nations iroquoises. Les mères de clan ont objecté qu'elles ne pouvaient plus accepter qu'autant de leurs fils meurent au combat, surtout si les autres nations font la paix et que les Agniers sont désormais les seuls à en payer le prix. Mais les chefs de guerre se sont montrés si arrogants et butés qu'ils ont chassé les mères de clan des conseils, sans égard à la tradition. Les ambassadeurs onnontagués n'ont pas jugé bon de rester plus longtemps et sont repartis seulement deux jours après leur arrivée. Le chef de paix Teharongara les a accompagnés par crainte de représailles tellement les partisans de la guerre ont l'esprit injecté de haine et de sang.

Katari était si fâchée qu'elle a dit sans détour aux chefs de guerre que son mari Garagonké n'aurait certainement pas été aussi stupide, au point d'éconduire ainsi les ambassadeurs onnontagués, tout chef de guerre qu'il est. Ils n'ont pas apprécié son franc-parler et lui ont remis sous le nez qu'elle n'était qu'une captive huronne adoptée, qui n'avait pas à se mêler de leurs affaires. Katari en est encore terriblement vexée, elle qui a passé toute sa vie chez les Agniers et sacrifié deux de ses fils à leur passion pour la guerre. Alors, quand Otoniata et les autres hommes de son clan ont rapporté tous ces fusils et toute cette poudre, au lieu des outils et des marchandises que les femmes avaient demandées en priorité, Katari s'est enragée pour longtemps contre tous ces guerriers.

Orinha voit bien aussi que l'absence prolongée de Garagonké et les mauvaises nouvelles qui leur parviennent à son sujet mettent Katari complètement à l'envers. Elle craint que son mari ait finalement péri au combat et qu'elle doive encore une fois payer le prix fort. Elle n'en parle pas, mais Orinha sait que l'inquiétude la ronge de plus en plus. Lui aussi s'en fait beaucoup pour son père. Encore aujourd'hui, les membres d'une expédition du village voisin de Sacandaga sont revenus de chez les Français sans avoir vu Garagonké depuis plusieurs semaines.

* * *

Depuis la confirmation de son union avec Oreanoué, Ganaha passe son temps avec sa fiancée dans la maison du clan du Loup. C'est ainsi qu'Orinha a perdu son meilleur compagnon. Parmi les autres membres de l'expédition à laquelle il a participé, Kondaron et Otasseté ne sont pas de retour de chez les Andastes. Deconissora et Thadodaho gardent leur distance depuis le voyage de traite à Rensselaerwyck et Tahira est resté chez les Onneiouts pour l'hiver, après avoir livré le prisonnier érié à la famille d'Atotara. Seul Shononses, qui habite autour du feu voisin de celui de la famille d'Orinha, dans la maison de l'Ours, passe beaucoup de temps avec lui. Son bras blessé qui a mal guéri et qui le fait encore souffrir l'oblige à prendre beaucoup de repos.

— Je ne pourrai plus jamais tirer de l'arc comme avant, avoue Shononses avec regret. Mon bras n'est plus assez fort. Mais si tu veux m'enseigner à tirer du fusil aussi bien que toi, je pourrai redevenir un bon chasseur…

— Je t'enseignerai, lui répond Orinha, tu peux compter sur moi. Je suis sûr que tu redeviendras l'un des meilleurs d'entre nous.

Orinha hésite à se confier à Shononses, mais avec qui d'autre pourrait-il discuter de ce qui l'intrigue tant depuis son retour de Rensselaerwyck ? Finalement, son besoin de parler l'emporte sur ses hésitations.

— J'ai une question à te poser, lui dit Orinha d'un air grave.

— Je t'écoute, répond Shononses.

Orinha ne comprend pas pourquoi son couteau à tête d'aigle exerce un tel effet sur lui. Il en est venu à la conclusion que par l'intermédiaire de ce couteau, il a rencontré son esprit tutélaire : celui de l'aigle. Mais il n'en est pas certain. Comme il s'agit d'un sujet secret, Orinha l'aborde par une voie détournée. Il sort son couteau de sous ses vêtements et le montre à Shononses.

— Regarde. Je l'ai acheté chez les Hollandais. As-tu déjà vu un couteau semblable ?

Shononses est surpris. Il le prend délicatement, tenant la lame dans sa main droite et le manche de la gauche, comme s'il était fragile, ou dangereux. Il l'observe attentivement.

— Quel beau couteau ! s'exclame-t-il au bout d'un moment. Non, je n'en ai jamais vu de semblable...

Shononses le tourne dans tous les sens pour apprécier les particularités du manche sculpté. En son milieu, là où la paume se referme, les plumes d'aigle sont larges et lisses, de sorte qu'il est facile de tenir l'arme fermement. À l'extrémité, la tête et le bec de l'aigle sont finement dessinés et forment une saillie qui empêche la main de glisser. La jonction du manche et de la lame – qui est large et solide – est aussi très détaillée. Elle est composée d'une touffe de fines plumes hérissées formant une petite garde qui protège la main. Shononses est incapable de détacher ses yeux de ceux de l'aigle, qui semblent vivants… Lorsqu'il réussit à rompre le charme, il demande à Orinha :

— Où te l'es-tu procuré, m'as-tu dit ?

— À Rensselaerwyck, dans une famille où les femmes l'utilisaient comme couteau de cuisine. Je l'ai acquis en même temps que le gros chaudron de cuivre que j'ai donné à Katari.

— Très beau couteau, répète Shononses d'un ton admiratif, vraiment. Prends-en bien soin.

— Sais-tu de quoi le manche est fait ? demande Orinha.

Shononses observe l'objet avec encore plus d'attention. Il le gratte de ses ongles et le goûte du bout de la langue. Il soupèse le poids du manche et de la lame en plaçant le couteau en équilibre sur son index.

— C'est de la corne, répond-il avec assurance, mais je ne sais pas de quel animal. Je n'en ai jamais vu comme celle-là. D'après moi, ce couteau n'a pas été fabriqué par un Iroquois, en tout cas pas par un de notre nation. Ni par un Hollandais d'ailleurs… Garde-le précieusement. C'est une arme de grande valeur.

Orinha est surpris d'apprendre que ce manche provient d'une contrée inconnue et qu'il a probablement été sculpté par un étranger… Il le reprend dans ses mains.

— Dès que je l'ai vu, j'ai su qu'il me le fallait. Je n'ai pas pu résister. Comme si...

Mais il retient à temps la confidence qu'il allait faire, pour conserver intacts son secret et ainsi le pouvoir de l'esprit qui habite vraisemblablement cet objet. Il range son couteau, remercie Shononses et va se promener en forêt pour réfléchir à ce curieux phénomène : il aurait fait la rencontre de son esprit tutélaire par le biais d'un objet étranger à la nation Agnier...

Le soir même, autour du feu familial, Orinha se retrouve seul avec Conharassan et lui montre son précieux couteau. Sa sœur réagit encore plus vivement que Shononses.

— Quel beau couteau ! s'exclame-t-elle avec enthousiasme. Où l'as-tu trouvé ?

— À Rensselaerwyck, pendant mon voyage de traite. Écoute Conharassan, je voudrais que tu me fabriques un bel étui en cuir pour que je puisse toujours le porter sur moi. Si tu acceptes, je te donnerai le beau tissu rouge que j'ai ramené de chez les Hollandais. Tu me ferais vraiment plaisir.

— Bien sûr que j'accepte. Tu sais que je ferais n'importe quoi pour toi... Comment veux-tu le porter, à la taille, dans ton dos, sur ta poitrine ?

— Je veux le porter ici, sur ma poitrine, caché sous mes vêtements...

Le lendemain, Conharassan se met à l'œuvre. Elle y consacre la journée entière. Orinha reste à côté d'elle tout ce temps pour surveiller son couteau et admirer le travail de sa sœur bien-aimée. Il prend plaisir à la regarder travailler avec minutie, adresse et patience, taillant les morceaux de cuir et à les cousant ensemble solidement. Elle a commencé par prendre les mesures directement sur le corps d'Orinha pour que l'étui soit parfaitement ajusté.

En soirée, l'ouvrage est presque terminé. Orinha se sent heureux et soulagé. Il apprécie l'affection et le dévouement de Conharassan et il ne se lasse pas de contempler son visage resplendissant, son air espiègle lorsqu'elle assouplit le cuir avec ses dents, et son attitude vigilante quand elle solidifie l'étui d'une deuxième couture, avec application. Dans la lueur vacillante du feu, il voit ses yeux briller d'amour pour lui. Orinha l'épouserait volontiers s'il pouvait marier une femme de son clan. Il est convaincu que Conharassan lui ferait une bonne épouse et qu'il serait un bon mari. Mais la règle iroquoise l'interdit. Alors Orinha doit chercher ailleurs la femme de sa vie, et Conharassan devra se trouver un autre amant. Il a d'ailleurs remarqué qu'elle essaie depuis peu de se détacher de lui, encouragée par sa sœur aînée qui lui a sans doute fait comprendre que cette histoire d'amour ne menait nulle part.

Orinha récupère son couteau avant la tombée de la nuit, mais Conharassan refuse de lui remettre l'étui. « Je ne l'ai pas encore terminé », lui dit-elle. Le lendemain, elle y ajoute une petite pochette dans laquelle elle glisse un délicat bracelet de coquillages qu'elle portait au poignet ainsi qu'une mèche de ses cheveux.

— C'est pour te porter chance, dit-elle en remettant finalement l'ouvrage à Orinha. Ton couteau est bien trop beau pour tuer. Il t'aidera à faire ton chemin dans la vie et peut-être à te défendre. Mais ce n'est pas un couteau de guerre. Ne l'oublie pas. N'oublie pas non plus ta petite sœur préférée qui a fabriqué cet étui avec amour…

Conharassan l'embrasse. Orinha glisse ensuite son puissant couteau à tête d'aigle dans son précieux étui, l'endosse, l'ajuste, puis, satisfait, va chercher le tissu rouge qu'il donne à sa sœur en la serrant très fort dans ses bras.

* * *

Orinha est parti seul chasser. Ganaha n'a pas accepté de l'accompagner, préférant rester avec Oreanoué et ses nouveaux frères du clan du Loup. Pendant qu'il erre en forêt à la recherche de gibier, Orinha tente de chasser son vague à l'âme. Il aimerait tant ne pas s'inquiéter de l'absence de Garagonké, mais c'est plus fort que lui, il s'ennuie terriblement de son père. C'est pour lui qu'il est devenu guerrier. Il rêve de lui raconter ses victoires pour voir briller la fierté du père pour son fils dans ses yeux. À tout le moins, il aimerait retrouver l'affection de sa mère qui l'a pris en grippe.

Orinha pense de plus en plus souvent à la réponse orgueilleuse qu'il a faite au gouverneur hollandais. Il n'est plus du tout sûr d'avoir bien réagi. Il aurait besoin d'en parler à une personne de confiance comme son père, même si l'avis que lui donnerait Garagonké lui est connu d'avance. Au moins, il se sentirait appuyé, rassuré, confirmé dans son choix d'être Iroquois. Alors que maintenant, il ne sait plus... Il aimerait encore se sentir apprécié comme lorsqu'il est arrivé au village en triomphe avec son butin de guerre et sa prisonnière. Tout le monde l'acclamait...

Le visage du soldat français qui l'a reconnu à Rensselaerwyck lui revient souvent en mémoire, lui qui était si heureux de le savoir Français, comme lui, et si triste de le voir repartir avec les Iroquois... Il revoit aussi le visage de cette femme en pleurs qui l'a embrassé, il goûte encore ses lèvres chaudes, il entend sa voix émue lui dire : « Que Dieu te garde ! » Orinha se demande si ces personnes l'ont déjà oublié ou si elles pensent encore à lui, comme lui pense à elles... Ici, il y aurait bien Conharassan ou Maniska pour réchauffer son cœur, mais il ne peut fonder une famille avec l'une parce qu'elle est de son clan, ni avec l'autre parce qu'elle est une esclave. Décidément, la vie au village est bien compliquée. Tout était plus simple quand il était en expédition ; ils n'avaient qu'à rester unis, qu'à manger, se cacher, tuer et survivre.

Il y a bien cette femme énigmatique qui se nomme Sorense, du clan du Castor. De toutes les jeunes femmes du village, c'est elle qu'Orinha trouve la plus séduisante, la plus attirante. Il a même commencé à la courtiser dès son retour de Rensselaerwyck. Mais son attitude le renverse. Quand il lui a offert des perles de verre et du tissu, elle l'a repoussé, tout en continuant de lui lancer ces regards enjôleurs qui l'enflamment. Il se souvient mot pour mot de ce qu'elle lui a dit : « On te dit brave, Orinha, mais l'homme que j'épouserai doit l'être davantage. Prouve-moi que tu es le plus courageux, le plus intrépide. Pars combattre les Susquehannocks et ramène-moi un prisonnier. Vas-y seul, affronte-les seul. Si tu remportes la victoire, je saurai que tu es le plus brave et je ferai tout ce que tu désires. Je serai à toi pour toujours... » Orinha se demande comment il pourrait satisfaire cette femme qui l'intrigue et l'attire. Pourquoi le provoque-t-elle ainsi ?... En tout cas, il n'est pas fou d'elle au point de risquer sa vie en allant combattre seul les Susquehannocks ; du moins pas encore.

* * *

Les préparatifs pour l'hiver vont bon train. Les hommes valides chassent et boucanent la viande, ramassent et coupent du bois. Les femmes rapportent des champs les courges qu'elles empilent aux extrémités des maisons. Elles pilent aussi le maïs séché qui est resté longtemps pendu au soleil sur les parois des maisons, en longues guirlandes. La saison froide étend progressivement son emprise et ralentit la vie.

Dans la maison du clan de l'Ours, Otoniata est gravement malade, comme une dizaine d'autres Iroquois qui luttent contre la mort. Un shaman du clan de la Tortue est venu pour chasser les mauvais esprits qui se sont emparés des mourants. Ce sorcier affirme, tout comme Katari, que c'est la faute des Hollandais qui leur ont jeté un mauvais sort. Car chaque saison de traite apporte ces maladies foudroyantes qui font de nombreuses victimes, année après année.

Orinha est occupé à empiler du bois à une extrémité de la maison quand il surprend ses deux sœurs en train de se disputer, à l'autre bout. Il entend l'éclat de leur voix, mais ne comprend pas ce qu'elles se disent. À l'évidence, Assasné fait des reproches à Conharassan qui lui répond en pleurant. Tout à coup, la cadette repousse sa sœur aînée et se sauve en courant à l'extérieur de la maison. Orinha abandonne aussitôt sa tâche et passe discrètement la tête dehors pour voir dans quelle direction Conharassan s'éloigne. Il décide de la suivre de loin, sans savoir ce qu'Assasné lui a dit de si affligeant. Il se faufile d'un pas rapide entre les maisons longues et se glisse hors de l'enceinte du village sur les traces de sa sœur. Il hésite à la suivre davantage, après tout leurs chicanes ne le concernent pas, mais lorsque Conharassan s'arrête finalement à l'orée du bois, toujours en larmes, il décide d'aller la consoler. Orinha s'approche lentement d'elle pour ne pas la brusquer, ni l'effrayer, et lui demande doucement : « Pourquoi tu pleures, Conharassan ? »

D'abord, elle ne veut pas lui répondre, ni même le regarder, tout en séchant ses pleurs du revers de la main. Comme son frère insiste, elle se retourne brusquement et lui lance avec colère qu'il est la cause de sa peine et qu'il serait temps qu'il lui dise la vérité.

— De quoi parles-tu, Conharassan ? se défend Orinha. Explique-moi. Je veux comprendre.

Elle hésite un instant, puis, d'un air de défi, fixe Orinha dans les yeux et lui rapporte ce qu'Assasné vient de lui répéter pour la vingtième fois.

— Ma sœur dit que tous les membres du clan du Loup savent que c'est toi qui as tué les deux frères de Kiwagé, quand tu t'es évadé, et que tu mens en prétendant que c'est l'Algonquin. Est-ce que c'est vrai ?

— C'est faux ! réplique Orinha avec énergie. Jamais je n'ai tué un Iroquois ! Negamabat m'aurait tué aussi si j'avais refusé de le suivre après qu'il a commis ces trois meurtres.

— Est-ce que tu me le jures !? demande Conharassan d'un ton désespéré, en recommençant à pleurer.

— Je le jure ! répond Orinha. Je le jure sur la tête de Katari et de Garagonké qui m'ont sauvé la vie ! Je le jure sur la tête de Ganaha qui sait que je n'ai tué personne du village. Demande-lui, il te le dira…

— Je lui ai demandé, répond Conharassan en se réfugiant dans les bras d'Orinha. Il m'a dit que Kiwagé raconte n'importe quoi et que je ne devrais pas écouter ceux qui disent du mal de toi. Mais Assasné continue de me harceler. Elle veut que je cesse de te parler… C'est la faute de son amie Kehasa, la sœur de Kiwagé…

Orinha serre Conharassan dans ses bras pour la rassurer, autant que pour se rassurer lui-même. Cette terrible histoire le poursuivra donc toujours ! Comment s'en débarrasser et tourner la page une fois pour toutes ? Comment assurer sa sécurité quand l'une de ses propres sœurs est convaincue qu'il a tué ses compagnons iroquois ? N'a-t-il pas déjà payé suffisamment pour le mal qu'il a fait ce jour-là ? Orinha n'a pourtant d'autre choix que de garder pour lui ce lourd secret.

— Crois-moi, Conharassan. Ne te laisse pas influencer par Assasné ni par qui que ce soit. Ils ne savent pas ce qui s'est réellement passé. Ils n'étaient pas là quand l'Algonquin a tué nos frères. Conharassan, je t'assure que je n'ai tué aucun de mes compagnons. Je suis ton frère, votre frère à tous. J'ai risqué ma vie pour vous. Ganaha peut te dire comme je me suis battu avec courage aux côtés de mes frères agniers...

— Je sais Orinha. Je te crois. C'est Assasné qui n'arrête pas de m'achaler ! Je ne peux plus l'entendre. On dirait qu'elle est jalouse de nous deux...

— Console-toi, Conharassan. Oublie cette histoire et rentrons au village. Un jour que Katari sera de bonne humeur, je lui en parlerai. Elle convaincra Assasné de te laisser tranquille. Ça va s'arranger, ne t'en fais pas.

Après avoir reconduit Conharassan à la maison, puis remisé quelques piles de bois supplémentaires pour cacher son trouble et son inquiétude, Orinha part rôder du côté du clan du Loup, mine de rien. Il ne sait pas exactement qui sont Kiwagé et Kehasa, même s'il croit se souvenir de cette dernière pour l'avoir vue à quelques reprises avec Assasné.

Après avoir longtemps hésité à l'extérieur de la maison du Loup, sans voir personne, il y entre brusquement, prêt à répondre qu'il doit parler d'urgence à Ganaha si quelqu'un l'interroge sur la raison de sa présence. Car, depuis sa seconde capture, il n'a jamais pénétré dans cette maison où il sait qu'il n'a pas d'ami. Maintenant qu'il apprend y avoir probablement des ennemis, il veut connaître leur visage et mesurer le danger qu'ils représentent.

Orinha a franchi le seuil de la maison en coup de vent, sans crier gare, et fait quelques pas dans la pénombre quand un jeune homme lui bloque le passage en lui demandant d'un ton menaçant :

— Que fais-tu ici, toi ?

— Je viens parler à Ganaha. C'est urgent.

— Passe par l'autre porte, réplique l'autre. Ganaha habite à l'autre extrémité de la maison. Tu n'as pas d'affaire ici. Va-t'en !

Orinha s'habitue rapidement à la pénombre et distingue maintenant quelques personnes accroupies près d'un feu familial presque éteint.

— Kehasa ! lance-t-il en direction de ces personnes.

— Qu'y a-t-il ? répond l'une des jeunes femmes en se tournant vers lui.

Orinha reconnaît aussitôt l'amie d'Assasné.

— Assasné veut te voir, ajoute Orinha qui, au même moment, frémit de surprise en voyant sa belle Sorense se lever elle aussi.

Elle jasait nonchalamment avec Kehasa quand elle a reconnu la voix d'Orinha. Elle s'est levée et lui fait maintenant face, en lui jetant ces regards brûlants qui l'ensorcellent. Puis, d'un coup, elle lui tourne le dos et se sauve en courant vers l'autre extrémité de la maison. Orinha contourne le jeune homme qui lui a barré le chemin pour la suivre et lui demander ce qu'elle fait là, quand un autre homme le saisit fermement par le bras.

— Arrête ! lui siffle celui-ci d'un ton glacé. Tu n'as pas entendu, Orinha ? Va-t'en immédiatement !

Ne nous oblige pas à le répéter une troisième fois, sinon...

Orinha n'a pas l'habitude de se laisser menacer ainsi, mais en se retournant pour braver l'homme qui lui serre le bras si fort qu'il en crierait de douleur, il reconnaît vaguement son visage et perd soudainement tous ses moyens. De vives douleurs se manifestent partout dans son corps et un vent de panique l'envahit. Le premier jeune homme le rattrape et lui dit :

— Fais ce que Kiwagé te dit, sale tête de cochon français. Si tu veux voir Ganaha, passe par l'autre extrémité. Déguerpis maintenant !

Orinha ne peut plus parler. Il a du mal à respirer. La sueur coule dans son dos. Sans rouspéter, il se dirige à petits pas vers la sortie en s'efforçant de contrôler sa peur. Il souffre comme si la foudre venait de le frapper. Orinha ne pense qu'à retourner chez lui, vite, en boitillant, comme si une pierre venait de fracasser son pied droit, comme si on l'avait rué de coups. Il avance, tout essoufflé, hanté par le sentiment d'être poursuivi. Enfin, il pénètre dans la maison de l'Ours où il se sent en sécurité. Il clopine jusqu'à sa couche et s'étend. De troublantes impressions explosent dans sa tête, son cœur bat à tout rompre, il se voit en enfer... Petit à petit, il réussit à se calmer, à saisir quelques pensées qui filent trop vite dans sa conscience. Ce visage et cette voix, il en est presque sûr maintenant, appartiennent à l'homme qui lui a enfoncé une épée rougie au feu pendant sa torture. C'était son bourreau le plus vindicatif, sûrement un frère des jeunes Iroquois du clan du Loup que Negamabat et lui ont tués...

Kiwagé ne lui a pas pardonné et cherche à se venger. Il veut qu'Orinha, que *Radisson*, meurt pour racheter la mort de ses frères. Et sa sœur Kehasa souhaite la même chose. Elle a même convaincu Assasné que son frère adopté est un assassin et Assasné harcèle à son tour Conharassan pour qu'elle cesse toute relation avec lui. Et dire que Ganaha vit maintenant parmi eux ! Quand se dressera-t-il contre lui ? se demande Radisson. Quand Katari, sa mère, se liguera-t-elle aussi contre son fils adopté qui a choisi la guerre au lieu de la paix et trahi ainsi son espérance ? Quand décideront-ils de mettre à mort ce Français jeteur de mauvais sorts que les Iroquois détestent tant ? Même dans la maison de son clan, même à deux pas du feu de sa famille, Orinha se sent menacé.

Mais la douleur la plus cruelle vient des regards enflammés que lui a lancés Sorense, ces faux regards d'amour qui ne brûlent que du désir de le voir mourir. « Pars seul combattre les Susquehannocks, dit-elle... Prouve-moi que tu es le plus intrépide... Remporte seul la victoire et je serai à toi pour toujours... » Ce n'est qu'un piège. Orinha décode maintenant son sinistre message : « Aime-moi afin que je mette fin à tes jours... » Quelle amère déception ! Il ne sait pourquoi elle a agi ainsi, peut-être par amour pour Kiwagé, ou par pure cruauté, par simple soif de vengeance... Il se sent terriblement vulnérable face à elle et aux autres femmes du village car il ne sait comment se prémunir contre l'amour aveugle. Une autre pensée angoissante assaille Orinha : et si tout le village souhaitait sa mort et préparait son ultime supplice ? Il se retient de ne pas céder à la panique. Fuir immédiatement n'est pas une solution. Il n'est pas prêt et ce serait trop dangereux. S'il doit s'évader, il doit se préparer avec soin. Sinon, il périra sous la torture...

Seul Garagonké pourrait mettre fin à tant d'incertitude. Mais il n'est pas là. Où est Garagonké ? Quand reviendra-t-il ?

* * *

Orinha retrouve son père avec joie. Il le rencontre dans les bois après l'avoir longuement cherché. Garagonké est étendu dans une clairière sous des arbres majestueux. Il a l'air de dormir. Pourtant, il a les yeux grands ouverts et sourit à son fils adopté. En s'approchant, Orinha découvre qu'un mince filet de sang coule sans interruption de la bouche entrouverte de Garagonké. Mais il ne souffre pas, il lui sourit et fait signe d'approcher. Orinha se rend jusqu'à lui. Il soulève doucement sa tête et le serre dans ses bras. Tous deux demeurent silencieux un long moment. Des oiseaux rieurs planent entre des branches monumentales, l'eau d'une rivière chante dans la lumière resplendissante. Orinha se rend compte que son père est mort et que c'est son esprit qu'il tient dans ses bras. Des traits paisibles de Garagonké émane une lumière aveuglante venue d'un autre monde. Le père regarde intensément le fils. Un souffle chaud et puissant submerge Orinha, car Garagonké est sur le point de lui parler. Il voit ses lèvres bouger. Soudain, sa voix domine tous les autres bruits de la création et retentit comme le tonnerre. « Mon fils, écoute le message que j'ai à te confier avant que je rejoigne mes ancêtres. »

Orinha s'incline pour recevoir la parole de Garagonké.

« J'étais un grand guerrier, lui dit-il. À des lunes de notre village, les femmes se cachaient et les enfants pleuraient en entendant mon nom. Les guerriers redoutaient ma force, mon courage et ma ruse. Mais telle n'est pas ta voie, mon fils. Je t'ai vu combattre et je sais que tu n'aimes pas la guerre comme je l'ai aimée. Les esprits te conduiront sur un autre sentier. Écoute la voix de l'aigle qui t'entraîne loin des Iroquois.

Deganawidah nous a prié d'unir tous les peuples de la terre sous le grand arbre de la paix. Mais j'ai mal interprété ses paroles. Les temps troublés que nous vivons ont brouillé mon cœur. La guerre m'a enivré. Mais toi qui n'es pas de notre nation, toi qui n'as pas à venger nos ancêtres, je te conjure de chercher d'abord la paix avant de fomenter la guerre. La paix demande plus de temps et de courage que la guerre, mais tu dois la conquérir. Je te demande de remporter la paix. C'est ainsi que tu honoreras ma mémoire. »

Puis, la voix de Garagonké se tait. Ses yeux se transforment en deux éclairs fulgurants, son corps devient léger, Orinha ne sent plus qu'un souffle effleurer son visage et remuer sa conscience... Garagonké a disparu.

Orinha reste seul au milieu de la clairière éclaboussée de lumière aveuglante, soulevé dans les airs, emporté, planant au-dessus d'un lac immense...

Soudain dressé sur sa couche de sapin frais, Orihna tente de protéger ses yeux éblouis à l'aide de ses deux bras. Le réveil est brutal. Pourtant, tout est calme dans la maison sombre où ses frères et sœurs dorment en silence. Il reprend lentement son souffle et réalise que Garagonké lui est apparu en rêve. Il se souvient de ses paroles et voit encore son esprit s'envoler vers le pays des ancêtres.

Dans la profondeur de la nuit, Orinha n'arrive plus à fermer l'œil. Il se lève sans bruit pour ne réveiller personne et sort de la maison à pas feutrés. La nuit est fraîche. Dehors, le ciel extraordinairement pur déborde d'étoiles scintillantes. Il respire à fond l'air vif qui annonce l'hiver. Mais il n'a pas froid. Ni peur. Il sait maintenant que Garagonké est mort. Il ne l'attendra plus. Il ne le reverra plus.

Il regrettera seulement de n'avoir pu lui raconter ses exploits, ni ressenti la joie de l'entendre lui dire : « Je suis fier de toi, mon fils ! » Au contraire, Garagonké lui demande de suivre une autre voie, la voie de la paix, comme Katari l'espère, comme Conharassan l'a décelé dans la beauté de son couteau à tête d'aigle.

Tout bien considéré, plus personne ne peut désormais le protéger contre la vengeance qui couve dans le cœur de Kiwagé et de ses amis Iroquois. Orinha constate qu'il ne peut plus vivre en sécurité dans son village. Il ne lui reste qu'à réussir son évasion.

* * *

Orinha dort profondément jusqu'au petit matin. À son réveil, de son lit, il observe Katari souffler sur les braises et les remuer avec le tisonnier qu'il lui a donné, pour raviver le feu familial. La maison longue est tranquille, encore sombre, nul empressement, nulle inquiétude. On dirait le bonheur. Petit à petit, d'autres mères allument à leur tour le feu familial. Tous sont disposés à la file indienne d'un bout à l'autre de la longue résidence d'écorce confortable. Orinha adore cette heure matinale où tout est serein. Il admire sa mère qui est toujours debout la première, malgré l'âge et les soucis qui courbent légèrement son dos, toujours vive et généreuse pour procurer à tous chaleur et lumière dès leur réveil. Maniska l'a rejointe, discrète et efficace. Orinha se félicite de lui avoir sauvé la vie, car elle s'avère une aide précieuse pour Katari qui la traite avec ménagement, même si elle est son esclave.

À côté d'eux, Shononses s'est levé et s'approche du feu voisin pour se réchauffer, serein malgré la blessure qui le handicape. Il rappelle à Orinha l'extraordinaire expédition qu'ils ont faite ensemble. En cet instant, il aime être Iroquois. Il serait bien resté parmi eux, si seulement sa communauté était moins perturbée et moins violente. Mais la vengeance y couve comme la braise sous le feu endormi et il suffit de bien peu de choses pour la raviver. Alors, les flammes dévorantes de la haine envahissent tout. Orinha sait qu'il doit partir.

Le nœud qui lui noue l'estomac en pensant à l'évasion qu'il doit réussir pour éviter la mort, il s'efforce de le dénouer patiemment. La peur qui brouille son esprit et lui fait perdre son sang-froid, il prend le temps de la dompter. Le plan qui germe dans sa tête, il l'ancre dans son esprit et dans son corps afin de le réaliser sans faillir, comme une flèche propulsée dans l'air. Orinha ne veut prendre aucun risque. C'est pourquoi il ne dira pas un mot de son rêve à Katari qui en comprendrait immédiatement le sens. Elle serait convaincue que son mari est mort, plus sûrement que si son corps inerte était déposé à ses pieds. Car l'esprit de Garagonké a parlé avec force, sans la moindre hésitation, et son message est incontestable : il a définitivement quitté sa famille pour l'autre monde.

En se retournant sur sa couche, Orinha sent le couteau à tête d'aigle lui envoyer le même message que son père. Shononses a été catégorique : ce couteau n'a pas été fabriqué par un Iroquois et le matériau de son manche extraordinaire ne provient pas de la région. Garagonké a raison, par ce couteau, la voix de l'aigle lui enjoint de fuir loin d'ici. Orinha veut d'abord se rendre chez les Hollandais, où le gouverneur lui a promis délivrance, puis il suivra son destin jusqu'au bout.

Tous vaquent maintenant à leurs occupations. Les quatre femmes de la famille ont laissé Orinha paresser sur sa couche. Il se lève alors discrètement et se dépêche de fouiller dans les affaires que son père a laissées à la maison. Il trouve sa réserve de tabac, en prend une petite pincée et la glisse dans l'étui de son couteau, avec le bracelet et les cheveux de Conharassan. Puis il ramasse quelques brins de maïs dans le mortier de Katari et les met aussi dans l'étui. C'est peu de choses, mais elles suffiront à Orinha pour emporter avec lui le souvenir de ceux qui lui ont sauvé la vie.

* * *

Le moment est venu pour Orinha de réaliser son plan. Le temps radieux qu'il fait ce matin-là lui donne du courage. Il retrouve Shononses dehors, assis en plein soleil, en train de jouer avec d'autres hommes du clan de l'Ours à leur jeu de hasard préféré.

— Je vais chasser seul dans les environs, lui dit Orinha. Mais demain, si tu veux, je t'enseignerai comment devenir un meilleur tireur.

— Bonne idée ! répond Shononses en souriant. J'exerce ma chance aujourd'hui et je développerai mon habileté demain. Grâce à tes conseils, je deviendrai le meilleur tireur du village ! Tu n'as qu'à bien te tenir, Orinha !

— Cause toujours… Si tu crois que je vais me laisser déclasser aussi facilement, tu te trompes. J'ai ma réputation à défendre. Commence par gagner cette partie et on verra demain si tu peux me battre au tir !

— C'est ça. Laisse-moi me concentrer. Nous verrons demain qui est le meilleur.

— À tout à l'heure.

Orinha va ensuite trouver Katari, Maniska, Conharassan et Assasné qui s'affairent autour du grand chaudron qu'Orinha a acquis chez les Hollandais. Elles y préparent une grande quantité de sagamité.

— Je vais chasser toute la journée, ma mère. Ne m'attendez pas avant ce soir, lui dit Orinha.

—Mange d'abord, répond Katari sans le regarder, du ton triste qui lui est devenu habituel. Otoniata est mort ce matin, ajoute-t-elle après un moment. J'espère que tu n'es pas resté couché si longtemps hier parce que tu te sens malade ?

— Non, mère, je me porte bien.

Orinha ne sait trop que dire à propos du décès d'Otoniata. Maniska lui sert une portion de saga-mité dans une écuelle d'écorce, sans rien laisser voir de l'affection qu'elle éprouve toujours pour l'homme qui l'a sauvée. Orinha mange en silence pendant que ses deux sœurs vont et viennent autour du feu. Affairées, elles coupent la viande, la jettent dans le chaudron, attisent le feu et brassent la sagamité... Orinha voit bien que Conharassan est mal à l'aise. Elle ne sait pas trop comment se comporter avec lui en présence de sa sœur aînée. Alors il se dépêche de terminer son repas.

— Je vous promets, mère, que nous ne manque-rons de rien cet hiver. Je ferai tout en mon pouvoir pour chasser abondamment et vous satisfaire.

— Bien, je t'en remercie, répond-elle en le regar-dant cette fois directement dans les yeux. Mais ce n'est pas ce qui me tourmente, mon fils...

Orinha connaît la nature de l'inquiétude qui ronge sa mère au plus profond d'elle-même. Il lit dans ses yeux la déception d'avoir perdu trop d'êtres chers, aggravée par son impuissance à protéger de la maladie, de la vengeance et de la guerre ceux qui sont encore vivants... Elle se doute que Garagonké est mort. Orinha le sent. Et il regrette de la voir si abattue en sachant que son départ ajoutera bientôt à sa tristesse. Il se sent obligé de l'encourager une dernière fois.

— Ne vous inquiétez pas, mère. Garagonké reviendra bientôt. Prenez courage.

— Puissent les esprits t'entendre, mon fils, répond-elle. Puissent-ils soutenir mon mari et nous tous, comme avant.

Orinha ne peut en endurer davantage.

— Je reviens à la fin du jour, mère. Ne vous inquiétez pas.

Il se lève. Il part.

— Bonne chasse ! lui lance Conharassan en arborant son plus beau sourire.

Leur regard se croise un instant, mais leur amour est impossible. Orinha lui tourne le dos et s'éloigne d'un pas rapide. Il a hâte de quitter le village. Il ne peut cependant se résoudre à partir sans avoir revu Ganaha. Il fait un détour par la maison du clan du Loup dont la seule vue le fait frissonner d'angoisse. Tant pis, il lui faut dominer sa peur. Il entre par la bonne extrémité et trouve aussitôt son frère.

— Sois le bienvenu ! s'exclame Ganaha en le voyant entrer. Viens fumer avec moi. Il y a si longtemps que nous avons passé du temps ensemble.

Ganaha lui montre avec satisfaction le travail qu'il a presque terminé : les armatures des lits et des espaces de rangement qu'il a remplacées, l'écorce du toit qui n'était plus assez étanche qu'il s'affaire à réparer.

—Je dois absolument finir de rapiécer ce toit avant les premières neiges, explique Ganaha, pour que nous soyons confortables cet hiver. Assieds-toi, mon frère.

Orinha comprend qu'il a eu tort d'en vouloir à son frère, qui ne l'a pas laissé tomber. Il a simplement voulu plaire à toute la famille d'Oreanoué avant de l'épouser. Il reconnaît là son grand cœur et son énergie débordante. Il voit d'ailleurs dans les yeux de Ganaha, et dans ceux d'Oréanoué qui reste en retrait, qu'ils sont heureux de vivre ensemble.

Orinha s'en réjouit mais reste sur ses gardes malgré leur accueil chaleureux. Il s'est assis en face de l'autre extrémité de la maison pour surveiller l'éventuelle apparition de Kiwagé, ou d'un autre ennemi qui voudrait le dénoncer et le capturer. Il se tient prêt à déguerpir sur-le-champ. Maintenant qu'il est fin prêt à s'évader, pourquoi prendre des risques inutiles ? Il écoute à peine ce que Ganaha lui raconte. La prudence lui commande de fuir maintenant et à jamais ce village qu'il croyait sien, mais où il se sent désormais menacé même en compagnie de son frère bien-aimé. Il s'efforce d'apprécier une dernière fois la compagnie de Ganaha mais il est si oppressé par la pensée que ses ennemis complotent peut-être en ce moment même le piège mortel qui le perdra, qu'il n'y tient plus.

—Je dois partir maintenant si je veux faire bonne chasse, conclut-il de façon précipitée. Je te demande seulement de me donner une flèche pour me porter chance…

Surpris par l'attitude inhabituelle de son frère, Ganaha tarde à répondre.

— D'accord… Prends celle que tu veux. Mais un bon chasseur comme toi n'a pas besoin d'une de mes flèches pour lui porter chance… Cet hiver, je te promets que nous irons ensemble chasser le gros gibier, loin d'ici, quand j'aurai terminé les tâches que j'ai entreprises. Ontonrora viendra avec nous.

Le frère d'Oreanoué vient d'entrer par-derrière et s'assoit brusquement avec eux. Le cœur d'Orinha explose de surprise et de peur. Mais il garde contenance.

— Nous amènerons Shononses avec nous, réussit-il à ajouter, entre deux respirations rapides.

— Si tel est ton désir, Shononses nous accompagnera, mon frère. Nous ferons équipe comme avant.

Orinha se lève pour choisir une flèche parmi celles de son frère, au hasard, puis il se dirige vers la sortie en regardant nerveusement autour de lui.

— Je dois partir, Ganaha. À la prochaine.

— Reviens quand tu veux, mon frère. Tu es toujours le bienvenu parmi nous…

— Soyez heureux vous deux !

Orinha court aussitôt vers la porte du village. Il se retourne à plusieurs reprises pour s'assurer que personne ne le suit. Tout va bien. Personne en vue. Une fois à l'extérieur, il s'arrête un instant pour vérifier qu'il a bien emporté son précieux couteau, une hache, un arc et des flèches, son fusil, mais il n'apporte rien à manger pour qu'on ne le soupçonne pas d'avoir voulu fuir s'il est capturé à nouveau. Orinha brise ensuite la flèche de Ganaha et n'en garde que la pointe qu'il range dans l'étui du couteau, avec le tabac, le maïs et les cheveux de Conharassan. Avant de s'enfoncer dans les bois, il jette un dernier coup d'œil en arrière. C'est fini. Il s'élance à toutes jambes vers le fort Orange.

* * *

Orinha quitte rapidement le sentier battu qui mène à Rensselaerwyck et coupe à travers bois pour emprunter un chemin détourné. Ce trajet sera plus difficile mais plus sûr, car il ne risque pas de croiser d'autres Iroquois allant ou revenant de la traite chez les Hollandais. Il court le plus vite qu'il peut et se débarrasse au bout d'un moment de son arc et de ses flèches, qui s'accrochent aux branches et le ralentissent. Il saute par-dessus les arbres tombés, fend les broussailles, perce les fourrés, égratigne au passage son visage et ses bras, déchire ses vêtements, sans jamais s'arrêter. Le soleil est son guide. Il court ainsi très longtemps. Quand il n'en peut plus, il marche un peu. Mais des images de torture envahissent immanquablement son esprit et il reprend sa course avec frénésie. Son fusil devient trop lourd également et il l'abandonne. Atteindre Rensselaerwyck au plus vite est tout ce qui compte. Il serre son couteau à tête d'aigle d'une main pour se donner de la force et brandit sa hache de l'autre pour couper la végétation qui obstrue son chemin vers la liberté. Il s'arrête de temps à autre, hagard et épuisé, fait le point sur le soleil qui se couche à l'horizon et repart.

Ses jambes défaillantes, ses poumons brûlants, ses bras écorchés, la nuit tombante n'ont pas d'importance. La soif de vivre le pousse toujours en avant. L'Iroquois en lui persiste : courage et abnégation, force et endurance, toutes les qualités qu'il a acquises chez ses frères Iroquois le conduisent vers un autre monde. Maintenant, il lui est presque impossible d'avancer. La lune, blafarde et hésitante, a remplacé le soleil. Orinha s'enfarge dans un obstacle invisible et tombe à plat ventre sur le sol. Il ne peut plus se relever. Il rampe, trouve une souche immense et protectrice contre laquelle il se recroqueville, serrant le manche de son couteau chargé d'espoir. Il s'endort profondément.

Le froid vif le réveille. Les premières lueurs du jour éclairent la forêt immense. Orinha dévorerait un ours tant il a faim. Il a mal partout. Mais soudain, la vision de fers rougis au feu plaqués sur sa peau le fait bondir sur pieds. Il court de nouveau vers le fort Orange en pensant aux membres de sa famille qui sont probablement inquiets de sa disparition. Peut-être commencent-ils déjà à le chercher ? Sans doute Kiwagé le traite-t-il de traître et demande déjà son exécution. Il n'y a pas une minute à perdre. Vite ! Courir au fort Orange. Encore plus vite ! Il ira se jeter aux pieds du gouverneur et lui rappellera sa promesse. Il implorera son salut. Un bond ! Un saut ! Une chute ! Orinha se relève et court toujours. La fatigue est une caresse en comparaison de la torture. L'épuisement est un baume en comparaison de la mort.

Au terme de cette seconde journée éperdue, dans la pénombre qui envahit la forêt, à l'heure où le soleil décline, Orinha entend finalement des coups de hache résonner dans le lointain. Il s'approche du bruit et distingue à travers les feuilles clairsemées de l'automne un Hollandais qui coupe un arbre… Orinha s'avance encore, à pas de loup, bien caché, bouleversé, heureux… mais indécis. Doit-il faire confiance à cet homme qu'il n'a jamais vu ? Doit-il poursuivre sa route jusqu'au fort ? Cet inconnu est-il son sauveur ou le traître qui ruinera tous ses efforts ? Orinha n'a plus la force d'aller plus loin. Il risque de ne jamais atteindre le fort et les Iroquois le rattraperont peut-être cette nuit, ou au petit matin… Alors, tremblant de fatigue et de faim, il lance un cri en direction du Hollandais : « Ohé ! »

L'homme interrompt son travail et scrute les bois. Il aperçoit un Iroquois qui lui fait de grands signes… Bien qu'il semble inoffensif, son allure est étrange. L'homme lui fait signe d'approcher en gardant sa hache bien en main pour se défendre. Il pense aux fourrures qu'il pourrait traiter avec lui. Cela vaut bien quelques risques... Alors, Orinha s'approche, méfiant lui aussi, sans armes, bras tendus en avant en signe d'amitié. En quelques secondes, par les regards qu'ils échangent, un peu de confiance s'installe entre eux. Orinha lui fait comprendre par gestes qu'il est prêt à traiter des fourrures, répétant le mot « castor » à plusieurs reprises, en iroquois et en français. Puis il pointe du doigt la maison du Hollandais. L'homme accepte de l'y amener. Mais Orinha reprend peur et voudrait encore s'assurer qu'aucun autre Iroquois ne s'y trouve, en multipliant les simagrées pour se faire comprendre. Le Hollandais soupçonne la nature de son interrogation et fait plusieurs fois signe que non de la tête. À bout de force, Orinha le suit jusque dans son logis. Advienne que pourra.

L'épouse du Hollandais sert à manger à cet Iroquois, même si son air traqué, son visage et ses bras tout grafignés lui inspirent de la crainte. Il a l'air épuisé et dévore tout ce qu'elle lui donne. Orinha retrouve ainsi un peu de force et fait comprendre au couple qu'il a un message urgent à transmettre au gouverneur du fort Orange. Cette information les rassure à demi. Orinha leur demande ensuite de quoi écrire et l'homme, incrédule, lui apporte une plume, de l'encre et du papier, car ils savent lire la Bible et écrire, en bons protestants. Ils sont extraordinairement intrigués de voir cet Iroquois griffonner quelques mots : « Monsieur, je suis le Français que vous avez voulu libérer des Iroquois. Je me suis enfui. Je suis caché chez l'homme qui vous porte ce message. Délivrez-moi avant que mes frères me tuent ! Radisson ». Puis il donne le bout de papier au Hollandais en le suppliant d'aller immédiatement le porter au gouverneur.

Alléché par l'appât du gain, l'homme accepte de partir sans tarder, même si la nuit est tombée. Sa femme, rassurée par le fait qu'Orinha sait écrire et qu'il communique avec le gouverneur, lui fait bientôt des avances pour l'amadouer, dans l'espoir de faire une meilleure traite. Mais Orinha entend des chants iroquois résonner au loin et une terreur incontrôlable s'empare de lui. Il parvient à faire comprendre à la femme que ses frères vont le tuer s'ils le trouvent là, parce qu'il a choisi de vivre désor-mais avec les Hollandais plutôt qu'avec eux. Elle l'aide à se cacher au milieu des sacs de blé qu'elle et son mari ont accumulés pour l'hiver, au fond de l'unique pièce où Orinha tremble de peur jusqu'à ce que l'homme de maison revienne avec trois compagnons. Jean, le lieutenant français, est l'un d'eux. Il a apporté des habits pour déguiser Orinha en hollandais. Celui-ci les enfile en vitesse, puis tous les quatre se rendent au pas de course jusqu'au fort où ils arrivent sains et saufs avant l'aurore.

CHAPITRE 12

Une nouvelle vie commence

Le lendemain, Radisson rencontre le gouverneur du fort Orange dans les appartements qui l'avaient tant impressionné la première fois. Aujourd'hui, il s'y sent plutôt à l'aise et en sécurité. Mais il n'est pas encore remis de son angoisse, ni de sa fuite éperdue, ni de sa brusque décision de rompre avec les Iroquois pour éviter la mort. Le souvenir de Ganaha, de Katari, de Conharassan et de tant d'autres compagnons est encore vif.

En plus, Radisson ressent une certaine honte face au gouverneur qui avait bien évalué sa situation. Il a honte de s'être montré naïf et orgueilleux en rejetant du revers de la main son offre de le libérer sur-le-champ. Les deux hommes se tiennent debout l'un en face de l'autre. Radisson n'ose pas s'adresser le premier au gouverneur qui rompt finalement le silence.

— Je suis content de te revoir sain et sauf, lui dit-il. Je suis heureux que tu aies entendu raison, car n'importe quel étranger court un grand risque en vivant parmi les Iroquois. On ne sait jamais quelle est leur humeur, à quel rêve ils ont l'intention d'obéir. Ces Iroquois sont si imprévisibles et belliqueux que tout peut arriver. Mes prédécesseurs l'ont d'ailleurs appris à leurs dépens.

Radisson ne répond rien. Il sait que le gouverneur a raison. Mais il est encore très attaché aux mœurs iroquoises et surtout aux rêves qui viennent de le guider jusqu'à Rensselaerwyck. Certes, un éclair de raison l'a convaincu de revenir à sa culture mais il n'est pas encore habitué. Il a tant aimé vivre parmi les Iroquois, par moments, qu'il hésite à faire sien le discours d'Orlaer. Il profite néanmoins de chaque seconde de silence qui règne dans cette pièce somptueuse, dans ce logis protégé par de solides murs de pierre, sous un toit de lourdes planches, meublé par tant d'objets sophistiqués qui témoignent du savoir-faire supérieur des Européens. Radisson n'a aucun doute que l'esprit de l'aigle l'a conduit au bon endroit. Il est heureux et soulagé d'avoir pris la bonne décision. Reste à s'adapter à sa nouvelle vie, encore une fois… celle qui était pourtant la sienne auparavant.

— Hier, poursuit le gouverneur, j'ai délivré un père jésuite que les Iroquois avaient capturé sur le Saint-Laurent. Le savais-tu ? (Radisson fait signe que non.) Il est Français comme toi. Je ne l'ai pas libéré parce que j'aime les jésuites, bien au contraire, mais les Iroquois en capturent à l'occasion et je n'hésite pas à les racheter. Ces soldats du pape valent bien cette peine, eux qui risquent leur vie dans ces terres sauvages à prêcher l'Évangile aux Indiens. Je vais te le présenter et vous allez bien vous entendre, j'en suis certain. Il est bouleversé par ce qu'il a vécu, car lui aussi a été torturé, et tu ne l'entendras jamais dire qu'il a aimé cet épisode de sa vie comme tu me l'as affirmé. Vous aurez sûrement bien des choses à vous raconter.

Radisson se tait toujours, pour l'instant incapable de trouver sa place entre son affection pour les Iroquois et l'attitude distante du gouverneur, qui tenait un tout autre discours quand ils l'ont rencontré lors de la traite. Il se réjouit cependant d'avoir bientôt l'occasion de rencontrer un Français qui a vécu en Nouvelle-France... si sa langue maternelle finit par lui revenir en bouche. Car, bien que Radisson comprenne tout ce que lui dit le gouverneur, en français, sa parole reste encore prisonnière, comme en attente, attachée à ses pensées. Orlaer se lasse d'ailleurs d'attendre que Radisson lui réponde et il retourne s'asseoir derrière son bureau.

— Je vous fais la même offre à tous les deux, annonce-t-il. La saison de navigation tire à sa fin et comme je n'ai pas l'intention de vous garder ici tout l'hiver, ni le jésuite, ni toi – ce serait imprudent –, je propose que vous montiez dans la barque qui va quitter Rensselaerwyck pour Manhatte après-demain. Vous resterez cachés dans la cale afin que les Iroquois ne puissent soupçonner votre présence et ne se mettent pas en tête de vous capturer de nouveau. Une fois rendus à Manhatte, vous embarquerez sur un navire marchand qui se rend en Hollande. Je paie votre passage jusque-là. Ensuite, vous vous débrouillerez. Je ne suis pas en peine pour le jésuite, car ces gens-là ont des amis partout, autant que des ennemis, mais toi qui es de Paris, je ne sais pas ce que tu feras. Essaie donc de t'entendre avec lui. Peut-être qu'il t'aidera à regagner Paris, où tu as encore de la famille, j'imagine ? Si les jésuites sont aussi charitables qu'ils le disent, il fera cela pour toi. Qu'en dis-tu ?

Radisson incline légèrement la tête pour remercier le gouverneur. Puis il répond enfin :

— J'aurais préféré me rendre directement en Nouvelle-France, monsieur le gouverneur. Mais j'accepte votre offre.

— Aucun bateau ne se rend en Nouvelle-France aussi tard en saison, réplique Orlaer, à cause de la glace qui prend sur le fleuve. Et ne songe surtout pas à voyager par les terres ! C'est beaucoup trop risqué. Ou bien tu serais capturé de nouveau, ou bien tu mourrais de fatigue et de froid. Tu n'as donc pas envie de revoir ta famille ?

— Mes deux sœurs sont à Trois-Rivières, répond Radisson, et mon père a disparu. Seule ma mère vit encore à Paris. J'irai la retrouver. Je vous en suis reconnaissant, monsieur le gouverneur.

— Parfait. Alors nous ferons ainsi. Jean va s'occuper de toi maintenant. Je dois travailler.

Radisson aimerait combler la dette qu'il a contractée à l'égard du gouverneur et il lui fait cette proposition.

— Je vous donne ma hache pour vous remercier de me sauver la vie. C'est tout ce que j'ai.

— Garde ta hache, jeune homme ! Je n'en ai pas besoin et je ne veux rien accepter en échange de ta liberté. Tu ne m'as rien coûté. Au contraire de ce jésuite que j'ai racheté à fort prix... Je suis heureux que tu aies pris la bonne décision et que j'aie pu te délivrer des Iroquois. Ça me suffit.

Le gouverneur se lève alors et va ouvrir la porte pour indiquer que l'entretien est terminé.

— Jean te donnera tout ce qu'il te faut. Il te présentera aussi à ce jésuite. Que Dieu te garde, jeune homme.

* * *

Radisson porte maintenant une chemise, un pantalon, une veste, un chapeau et des souliers hollandais. Il s'est métamorphosé en Européen de la tête aux pieds. Jean l'a ensuite présenté au père Joseph Poncet qui est arrivé en Nouvelle-France pendant que Radisson guerroyait chez les Ériés. Les Iroquois l'ont enlevé alors qu'il faisait un voyage entre Québec et Montréal avec un groupe d'Algonquins. Le père Poncet a passé trois mois dans un village agnier que Radisson ne connaît pas. Ce séjour l'a profondément marqué. Il porte encore la soutane dont il était vêtu lors de sa capture. Il ne l'a pas quittée de toute sa détention. Elle est maintenant usée à la corde et déchirée par endroits, mais Poncet y tient comme à la prunelle de ses yeux. Il a même refusé d'endosser les habits civils hollandais que lui proposait le gouverneur, comme si cette soutane le protégeait, comme si elle lui prouvait qu'il était encore quelqu'un.

Les deux hommes demeurent cachés dans la chambre du cuisinier, au premier étage du bastion où logent le gouverneur et les cinq officiers de la garnison. En attendant que la barque qui les conduira à Manhatte soit prête à appareiller, les deux Français fraternisent. Le père Poncet s'est empressé de raconter en détail à Radisson la torture qu'il a subie, pour se vider le cœur et apaiser les tourments qui le hantent encore. Avec des yeux livides, encore horrifiés, il a montré à Radisson l'index de sa main gauche que les Iroquois lui ont coupé. C'est le seul vrai supplice qu'ils lui ont infligé, ne le torturant que pendant quelques heures, pour ne pas provoquer les esprits puissants dont ces sorciers français se réclament. Mais le père Poncet en est resté traumatisé. Il se remet à peine du calvaire qu'il a enduré pendant sa brève détention, comme si en perdant ce doigt, sa liberté et son rôle de missionnaire, il avait perdu tout courage, toute sa dignité, et le sens de sa vie.

Poncet était venu en Nouvelle-France pour convertir les Indiens, pour leur procurer le salut éternel. Mais jamais il n'a pu réaliser l'objectif qu'il s'était fixé dans les monastères de France en préparant son voyage. Il ne cesse de vanter les mérites du gouverneur qui n'a pas hésité à racheter sa liberté lorsqu'une vieille femme s'est présentée au fort Orange et s'en est servi comme monnaie d'échange pour obtenir des marchandises.

Radisson lui raconte ensuite sa propre expérience de torture, qui a été bien plus longue et pénible, même s'il n'en a gardé aucune séquelle permanente. Pour l'instant, Radisson n'ose dire au jésuite comment il s'est intégré aux Iroquois, au point de combattre à leurs côtés. Il a l'impression que Poncet ne comprendrait pas.

Pendant la première nuit qu'ils passent ensemble, en l'absence du cuisinier qui fuit leur présence, Radisson dort à peine. Il est en partie soulagé d'avoir raconté sa torture, mais des souvenirs le submergent d'émotions et de remises en question. Ce bavard de Poncet lui a remis sa culture et ses valeurs en tête, rendant soudain son expérience de vie iroquoise douloureuse et cruelle. Il ressent le besoin d'en dire davantage, de faire le ménage dans son cœur. Radisson réalise qu'il a tué plusieurs personnes, entre autres ce jeune Serontatié qu'il ne peut oublier, lui qui ne lui avait fait aucun mal, lui qui a pesé si lourd dans son destin.

Au matin, en se rappelant que les prêtres ont le pouvoir de pardonner les péchés, Radisson finit par vaincre son appréhension et demande au père Poncet d'entendre sa confession.

— J'ai tant de choses à me faire pardonner, mon père, lui dit-il.

Poncet, qui compatit déjà avec ce jeune homme, retrouve dans cet appel d'un chrétien égaré un peu de sa dignité d'homme de Dieu. Il se sent ragaillardi et flatté, presque récompensé, et il accepte donc avec joie d'exercer le privilège que la sainte mère l'Église lui a conféré au terme de sa longue formation.

— Je t'écoute, mon fils, répond gravement le jésuite en joignant ses mains. Agenouille-toi à mes pieds et confesse-toi sans crainte, car c'est Dieu, notre père miséricordieux, qui t'écoute à travers moi.

Que s'est-il passé au juste ? Pourquoi Radisson éprouve-t-il un besoin aussi impétueux de laver sa conscience de fond en comble ? Il ne se l'explique pas. Mais un rempart cède en lui, érigé depuis trop longtemps afin de mener une vie normale chez les Iroquois. Il raconte d'un seul jet, en vrac, tout ce qui l'a bouleversé depuis sa capture : son sentiment de culpabilité d'avoir provoqué la mort de ses deux amis français, la rencontre de Negamabat et le meurtre de Serontatié, le grand nombre d'hommes et de femmes ériés qu'il a tué... Il implore le pardon pour toutes ses fautes, qu'il regrette amèrement, en pleurant à chaudes larmes aux pieds du prêtre abasourdi.

Poncet n'en revient pas de ces déconcertants aveux. À son tour, ému jusqu'aux larmes en écoutant les malheurs de ce pauvre jeune Français victime d'un si cruel destin, il sanglote.

— Pardonnez-moi, mon père, demande Radisson, pardonnez-moi, je vous en supplie...

La gorge nouée, le père Poncet mesure l'intégration presque totale que Radisson a vécue parmi les Iroquois, il s'étonne de voir jusqu'où ce jeune homme est allé pour se faire accepter de ceux que lui n'a jamais compris.

— Regrettes-tu les gestes que tu as posés ? finit-il par demander d'une voix hésitante.

— Oh oui, mon père, je les regrette ! J'aimerais tellement que personne ne soit mort par ma faute, ni par ma main... Pardonnez-moi, je vous en supplie, je ne voulais pas qu'ils meurent...

Poncet prend une grande respiration et s'adresse à Radisson d'une voix plus assurée, d'un ton solennel, en retrouvant le sens de sa mission en Canada et de son engagement de prêtre.

— Dieu te pardonne, mon fils, n'en doute pas. Par les pouvoirs qui me sont conférés, au nom de Dieu notre Père, je te donne l'absolution. Tous tes péchés te sont pardonnés. Va en paix, mon fils, et ne pèche plus.

* * *

La nuit porte conseil. Radisson se sent plus serein et comprend mieux maintenant le changement de vie complet qu'il est en train de vivre une fois de plus. De son côté, le père Poncet se rend compte de l'expérience exceptionnelle que Radisson a acquise parmi les Iroquois. Pendant qu'ils partagent le premier repas de la journée, le lendemain matin, le jésuite demande au jeune Français ensauvagé :

— Parles-tu couramment l'iroquois ?

— Je le parle aussi bien que le français, répond Radisson. Écoutez...

Il lui décrit alors en iroquois la maison longue dans laquelle il a vécu plus d'un an, puis le caractère de sa mère et de son père, de son frère et de sa sœur préférée. Il raconte sa première chasse avec Ganaha, quand ils ont tué l'ours énorme. Il vante le courage et la sagesse de Kondaron, qui les a conduit jusqu'au bout du monde pour vaincre les Ériés, avec prudence, et qui les a ramenés par un chemin sûr à travers les montagnes. Il parle de l'habileté extraordinaire des Iroquois à fabriquer des canots d'écorce et à les diriger dans les rapides les plus dangereux. Il évoque l'endurance presque inimaginable de leurs guerriers, leur ruse et leur habileté au combat. Il exprime son admiration pour le travail des femmes aux champs, à la maison, lors des voyages de chasse et de pêche, même dans les conseils où elles s'expriment au même titre que les hommes. Il commente leur connaissance étendue des plantes. Il ne tarit pas d'éloges pour l'éloquence des chefs qui négocient dans l'ordre pour préparer la guerre ou favoriser la paix. Il rapporte même la rumeur d'une paix possible avec les Français, qui circulait avant son départ du village.

Ses émotions sont partagées. En s'exprimant avec autant de verve, Radisson fixe ces précieux souvenirs dans sa mémoire, où ils vont se cristalliser maintenant qu'il a tourné le dos à sa famille adoptive et à ses frères de clan. Il est encore peiné de les avoir quittés, pourtant il ne regrette pas son geste. Il est heureux d'avoir tourné la page et de repartir à neuf. Un autre avenir s'ouvre devant lui, enraciné dans les souvenirs plus profonds de son enfance et de sa jeunesse.

Le jésuite, qui a assimilé quelques notions d'iroquois pendant sa captivité, évalue à sa juste valeur la maîtrise linguistique impressionnante à laquelle est parvenu Radisson. Il a compris en partie le long discours du jeune homme qu'il se plaît à voir comme son protégé maintenant qu'il a réussi à le ramener dans le droit chemin de la religion catholique et qu'il lui a redonné accès au salut éternel. Poncet réalise que Radisson connaît tous les aspects de la culture iroquoise et qu'il pourrait être fort utile aux jésuites dont les projets ont été contrecarrés par cette nation implacable. De son côté, Radisson constate que le gouverneur Corlaer avait raison. Le père Poncet peut l'aider à regagner Paris, peut-être même la Nouvelle-France, s'il sait s'y prendre.

Les deux hommes sont faits pour s'entendre.

Le lendemain, aux premières lueurs de l'aube, Corlaer et son lieutenant reconduisent le plus discrètement possible les deux Français jusqu'à la barque qui les conduira à Manhatte. Le capitaine a fait aménager pour eux deux couchettes sommaires dans la cale, au milieu d'une soixantaine de barils de poudre que le navire doit rapporter dans la capitale de la colonie. Radisson reconnaît ces barils que lui et ses frères Iroquois ont contemplé avec envie lorsqu'ils sont venus commercer au fort Orange. Peter Orlaer leur interdit de quitter ce réduit avant trois jours et les enjoint de faire extrêmement attention pour ne pas mettre le feu à la poudre, car la formidable explosion pulvériserait la barque et tous ses passagers. Il leur remet enfin une lettre à chacun, destinée au capitaine du navire qui les conduira en Hollande.

En ce froid matin de décembre 1653, l'heure du départ a sonné. Une nouvelle vie commence pour Radisson.

À PROPOS DE L'AUTEUR

Martin Fournier est historien. Il a enseigné à l'Université du Québec à Rimouski et publié plusieurs essais sur Radisson et sur la vie quotidienne en Nouvelle-France. Il a aussi collaboré à plusieurs projets de mise en valeur de l'histoire destinés aux secteurs du tourisme et de la télévision. Depuis 2006, il coordonne la réalisation de l'Encyclopédie du patrimoine culturel de l'Amérique française (www.ameriquefrancaise.org).

TABLE DES MATIÈRES

CET OUVRAGE EST COMPOSÉ EN ARNO PRO CORPS 13
SELON UNE MAQUETTE RÉALISÉE PAR PIERRE-LOUIS CAUCHON
ET ACHEVÉ D'IMPRIMER EN MARS 2011
SUR LES PRESSES DE L'IMPRIMERIE MARQUIS
À CAP-SAINT-IGNACE
POUR LE COMPTE DE GILLES HERMAN
ÉDITEUR À L'ENSEIGNE DU SEPTENTRION